T0272313

STRANGER THINGS

ROBIN, LA REBELDE

GRANTRAVESÍA

STRANGER THINGS

ROBIN, LA REBELDE

A. R. CAPETTA

GRANTRAVESÍA

Ésta es una obra de ficción. Los nombres, personajes, lugares e incidentes son producto de la imaginación del autor, o se usan de manera ficticia. Cualquier semejanza con personas (vivas o muertas), acontecimientos o lugares reales es mera coincidencia.

STRANGER THINGS: ROBIN, LA REBELDE

Título original: *Stranger Things: Rebel Robin*

Texto © 2021, Netflix Inc. Todos los derechos reservados.

Publicado según acuerdo con Random House Children's Books, una división de Penguin Random House, LLC, New York

Traducción: Marcelo Andrés Manuel Bellon

Imágenes de portada e interiores usadas bajo licencia de Shutterstock.com

Portada: © 2021, Netflix Inc.
Imagen de portada: Ian Keltie

D.R. © 2023, Editorial Océano de México, S.A. de C.V.
Guillermo Barroso 17-5, Col. Industrial Las Armas
Tlalnepantla de Baz, 54080, Estado de México
www.oceano.mx
www.grantravesia.com

Tercera reimpresión: marzo, 2023

ISBN: 978-607-557-425-7

IMPRESO EN MÉXICO / PRINTED IN MEXICO

PRÓLOGO

8 DE JUNIO DE 1984

Corro tan rápido que los casilleros se vuelven una mera mancha borrosa. Las puntadas en mi abruptamente alterado vestido saltan cuando paso junto a las parejas que salieron de la fiesta para besarse en el oscuro pasillo de los estudiantes de último año. Sus adolescentes caricias por lo general serían razón suficiente para hacerme dar media vuelta y buscar una ruta alternativa, pero en este momento es sólo un asqueroso ruido de fondo.

Esto se siente como una pesadilla que hubiera tenido miles de veces, corriendo por los pasillos de la Preparatoria Hawkins. Pero ni siquiera en los escenarios de mis sueños más extremos había tenido nunca el cabello tan corto. Jamás había usado tanto maquillaje. Y la noche del baile de graduación *nunca* había sido arrojada a esa mezcla por mi subconsciente. Estoy casi al final del pasillo de los estudiantes de último año. Ya no hay vuelta atrás. Me dirijo justo al vientre de la bestia de la preparatoria, lo cual es la parte más extraña, porque en mis sueños siempre intento escapar de este lugar. Nunca, nunca *entraría* voluntariamente.

—¡Alto ahí, señorita Buckley! —grita una voz que suena nasal, quejumbrosa, mezquina y adulta. Una de las enfurecidas madres chaperonas.

—¡Hey! ¡Regresa aquí! ¡Ahora! —esa orden con voz áspera definitivamente salió del alguacil Hopper. No es una verdadera rebelión a menos que tengas problemas con la autoridad, ¿cierto?

Me pregunto en cuántos problemas me podré haber metido por colarme en la fiesta de graduación y causar unos cuantos daños moderados a la propiedad durante el proceso. ¿Suspensión? ¿Expulsión? ¿Los airados padres de los estudiantes de la Preparatoria Hawkins presentarán cargos por lo que acabo de hacer en el estacionamiento?

Corro más rápido.

Doy vuelta a la esquina y paso junto a los puestos de comida que bordean el pasillo fuera del gimnasio. Alrededor de una docena de personas charlan entre sí, pastan como vacas frente a las bandejas de galletas y papas a la francesa, e intentan averiguar exactamente qué tan intenso está el ponche.

—¡Robin! —el sonido de mi nombre resuena por el pasillo. Dash es el que lo grita ahora. Dash, quien yo creía que era mi amigo.

Necesito frenarlos a él y a todos mis detractores. Así que doy un *diminuto* rodeo y me arrojo hacia la mesa que contiene alrededor de trescientos litros de ponche (a juzgar por el olor, tan penetrante). Se desborda en cascada y salto hacia delante, evitando lo peor del derrame mientras todos los demás gritan y observan cómo sus atuendos de graduación quedan cubiertos de la pegajosa azúcar química.

Las grandes puertas dobles del gimnasio están a la vista ahora. Desde el interior, puedo escuchar el tenaz ritmo de un éxito de New Wave. ¿Tammy Thompson ya está bailando? ¿Qué pensará cuando me vea irrumpir, salvaje e imprudente, perseguida por la policía local?

¿Qué dirá cuando le cuente cómo me siento?

No hay tiempo para hipótesis.

Empujo las puertas dobles. El baile de graduación me recibe con los sintetizadores salvajes y el olor a sudor y a Aqua-Net.

—Hey, Tam —digo en un susurro, practicando para el gran momento de aterradora honestidad, cuando le haga saber cómo me he sentido durante todo el año y, al hacerlo, lleve al mismo tiempo esta rebelión a un grado superior—, ¿quieres bailar?

PRIMERA PARTE

CAPÍTULO UNO

La primera clase de Historia del año ni siquiera ha comenzado, pero ya sé exactamente cómo se desarrollará, minuto a minuto, clase a clase. Tengo todo el año académico identificado. Al menos, lo juro, hasta que Tammy Thompson entra. Algo en ella es diferente. Quizá sea su cabello. Solía caer lacio y rojo. Ahora es corto, despeinado y más encendido. Podría ser su sonrisa. En el primer año, ella era semipopular y al menos parecía sentirse semibién con eso, pero ahora que somos estudiantes de segundo año, mantiene una sonrisa que dice que está decidida a ganar amigos e influir en las elecciones de la reina del baile de graduación. (No es que podamos ir al baile siendo estudiantes de segundo año, a menos que un estudiante del último nos invite, un acontecimiento tan raro y especial que la gente en esta escuela hablaría de él como si se tratara de un avistamiento de meteoritos.)

Tal vez sea el hecho de que cuando la veo, la música se infiltra en mi cerebro.

Música suave y desagradable.

Espera. Mi cerebro *nunca* reproduciría a Hall and Oates.

Me giro en mi silla y comprendo que Ned Wright está en

la parte de atrás del salón, con una radiograbadora portátil en el hombro. Le baja el volumen para que la señora Click —que se encuentra sentada frente a su escritorio, ignorándonos como toda una profesional y actuando como si no existiéramos hasta que suene la campana— no la confisque. Cuando comience la clase, la deslizará debajo de su escritorio y la usará como reposapiés. (Ha estado haciendo esto desde octavo grado. También es un profesional.) Por ahora, Tammy Thompson está paseando por el salón en una nube de *"Kiss on My List"* y con... algo con aroma a frambuesa. ¿Perfume? ¿Champú? Sea lo que sea, me recuerda a las calcomanías que desprenden olor cuando las rascas, y que coleccionaba con absoluto fervor cuando estaba en secundaria.

Se desliza en un asiento y sus amigas la saludan con vibraciones chillonas.

—Oh, Dios mío, tu cabello.

—¿Cómo estuvo la playa, Tam?

¿Tam?

Tal vez ésa sea la diferencia: tiene un nuevo apodo que combina con su nuevo corte de cabello y sus capacidades mejoradas para sonreír.

—Tam —susurro, lo suficientemente bajo para que nadie pueda oírme sobre el alboroto de cómo-estuvo-tu-verano.

La señora Click levanta la mirada. Una mirada siniestra.

Sólo queda un minuto para que comience la clase. Si yo fuera una típica nerd, como pretendo ser, tendría ya una pila de hojas en blanco, impecables e inmaculadas, listas para usar. Ya habría adelantado algunos capítulos de la lectura, para empezar. Todos mis lápices tendrían puntas perfectas, idénticas, aptas para ser usados como armas.

14

Tal como están las cosas, me sumerjo en mi mochila en el último minuto y hurgo en busca de mi libro de texto de Historia y cualquier cosa que deje una marca en el papel. Hay un cementerio de goma de mascar en la parte de abajo de mi escritorio. Y la permanente de la que dejé que Kate me convenciera justo al final del verano —la que hizo que mi cuero cabelludo hormigueara durante una semana y que todavía hace que mi cabeza huela perpetuamente a huevos recocidos— significa que mi cabello está demasiado esponjado como para que deba tener especial cuidado con el espacio libre que dejo. Casi estrello mi cabeza contra la parte de abajo del escritorio cuando la escucho que ha comenzado a cantar.

La voz de Tammy se eleva sobre la de… ¿Hall? ¿Oates? Es audaz y dulce y, sí, usa el *vibrato* tan generosamente como yo la crema de cacahuate en mis sándwiches, pero el punto es que no teme hacerlo. Todos pueden escucharla. Vuelvo de la inmersión profunda en mi mochila y miro a nuestros compañeros de clase, pero a nadie parece importarle que Tam esté cantando ahora con toda su alma en medio del salón, a sólo treinta segundos de que comience la clase. Y a ella no parece importarle que alguien la mire.

¿Cómo se siente *eso*?

Giro mi lápiz, sintiendo cada uno de los seis bordes en mi dedo.

Y entonces suena la campana, la señora Click se levanta y todo vuelve a su lugar, exactamente como pensé que sería.

Incluso cuando Steve Harrington llega tres minutos y medio tarde, con aspecto de estar perdido, quizá porque su cabello cayó sobre sus ojos y no podía ver los números de los salones de clase. ¿Cómo logra llegar a alguna parte con ese cabello? Parece incluso más largo que el año pasado.

—Hey, mi gente —dice.

Todo el mundo ríe como cuando el público se carcajea ante la frase típica no particularmente divertida del personaje principal en un programa cómico de televisión. Saben que no tienen que hacer eso en la vida real, ¿verdad? Incluso la señora Click le sonríe como si ese cabello pudiera curar el cáncer. Ése es un nivel de popularidad extremo y enrarecido, en el que ni siquiera los profesores pueden tocarte porque eres demasiado valioso socialmente.

Steve se mete en el escritorio junto a Tam.

Ella se pone del color de una frambuesa fresca.

Todo esto es tan ridículo que mi cerebro falla, mis dedos dejan de funcionar y mi lápiz cae al piso de linóleo con un fuerte traqueteo. Me inclino para recogerlo, pero está fuera de mi alcance. Me agacho más y me estiro, pero no consigo alcanzarlo. Cuando por fin lo tengo, me siento tan triunfante que me levanto demasiado rápido y golpeo mi cabeza contra la parte de abajo del escritorio. También conocida como el cementerio de goma de mascar. Mi cabeza pega con fuerza y mi permanente encrespada toca una docena de chicles viejos a la vez. Están tan duros que no se me pegan.

Lo cual es bueno. Y horripilante también.

—Robin, ¿necesitas ir a la enfermería? —la señora Click pregunta con una mirada de lástima mientras reaparezco en la superficie. Su preocupación es conmovedora.

—A menos que la enfermera tenga una máquina del tiempo que me haga retroceder exactamente una hora de clase, no.

—De acuerdo, entonces —dice y comienza su monólogo de la primera clase del año.

Al menos la atención de mis compañeros hacia mí no dura mucho. Y Tam ni siquiera parece haber percibido mi desgracia. (No es que yo hubiera querido que lo hiciera.) Pero me molesta, sólo un poquito, que la razón por la que *no* se fije en mí es que está demasiado ocupada tarareando "*Kiss on My List*" mientras mira fijamente a Steve Harrington.

CAPÍTULO DOS

7 DE SEPTIEMBRE DE 1983

Quería pasar por todo mi horario antes de declarar esto abiertamente, pero la verdad es que no estoy impresionada con el segundo año.

—Es como si todos los profesores se hubieran rendido —digo—. Como si colectivamente hubieran decidido que este año constituye la zona muerta de nuestra educación.

Yo soy una de esas personas raras a las que les gusta *aprender* mientras están en la escuela. O al menos, lo era. Ahora que tengo la sensación escalofriante, fría y cínica de que ninguno de nuestros profesores quiere estar aquí en realidad, es cada vez más difícil preocuparme por ello todo el tiempo.

Milton, Kate y Dash están en la escuela en el plan intenso de alto rendimiento, así que participan en todo. Al comienzo de nuestra primera práctica con la banda, cuando sugiero que el segundo año en realidad ni siquiera cuenta, parecen desconcertados. Milton jadea incluso.

Kate frunce el ceño y se mueve a través de sus listas de música y de prácticas (aunque no lo necesita, porque ha memorizado todo durante meses). Es más baja que yo, bueno, la mayoría de las chicas de nuestro grado lo son, así que no estoy segura de que ésa sea una descripción útil. Kate mide sólo metro y medio, y ni un centímetro más, aunque le gusta decir que su permanente le suma al menos cinco centímetros.

—Si a nuestros profesores no les importa nuestra educación, tendremos que preocuparnos y esforzarnos el doble.

Ésa es Kate. Ella lucha por todo, incluso por abrirse camino hasta ser la primera trompeta de la sección como estudiante de segundo año.

—Todos estamos llegando al punto en el que somos prácticamente más inteligentes que nuestros maestros, de cualquier forma —agrega Dash con una sonrisa.

Dash no trabaja tan duro como Kate. Dash, la abreviatura de Dashiell James Montague, Jr., se sienta en la primera fila en cada clase, pero no toma notas porque afirma que lo retiene todo. Luego, evita tomar un baño el día del examen, saca todo de su cabeza y obtiene una A. Él dice que le encanta aprender, pero que sólo tiene ojos para su promedio general. Además, no parece comprender que omitir su baño el día del examen desconcierta a todos en un radio de tres metros, lo cual no es realmente justo para las personas que lo rodean y que están intentando escribir ensayos coherentes de cinco párrafos.

Ya conoces el tipo.

—Hablando en serio, creo que los cuatro somos más inteligentes que el noventa por ciento de los maestros de esta escuela —afirma Dash.

—Pues no eres lo suficientemente inteligente para comprender que puedo oírte —declara la señorita Genovese sin levantar la vista de su partitura.

—Tiene tan buen oído que asusta —susurra Milton.

—Sí, lo tengo —asiente la señorita Genovese—. Por eso soy la profesora de la banda. También puedo escuchar cada nota incorrecta que tocan —le anuncia al grupo en general—. Y eso me duele. Sus chirridos agudos atormentan mis sueños.

Ella se acerca a ayudar a Ryan Miller en la sección de percusión con sus escuadrones y Dash manotea para indicar que nos acerquemos. Olfateo con cautela. Su cabello castaño parece limpio y desprende un aroma a jabón de pino. No hay exámenes inminentes. Acerco mi silla.

—Los profesores dan miedo en general —susurra—. No creo que estén aquí para enseñarnos. Creo que están aquí para alimentarse de nuestro potencial innato.

—¿Como vampiros? —pregunta Milton. Se lo está tomando demasiado en serio. Pero Milton es muy, muy serio. Y nervioso. Me preocuparía por él, pero él ya se preocupa tanto que tal vez sería redundante.

—Piénsalo. En realidad, no son tan brillantes, se mueven con lentitud por los pasillos, necesitan nuestro cerebro para sobrevivir. Claramente son zombis.

Milton y yo gemimos. Kate suelta una risita nerviosa.

Dash vive en una película de terror desde quinto grado, cuando comprendió que eso lo diferenciaba de los niños que todavía dormían con las luces encendidas. La alegre sensación de superioridad nunca se desvaneció del todo. Si come carne fresca, bebe sangre o acecha en las sombras, cuenta con Dash. Este año vimos *El despertar del diablo* durante el verano. Un montón de veces. Él recibió una magnífica videocasetera para su último cumpleaños —sí, su *propia* videocasetera, lo cual es ridículo incluso para los estándares de la gente rica—, y estuvo invitando a todo mundo a sus fiestas de cine, pero sin importar de qué película se jactara, siempre terminábamos viendo *El despertar del diablo*.

21

Dejé de ir en algún momento de agosto, fingiendo que mis padres me necesitaban para ayudar más en casa. La verdad era que no podía soportar ver a Kate y Dash acercándose cada vez más el uno a la otra en el sofá, actuando todo el tiempo como si no notaran que sus muslos estaban en curso de colisión.

Eso es otra cosa sobre el segundo año. En la secundaria, sólo se hablaba de los enamoramientos en el autobús y durante las pijamadas, y las citas eran una novedad. En el primer año de preparatoria, las relaciones se volvieron inevitables. Este año, las cosas se han acelerado hasta convertirse en un absoluto frenesí. Llevamos menos de una semana y ya ha habido una gran cantidad de besos en el pasillo, rupturas dramáticas y declaraciones de amor eterno. La situación es más intensa en la banda de música porque comenzamos las prácticas desde mediados del verano.

Observo rápidamente la habitación. Al menos la mitad de las chicas en el salón de la banda llevan joyería con los nombres de sus novios, que también están en la banda. (Los nerds de la banda salen con las nerds de la banda: es la ley del lugar.) Cuando una pareja lo hace oficial, el chico le da a la chica una pulsera de oro para el tobillo, con los dos nombres grabados en un dije de oro. Sin embargo, la mayoría de las chicas cree que así nadie más podrá ver la evidencia de la devoción de sus novios, por lo que compran cadenas de oro más largas y usan la placa con los nombres alrededor de sus cuellos.

He estado esperando el día en que Dash por fin le entregue una a Kate. (En realidad, Kate ha estado esperando ese día, y yo he estado esperando sólo por proximidad.) Incluso ahora, en este momento, Kate y Dash se están lanzando miraditas en una especie de código Morse.

Pestañas de Dash: *Vamos a besuquearnos más tarde.*

Pestañas de Kate: *¡Quizá!*

Pestañas de Dash: *¡¿En serio?!*

Pestañas de Kate: *Ya te dije que quizá. Soy la primera trompeta y la práctica está a punto de comenzar, me estás distrayendo.*

Pestañas de Dash: *Es que eres tan bonita.*

Pestañas de Kate: *¡¿En serio?!*

No sé cuánto más de esto podré tolerar.

De lo único que Kate quiere hablar ahora es de chicos en general, y de Dash en particular. Ya es bastante malo cuando chicas populares como Tammy Thompson pierden por completo la noción de su propio cerebro por montones desventurados de cabello, como Steve Harrington.

Lo cual me devuelve a la conversación zombi.

—Si nuestros profesores son muertos vivientes, también están desnutridos. ¿Han notado lo hambrientos que parecen? Nuestros cerebros no les están dando mucho sustento. Quizá no seamos tan inteligentes como pensamos. Tal vez sea porque de pronto todo el mundo está demasiado obsesionado con esas *cosas de las citas.*

Una indirecta. ¿Lo entiendes?

Kate se limita a soltar otra risita nerviosa y se vuelve hacia su trompeta, practicando sus movimientos de dedos para una de las muchas marchas de John Philip Sousa que la señorita Genovese siempre está imponiéndonos.

La asusté, pero no me siento mejor al respecto.

—De acuerdo —dice la señorita Genovese—. ¡Es hora de poner en orden sus escuadrones para la temporada 1983 de la banda! Tienen tres minutos para elegir su nombre, y ni un segundo más. Por favor, no me pregunten cuánto tiempo ha pasado. Hay un reloj encima de la puerta.

23

Se comienzan a apiñar grupos de cuatro, excepto el nuestro, que ya está reunido. Soy el único corno francés en la banda de música. Bueno, técnicamente sólo toco el corno francés en los conciertos de la banda. En las marchas toco un melófono, que se toca exactamente de la misma manera, pero es un poco aplanado en lugar de redondo, por lo que puedo cargarlo hasta el fin de los tiempos. En el primer año, la señorita Genovese me incorporó a un escuadrón con tres trompetistas, lo cual tiene sentido, supongo, porque el melófono parece una trompeta con garabatos extra en la sección central. Desde ese momento, los cuatro nos hemos fusionado también socialmente. A Kate le gusta decir que somos un átomo, porque ése es el tipo de metáforas tiernamente nerds que le encantan.

Pero la verdad es que, incluso con todo el tiempo que hemos pasado juntos en el salón de la banda y en el campo, en el autobús y en los juegos, yo no estoy *tan* fusionada como el resto del grupo. En algún nivel —el subatómico, supongo—, tengo la sensación de que no encajo del todo con la mayoría de los chicos de la banda. Que no importa cuánto tiempo pase con ellos, nunca seré *una* de ellos. Y eso puede ser aterrador porque, en la Preparatoria Hawkins, destacar es prácticamente una sentencia de muerte, a menos que seas popular.

—De acuerdo —dice Dash, trayéndome de regreso al presente—. Nombre del escuadrón de segundo año. Vamos.

—Seremos el Escuadrón Peculiar de nuevo, ¿verdad? —pregunta Milton—. Ya lo votamos el año pasado. Creo que deberíamos mantenerlo, por la continuidad, y también porque inventar un nuevo nombre sería un calvario.

Milton es el único de nuestro grupo que ya va en onceavo grado, y aunque su naturaleza tranquila y nerviosa le impide actuar como el líder de facto, Kate y Dash tienden a escucharlo cuando habla así.

—¡Me encanta Escuadrón Peculiar! —dice Kate.

—Se queda Escuadrón Peculiar —agrega Dash.

Asiento. No es que estuvieran esperando mi voto.

Pasamos los siguientes dos minutos en silencio. Kate y Dash han pasado de coquetear con los ojos a coquetear con los tobillos. (He visto los pies de Dash: asquerosos.) Me concentro en prepararme para tocar en la primera práctica oficial del año. Ya he memorizado las piezas, pero eso es sólo la mitad de la batalla con mi instrumento. Seré honesta: es un asesinato en comparación con la mayoría de los instrumentos de este salón. Es un elaborado artilugio de tubos de metal que parece existir sólo para emitir un chirrido en el momento equivocado. Lo elegí en primaria porque nadie más quería tocarlo. No es que me arrepienta de mi elección, pero desearía que alguien me hubiera advertido sobre el tiempo que pasaría vaciando una válvula de saliva.

Decidimos el nombre de nuestro escuadrón demasiado rápido. Aún nos quedan dos minutos. Dos minutos de nada. Ahora, gracias al pequeño recordatorio de la señorita Genovese sobre la existencia del reloj, parece que lo único que puedo hacer es escucharlo. Es uno de esos relojes grandes y redondos, blanco y negro, con un segundero que hace clic de forma audible mientras tu vida pasa.

Clic. Clic. Clic.

Tres segundos más que se van.

Veo a la señorita Genovese observando fijamente la puerta de salida, en la parte de atrás. La he visto correr hacia el final del estacionamiento de los maestros en el instante mismo en que la escuela termina para encender uno de sus amados cigarrillos mentolados. He olido el humo que se pega obstinadamente a su cabello después del almuerzo. Sale ahora del salón como si el fuego estuviera pisándole los talones, con el tiempo justo para fumarse uno rápidamente.

Nuestros profesores no quieren estar aquí. Mis compañeros de clase sólo están interesados en frotarse unos contra otros. Se supone que debo soportar tres años más de esto, ¿cómo?

Justo cuando estoy pensando en levantarme y salir por la puerta, Sheena Rollins, que toca el oboe, hace justo eso. O al menos, lo intenta. Cuando se está acercando, uno de los idiotas de la sección de percusiones se interpone en su camino.

Si a mí me preocupa el hecho de que no encajo del todo, Sheena Rollins es el epítome del no encajar, pero de manera agresiva. Se sienta en el salón delante de mí, por lo que siento como si hubiera tenido un asiento de primera fila para presenciar el bullying que año tras año se incrementa, a medida que ella se vuelve abiertamente cada vez más extraña. Su guardarropa es parte de ello. Viste de blanco de la cabeza a los pies: a veces es un overol blanco y una diadema blanca; otras veces, una minifalda blanca ancha y una camisa holgada extragrande. Nada de esto sigue el código no hablado de lo que usan los demás. Y la mayoría de las veces, parece que la misma Sheena cosió al menos parte de su ropa. (Otro punto de bullying para mis compañeros, obsesionados con las marcas.) Hoy lleva un vestido blanco estilo años cincuenta con pequeños lunares negros y una diadema blanca de tela.

—Hey, Sheena —dice alguien—, ¿qué crees que estás haciendo? La maestra no está aquí para dar pases. Vuelve a acomodar tu trasero de lunares en tu silla.

Sheena aprieta la boca, pero no responde. Ni una palabra.

Aquí está la otra cosa sobre Sheena Rollins: la recuerdo de la escuela primaria, cuando era una niña de voz suave, pero no la he escuchado decir una sola palabra desde el séptimo grado. Incluso toca el oboe tan bajo que la señorita Genovese todo el tiempo le está diciendo "sóplale más fuerte". (Lo cual no ayuda exactamente cuando se trata de bromas vulgares.)

—¿Adónde vas? —pregunta Craig Whitestone, con una sonrisita asquerosa como un pastel de carne de la cafetería.

Sheena se encoge de hombros.

—Ella está mintiendo —interviene Dash.

—Dash —le susurro mientras dirijo mi codo a su costado, pero fallo y lo estrello dolorosamente con su trompeta.

—Se pasa todo el tiempo en el baño —me informa Kate, como si eso hiciera que estuviera bien que sus compañeros de la banda la vigilaran con ánimo de policías.

—¿Y? —pregunto—. ¿A quién le importa?

—Los chicos de la banda no se salen de la clase —nos recuerda Milton.

—La señorita Genovese acaba de salir de la clase —le recuerdo.

—Ella es la *maestra* —Kate suspira en un tono sagrado. En su mundo, los profesores no pueden equivocarse.

Sheena intenta caminar alrededor de Craig, pero él la bloquea. Lo intenta de nuevo, agacha la cabeza y camina con un poco más de determinación, pero Craig la sujeta por la cola de caballo y la jala de regreso al salón. Algunos de sus idiotas compañeros ríen.

—Hey, tú —le digo—, ya déjala ir, válvula de saliva andante.

—Es su problema —sisea Kate—. No te metas.

Sé que no debería intervenir, en un nivel de básica supervivencia. Que es quizá lo más asqueroso de todo.

—Hey, Sheena —dice Craig—. Ya que estás tan bien vestida y no tienes adónde ir, ¿quieres bailar?

Él asiente hacia sus amigos, y algunos de los chicos de la banda comienzan a tocar descuidadamente. Sheena salta a una silla para evitar ser parte de su estúpida broma, pero Craig se pone entonces de rodillas frente a ella, como si le estuviera dedicando una serenata, lo que hace que ella se ponga roja... de ira. Salta de la silla para intentar llegar hasta la puerta. Craig la toma entonces del brazo y la hace girar en una parodia de un movimiento de baile. Un par de los tipos grandes y fornidos de percusiones deciden unirse a Craig y comienzan a girar frente a las puertas dobles, de manera que Sheena no pueda salir del aula. Bailan frente a ella, girando y meneando sus traseros, y luego dan la vuelta y empujan sus caderas hacia delante para mover sus... otras cositas.

En caso de que no lo sepas: los chicos de la banda pueden ser sorprendentemente impúdicos. Cuando la señorita Genovese regresa, el salón es como un rodeo mezclado con un cabaret, y apenas consigue controlarnos y recuperar las riendas.

—Está bien —cruza sus delgados bracitos—. ¿Quién comenzó todo esto?

Estoy a punto de señalar a Craig Whitestone, pero Kate me sostiene el dedo. Al menos la mitad de la clase apunta a Sheena.

—Señorita Rollins —dice la señorita Genovese con algunos cacareos secos—. Se quedará castigada después de las clases. En el primer día. Impresionante, de verdad.

Sheena se deja caer en su silla. Parece lista para romper su oboe en pedazos y salir del aula. Pero no lo hace. Se queda porque tiene que hacerlo, y todo el mundo hace de su vida un infierno porque… bueno, porque así es la escuela.

La mayor parte del tormento de Sheena provenía exclusivamente de los chicos populares hace unos años. Pero en la preparatoria, he notado que este tipo de comportamiento se propaga a todos los estudiantes que, colectivamente, se esfuerzan en hacer la vida cada vez más miserable a quienes no encajan. Tal vez haya visto demasiadas películas de terror con Dash, pero la verdad parece bastante clara. La preparatoria es un monstruo y está devorando a todos los que conozco.

CAPÍTULO TRES

9 DE SEPTIEMBRE DE 1983

Entre más miro, más veo la naturaleza monstruosa de la preparatoria. Específicamente, en Hawkins. Aquí está el paradójico problema: o caes en la trampa mortal de tratar de ser como el resto, o te devoran por ser diferente.

Dos días después de que Sheena intentó salir del salón de la banda, la veo frente a su casillero. A menudo, de su casillero caen en cascada objetos que los otros estudiantes introducen a través de las ranuras del metal: diamantina blanca, notas desagradables, condones.

Hoy, ella está ahí parada, parpadeando ante sus libros de texto, negando con la cabeza. Intenta abrir uno, pero no puede. Un imbécil los llevó a la carpintería, los cortó por la mitad y volvió a pegarlos.

—¿Quién tiene tiempo para hacer algo así? —murmuro.

Luego, me apresuro a ayudarla.

—Sheena… —digo, pero ella no me escucha o no quiere mi lástima. Ya se está moviendo rápido hacia el otro extremo del pasillo, donde arroja sus libros de texto a la basura.

Una maestra la sorprende y la detiene por arruinar propiedad de la escuela.

Esa maestra, la señorita Garvey, la acompaña a la oficina del director, pone una mano en el hombro de Sheena y dice con su voz más suave:

—Este tipo de cosas no sucederían si te esforzaras un *poquitín* en que los otros estudiantes te entendieran, Sheena.

Estoy a un poquitín de vomitar en los zapatos de la señorita Garvey.

Pienso en ir directamente a la oficina del director y contarle todo lo que acabo de ver. Pero ¿le importaría? ¿O terminaría yo castigada junto con Sheena por señalar que esta escuela está plagada de delincuentes? La respuesta es obvia, así que en lugar de luchar contra el monstruo de muchas cabezas que es la Preparatoria Hawkins, me largo.

No hay práctica de campo los viernes y nuestro primer juego de la temporada será hasta la próxima semana. Un segundo después de que suena la última campana, ya estoy sacando mi bicicleta del estacionamiento especial. Antes era de mamá. Está cubierta con sus viejas calcomanías de flores y el manillar termina en los tristes y regordetes restos de serpentinas que intenté arrancar cuando tenía trece años. Posee una sola velocidad, y todos los días tiene que codearse con un montón de brillantes Huffy y Schwinn de diez velocidades. Me subo al asiento tipo banana (¡auch!, cada vez) y me alejo rápidamente.

Andar sola en mi bicicleta por ahí es la mejor sensación del mundo. Como beneficio adicional, la brisa hace que mi cabello se mueva detrás de mí y dejo de oler mi permanente. Cuadra tras cuadra, la acera traquetea bajo mis llantas. Los árboles son de un verde intenso y las casas de un blanco almidonado.

Mientras avanzo en la bicicleta por un tramo liso de acera, tomo mi Walkman y lo enciendo. No necesito revisar lo que hay ahí, siempre tengo mis cintas de idiomas.

Cinta de Francés 2, lado 1, "Clima", clic.

—*Le temps* —dice una mujer con su voz muy suave y muy francesa.

—*Le temps* —murmuro.

—*La tempête.*

—*La tempête.*

—*La brise.*

—*La brise.*

Estoy alcanzando un buen ritmo cuando un auto pasa a toda velocidad, lejos de la preparatoria, y me toca la bocina, así que salgo del momento con un sobresalto y casi termino en el pavimento. Llevo una mano a mi Walkman. Está bien.

Pero fácilmente podría haberse caído y hecho añicos, y ya no tendría manera de escuchar las cintas de idiomas que rogué a mis padres que me compraran en octavo grado (después de ver un infomercial, nada menos).

Manejo como una experta, quito las manos del manubrio y exhibo ambos dedos medios levantados al aire, con una sonrisa.

—¡Ahógate en gasolina! —grito.

—¡Muérete, perdedora! —grita alguien en respuesta.

—Qué poca imaginación —empujo hacia abajo mis pedales y me pongo de pie para gritar, antes de que queden fuera de mi alcance—. ¡Necesitan que alguien les enseñe a responder mejor!

No sé quién está conduciendo. Probablemente ellos tampoco vieron quién era yo; el mero hecho de que estén en un automóvil y yo en una bicicleta vieja es suficiente. Dinámica de poder establecida. Perdida, al parecer. Pero no se trata en realidad de ganadores y perdedores. *Todos* vivimos en un pequeño pueblo de Indiana. No hay nada grande o brillante que ganar. Creo que la gente lo sabe, aunque no quiera admitirlo. Esto significa que escupir a la gente (literal o metafóricamente) es sólo otra forma de pasar el tiempo. Estoy absolutamente convencida de que mis dedos medios se ejercitarían menos si viviéramos en un lugar donde tuviéramos cosas que hacer, cosas que importaran. Pero vivo en Hawkins. Si me quedo aquí el tiempo suficiente, me convertiré en la Jane Fonda de los dedos medios.

Mis manos regresan al manubrio. Agrego algunos repiqueteos de mi timbre de metal por si acaso el idiota que pasó a mi lado todavía me está prestando atención.

Sigo pedaleando hacia las afueras del pueblo, donde hay más nubes que autos. El día es prístino, pero tomar el camino largo, más allá de los campos y alrededor de la presa, está empezando a volverse contra mí. Me da tiempo para pensar en cómo el espectáculo de terror de un chico popular en ese auto es sólo una de las muchas garras del monstruo. Su alcance va mucho más allá de la propia escuela. Y eso significa que nunca podré escapar de él. No mientras viva aquí.

Sin embargo, no hay nada que pueda hacer al respecto. Estoy atrapada en un pueblo tan normal que, de hecho, duele. Un pueblo donde a lo *normal* le han crecido dientes.

Para cuando llego a casa, estoy lista para dejar salir algo de esta frustración. Tomo la llave de repuesto de su escondite, debajo de una jardinera, y al momento de entrar, ya estoy gritando:

—¡No puedo creer que hayan elegido vivir aquí por gusto!

Mamá está bailando alrededor de la sala con un suéter de ganchillo que termina cerca de su ombligo, ajustado sobre un vestido largo y vaporoso. Tiene los ojos cerrados, chasquea los dedos. La mayoría de las veces, cuando llego a casa, ella todavía está en el trabajo y me recibe siempre una casa vacía, pero hoy llegó temprano.

—¿No puedes creer qué, cariño?

Un disco gira sobre la base de madera tallada, dejando escapar los predecibles sonidos de una voz quejumbrosa que insiste en que si alguien no los ama ahora, nunca más volverá a amarlos. Mamá está drogada a las cuatro de la tarde, escuchando a Fleetwood Mac.

—No puedo creer que hayan elegido vivir aquí —digo.

—Esas palabras son tan mordaces, Robin —dice en un tono de susurro—. ¿Puedes empezar de nuevo desde un lugar de paz?

Cuando comienza a hablar con mantras, sé que no obtendré respuesta.

Por lo general, entierro este tema bajo la alfombra, me busco un bocadillo y voy a mi habitación a sacar mi tarea, para trabajar en lo que realmente me gusta: los idiomas. Hasta ahora estoy estudiando cuatro (inglés, español, francés, italiano) y quiero dominar cada uno de ellos antes de agregar más.

Pero algo sobre considerar el resto del segundo año está empezando a alterar mi cabeza, y la rutina normal no funcionará. Me acerco al tocadiscos y bajo el volumen. Mamá abre los ojos de súbito; no le gusta que alguien interrumpa sus discos. Le preocupa tanto que se rayen como a otras personas les preocuparía herir los sentimientos de un amigo.

—¿Sabías que crearon esta canción uniendo piezas de otras canciones? —pregunta en un estado de ensueño, hiperdeslumbrada. Uno imaginaría que Fleetwood Mac solo y sin ayuda (¿quíntuplemente solos?) logró la paz mundial.

—¿Sabes que tienen dos álbumes nuevos después de *Rumours*?

—Ninguno es tan bueno —dice—. Robin, cariño, sabes lo que siento con respecto a esto. La gente está obsesionada con lo *nuevo*.

En verdad, sé de lo que está hablando. Todos en la escuela devoran las nuevas modas, las nuevas tendencias, la nueva tecnología. Milton colecciona obsesivamente cualquier cosa que pueda reproducir New Wave, desde un sintetizador hasta cartuchos de ocho pistas. Dash tiene una docena de suéteres grises con cuello en V que jura que son de diferentes marcas, a pesar de que se ven exactamente igual en su cuerpo delgado, y tiene un preparatoriano par de Sperry Top-Siders para cada día de la semana. A Kate sólo se le permite tener cosas que pueda usar para ir a la iglesia, lo que significa que ha gastado los últimos cinco años de su mesada en un guardarropa secreto que mantiene en su casillero del gimnasio de la escuela. En este momento está coleccionando cintas de encaje para la cabeza demasiado costosas, porque quiere parecerse a una nueva cantante de pop con un nombre severamente católico.

Pero el Escuadrón Peculiar es un ejemplo bastante soso, en realidad. Tam y sus amigas parecen estrenar un nuevo labial o un tono de delineador de ojos distinto todos los días. Y no me des un megáfono ni me preguntes cuánto debe gastar Steve Harrington en productos para el cabello y anteojos de sol gruesos y poco favorecedores, porque la gente en Michigan se enterará de todo.

Se supone que todo en nuestras vidas debe ser brillante, de una gran tienda o asquerosamente costoso. Estos elementos son la Santísima Trinidad. Otra cosa en la que el monstruo de la preparatoria es bueno: un consumo constante y cada vez más acelerado. Ni siquiera intento seguir el ritmo. Me encantan los libros de bolsillo maltratados que encuentro en la venta de libros de la biblioteca. Las únicas piezas de tecnología que poseo son un Walkman barato para escuchar mis cintas de idiomas y una cámara Polaroid que Kate me regaló de cumpleaños la primavera pasada (y sospecho que era su modelo viejo, porque ella tenía una ocho milímetros más nueva y brillante). La mayor parte de mi ropa es *vintage* o heredada por varios "primos". (No son mis primos en realidad, sino los hijos de los amigos hippies de papá y mamá. Y tienen muchos hijos.)

Estoy de acuerdo con mamá en esto.

Pero ese argumento tiene otra cara.

—Tú y papá están demasiado interesados en las cosas *viejas*. Si algo se hizo en los años sesenta, de inmediato piensas que es sagrado. Sabes que no puedes adorar el macramé y las lámparas de lava, ¿verdad?

Mamá se cruza de brazos y me mira con los ojos entrecerrados, su estado genial se ve interrumpido por completo.

—En serio, ¿cómo terminaron dos absolutos hijos de las flores varados en Hawkins, Indiana? —pregunto, dejándome caer en la alfombra y metiendo los pies debajo de mí. Es una batalla de la progenie contra los padres, y me quedaré aquí hasta que me cuente la verdad.

—¿En verdad necesitas saberlo? —pregunta mamá.

—En verdad.

No hago muchas preguntas a mamá y papá o, si las formulo, suelen ser retóricas. No exijo respuestas. Siempre he sido una "niña fácil", como me llama mamá: fluyo con las cosas y nunca me meto en problemas. Quizá sea la novedad de este momento lo que la hace sospechar, o tal vez simplemente no le gusta hablar de su pasado, a menos que sea en sus propios términos.

—¿Para qué?

—Un proyecto de la escuela —digo encogiéndome de hombros—. Sobre nuestros orígenes.

Soy buena para reaccionar rápido. ¿Ya lo había mencionado? Mamá ríe y hace girar sus brazaletes al ritmo del arrullo agudo de *"You Make Loving Fun"*.

—Tu origen fue en la parte trasera de una vagoneta Volkswagen después de una noche particularmente mágica en la costa de Oregón...

Me cubro los oídos con las manos, me incorporo de un salto y me aparto de esta situación descaradamente inaceptable.

En mi habitación, me coloco los audífonos metálicos y vuelvo a encender el Walkman. Retoma la cinta de Francés 2, lado 1, "Saludos y despedidas", pero el tono suave y monótono de la voz de la mujer que dice *"Bonjour! Salut! Coucou! Allô? Au revoir! Je suis désolée, mais je dois y aller"* no me viene bien en este momento.

Recurro a mi limitada selección de música verdadera y pongo el disco de Stevie Nicks, *Bella Donna*, para competir con el eterno Fleetwood Mac de mamá. Es apenas un pequeño acto de rebeldía, pero alivia la picazón. Paso directamente a la apertura superdramática de *"Edge of Seventeen"*. La música se derrama sobre mí mientras me arrojo sobre la alfombra.

Miro fijamente el techo.

El techo me mira fijamente.

Estoy aquí atrapada, definitivamente atrapada, y no sé qué hacer. Stevie Nicks, a su manera ominosa, me recuerda que ni siquiera estoy *cerca* de los diecisiete. Hay una especie de esperanza en los diecisiete, una promesa de aventura con la que sólo puedo soñar. Más allá de eso, los dieciocho están esperando. Y la libertad. Y el resto de mi vida.

Sólo tengo quince años y medio.

Nadie escribe canciones sobre eso.

CAPÍTULO CUATRO

10 DE SEPTIEMBRE DE 1983

En Hawkins, incluso un viaje al supermercado puede resultar complicado.

Sólo estoy aquí para comprar la comida chatarra necesaria para mi reunión de sábado con Kate, pero me quedo atascada en la fila de la caja detrás de una mamá que reconozco de la escuela. La señora Wheeler. Su hija, Nancy, no parece estar con ella, pero viene acompañada por cuatro personitas, y al menos una de ellas es su descendencia. Todos están dando vueltas en lugar de ayudarla, bombardeando el pasillo de los cereales, gritándose cosas crípticas a través de *walkie-talkies*.

—Está bien, Mike —llama la señora Wheeler en su tono más indulgente—. No seas *demasiado* salvaje, ¿de acuerdo?

Mike, su extremadamente pálido hijo, le gruñe y huye corriendo.

—Son unos auténticos demonios —admite la señora Wheeler a la mujer con gesto de abuela que trabaja en la caja, y ambas sueltan una risita.

Qué gran broma.

La señora Wheeler lleva un vestido blanco y tacones altos de color rosa, y su cabello está peinado en una tempestad rubia. Hay una enorme cantidad de comida en su carrito, pero parece que necesita recibir urgentemente una pequeña charla nutricional. Literalmente, no deja de parlotear con la cajera. Habla sobre la nueva señal de alto que pusieron (parece que las pautas de tránsito son un gran problema cuando no tienes otra cosa de que hablar).

Cuando todo está registrado, la mujer voltea. Su fachada se desliza por un segundo, su voz suena más como una sargento de instrucción que una edulcorada mamá de televisión.

—¡Mike! ¡Trae a tus amigos aquí y ayuden con las bolsas!

Su fantasmal hijo responde con un alarido:

—Mamá. ¡Estamos ocupados!

Las manchas de rubor en las mejillas de la mujer se tensan mientras hace muecas.

—Bien, Mike, sólo… ¿se reúnen conmigo afuera?

Mike refunfuña y aprieta un botón de su *walkie-talkie*.

—Nos encontraremos con la Medusa Rubia afuera.

La señora Wheeler suspira. Luce miserable, pero tiene los dientes trabados en una sonrisa tensa mientras voltea hacia el chico que está empaquetando sus compras.

—¿Podemos darnos prisa, por favor? —le pregunta.

—Lo siento, señora Wheeler.

Ella frunce el ceño y continúa reprendiéndolo, con la sonrisa presente todo el tiempo, porque él no está empacando "como se debe". La señora Wheeler parece perfectamente cómoda tratando a este joven como su criado, como si de alguna manera estuviera por debajo de ella. Siento como si estuviera observando el orden social de la preparatoria en la vida salvaje. Nada de eso se detiene cuando nos graduamos, no mientras permanezcamos aquí, en Hawkins; simplemente evoluciona, toma nuevas formas.

Cuando la señora Wheeler (por fin) se mueve, dejo caer mis M&M's y la barra de Milky Way ya un poco derretida en el mostrador, y espero a que la señora de la caja me llame mientras busco en los bolsillos de mi chamarra de mezclilla el cambio.

La señora Wheeler me mira directamente y dice:

—Oh, cariño, ¿sólo dulces? Tienes tanta suerte de no tener que preocuparte por tu figura todavía —alisa la parte delantera de su vestido, mostrando un estómago Jazzercise en verdad tonificado—. Recuerdo haber sido así cuando estaba en la preparatoria. Yo era igual que tú.

Río. No puedo evitarlo.

No hay forma de que la señora Wheeler fuera como yo en la preparatoria. Ella debe haber sido de lo más popular.

—Oh, crees que sólo soy una vieja y tonta mujer —dice, aunque no es ni remotamente vieja—. Pero crecí en Hawkins y puedo asegurarte que esos días de escuela son dorados. Deberías disfrutarlos. Tienes que disfrutar de las cosas… —mira por el aparador de vidrio de la tienda, donde los cuatro pequeños salvajes fingen ser espías— mientras puedas.

¿Qué les sucede a las personas que ya nada disfrutan?, quiero preguntar. *¿Qué tanto empeorará para nosotros? ¿Qué destino horrible tiene preparado este pueblo para cualquiera que no esté en la cima del orden social?*

No le pregunto nada de eso, por supuesto.

Dejo un montón de cambio en el mostrador, tomo mis golosinas y corro.

CAPÍTULO CINCO

10 DE SEPTIEMBRE DE 1983

Para cuando llego a casa de Kate, el Milky Way está prácticamente derretido.

—Pasa —dice ella—. No hay padres en la costa.

Kate tiene ese tipo de padres que van a la iglesia dos veces los fines de semana y se quedan allí prácticamente todo el día. Una vez que comenzamos la preparatoria, se le permitió decidir si quería saltarse los servicios del sábado, siempre y cuando asistiera al grupo de jóvenes los martes por la noche. No le tomó mucho tiempo comprender que los puntos que obtendría por un fin de semana doble en la iglesia nunca podrían superar el tener una séptima parte de la semana para ella sola.

Ya se vistió con su guardarropa secreto. (Guarda un atuendo para el fin de semana en su mochila.) Ambas llevamos pantalones con estribo y camisetas extragrandes en colores brillantes y semicontrastantes. (Verde azulado y amarillo brillante para mí, fucsia y naranja para Kate.) Mi estilo diario es un poco más de jeans y camisetas de segunda mano, pero a Kate le encanta que combinemos.

Hacemos palomitas de maíz en la estufa (sus padres no creen en el microondas) y las servimos en un tazón grande.

Vierto toda la caja de M&M's encima. Tuve que pasar por ellos de camino porque ninguna de nuestras unidades parentales confía en el azúcar procesada.

—Ahhh —dice Kate, clavando ambas manos en el tazón—. Comida de dioses.

—¿No es la ambrosía? —pregunto.

—Si hubiera dioses en Hawkins, definitivamente comerían esto —dice, masticando.

—Escuché ese *si* —digo, burlándome de ella con mi voz plana como granjera del Medio Oeste—. ¿Y dioses? ¿En plural?

—¡Blasfemia al cuadrado! Es bueno no tener hermanos menores que puedan delatarme.

Ninguna de las dos tenemos hermanos. Mis padres me engendraron por accidente (nadie se embaraza en una vagoneta intencionalmente), mientras que Kate fue adoptada. De alguna manera, tenemos mucho en común; de otra, nuestras familias no podrían ser más diferentes.

Una vez hicimos una lista, comparando y contrastando ambas familias. En una columna teníamos cosas como "no confían en el gobierno" y "demasiadas verduras al vapor". En la otra, "La casa de Kate siempre está impecable" *versus* "La casa de Robin huele a perro aunque no tenga mascota".

—Llevemos esto al estudio —dice Kate, agarrando el tazón y un ginger ale frío para cada una. Sus padres tienen un extraño resquicio legal para el ginger ale; al parecer, dado que está hecho de una raíz, está permitido.

Nos acomodamos en el sofá de cuadros marrones y enciendo la televisión; recorro los canales hasta encontrar las noticias. El presentador está en medio de un segmento sobre Radio Shack y una nueva computadora a color que están lanzando, la CoCo2.

—¿CoCo2? —pregunto, probando el nombre—. Suena más a un chimpancé experimental que a una computadora.

—Los científicos son excelentes para descubrir cosas, no para nombrarlas —señala Kate—. ¿Por qué crees que prefieren el griego y el latín? Hace que todo suene elegante y respetable, cuando en realidad están ocultando el hecho de que, abandonados a sus propios recursos, nombrarían planetas como Neville, en honor a algún científico que por casualidad tenía apuntado su telescopio en la dirección correcta.

—Hey —digo, falsamente ofendida—. Robin sería un planeta superlativo. Boletos de ida gratis para cualquiera que necesite empezar de nuevo.

Vaya, bromear sobre dejar la Tierra no debería ponerme tan melancólica.

—¿Podemos cambiar de canal, por favor? —pregunta Kate, levantando el control remoto—. Es mi único día libre de una dieta completamente educativa. Quiero mi MTV.

—Sabes que mi papá cree que el gobierno mete mensajes subliminales en las noticias. Tengo que llenarme del mundo exterior mientras pueda.

—Está bien —suspira Kate—. Supongo que me mantiene actualizada sobre las cosas que podría necesitar saber para un debate.

—Exacto. Por ejemplo, si CoCo2 desarrollará sensibilidad o no y si Radio Shack liderará la lucha por la supervivencia humana en la rebelión de las máquinas.

—Yo me quedo con la postura negativa.

—Entonces... ¿los robots ganan?

—No sabes nada sobre un debate, en serio —suspira Kate—. Desearía poder chantajearte para que tomaras al menos una actividad extraescolar.

—No es probable.

Kate, Dash y Milton son de esas personas a las que les encanta unirse a todos los grupos. Además de la banda del equipo deportivo en el otoño y la banda de concierto en la primavera, todos son oficiales en el consejo estudiantil y varios otros clubes en los que ni siquiera puedo imaginarme participando. No importa cuánto necesite integrarme para evitar un destino como el de Sheena Rollins —sólo otra nerd, nada hay que ver aquí—, lo único que parece que no puedo soportar son los clubes semiacadémicos donde la gente pasa todo su tiempo tratando de superarse intelectualmente uno al otro. Me hacen poner los ojos en blanco hasta un punto de verdadera tensión.

El presentador de noticias comienza con los deportes. Algo sobre Martina Navratilova haciendo algo con una pelota de tenis.

Kate se sienta con las piernas cruzadas frente a mí, lo que significa que en realidad no puedo ver la televisión, pero está bien porque todavía tenemos cinco minutos de deportes antes de que vuelvan a temas más sustanciosos. Es la cantidad perfecta de tiempo para trenzar el cabello de Kate. Nos hicimos juntas nuestras permanentes en casa en agosto (para que el olor alcanzara a desvanecerse un poco cuando empezáramos la escuela), pero ella asegura que debe dormir con trenzas de cualquier manera. Para "duplicar su volumen", dice.

—Gracias —acaricia las trenzas como si fueran mascotas que se han portado bien cuando termino—. ¿Quieres que trence el tuyo?

—Está bien —mis rizos no necesitan más estímulo—. En realidad, debería cortarme el cabello —odio esta permanente, pero *ayuda* con todo el asunto de la integración. Es lo normal de la nerd de la banda—. Por lo menos, debería cortar las partes que tocaron los chicles viejos. Han pasado días y juro que todavía puedo sentirlos...

—¿Quieres que te afeite la cabeza con una rasuradora de mi padre? —pregunta Kate.

Sé que está bromeando, pero lo considero seriamente por un segundo.

—Papá *nunca* lo superaría —admito—. Lo cual es gracioso, porque él habla mucho sobre cómo se enfrentó con sus padres por haberse dejado crecer el cabello. Mamá fingiría que está orgullosa de mí para hacer que papá se rinda ante la humanidad, pero estoy bastante segura de que ella también lo odiaría en secreto. Voy a sentir los chicles fantasma en mi cabello para siempre, gracias.

—No puedo creer que haya sucedido frente a Steve Harrington y que ni siquiera haya hecho una sola horrible broma —dice Kate—. Quizás está evolucionando.

Kate siempre tiene esperanza en los chicos y su evolución, como si fueran una especie que no se ha puesto al día. Sin embargo, ésa no es la realidad. Ellos simplemente están sujetos a estándares por completo diferentes, como cuando jugamos limbo en la clase de deportes y, de pronto, después de que la barra se ha ido bajando más y más para todos, por turno, recupera su altura inicial cuando un chico superpopular se sitúa al frente de la fila.

Bien, ahora me estoy preguntando *por qué* jugamos limbo en la clase de deportes.

¿De qué manera el hacer fila durante la mayor parte del tiempo y luego casi rompernos la espalda nos podría volver más atléticos?

—Steve Harrington siempre será el mismo —digo—. Va a apestar igual por siempre.

Kate se gira hacia mí y saca las últimas palomitas de maíz del tazón. Unos cuantos M&M's chocan entre sí. Me deja comer los trozos de caramelo que se cubren de sal, junto con los granos quemados; soy el bicho raro al que le gustan más las palomitas a medio explotar.

—Escuché que a Steve le gusta Nancy Wheeler. Eso parece un territorio nuevo para él.

Kate está extremadamente conectada con los chismes de los estudiantes de último año porque está tan avanzada en algunas de sus clases que tuvieron que adelantarla.

—¿En serio? —pregunto con un desagradable aumento de interés—. Nancy Wheeler no parece ser su tipo.

—¿Quién sí? —pregunta Kate. No es un tono a la defensiva, en verdad quiere saber. Le gusta tener toda la información.

Pienso en Steve Harrington sonriéndole a Tam en la clase de Historia. Ha sucedido todas las mañanas, como un reloj.

Cada vez, ella se torna rojo brillante. ¿Quizá sea alguna reacción alérgica?

—No lo sé. A Steve parece que le gustan las chicas que son un poco más... —pienso en Tam, cantando todas las mañanas. ¿Él notará cómo se ve Tam cuando está muy concentrada, hasta las arrugas que se forman en los bordes de sus ojos? ¿Ve cómo ella inclina la cabeza hacia atrás en las notas bajas?

—Parece que tienes un gran interés personal en este tema, Robin —dice Kate—. Si no te conociera tan bien, pensaría que te gusta Steve Harrington.

Estoy a punto de protestar con todo mi corazón.

Pero entonces el presentador de noticias cambia de tono y se siente como si se formaran nubes de tormenta en el gran cielo abierto. Me pica la piel. Conozco ese tono. Es la forma en que siempre suenan cuando hablan de la epidemia.

—Según el informe de ayer, el CDC ha descartado todas las formas de contacto casual —anuncia el presentador—. El virus del SIDA no se puede transmitir por alimentos, agua, aire o superficies ambientales. Si bien esto elimina una serie de vectores de la enfermedad, la tasa de transmisión entre los homosexuales sigue siendo lo suficientemente alta para causar...

Kate deja escapar un suspiro y apaga el televisor, de manera concluyente.

—Tal vez eso haga que mis padres dejen de hablar de todo esto como si fuera a invadir sus vidas perfectas.

No sé si se refiere a los homosexuales o al sida.

Como sea, mucha gente en Hawkins parece hablar de ellos básicamente como si fueran lo mismo, una enfermedad contagiosa.

Cada vez que escucho algo así, mi garganta se congela y un escalofrío profundo comienza a extenderse por mi cuerpo. En cuanto las palabras golpean mi cerebro, mis funciones vitales comienzan a apagarse. No puedo respirar, ni hablar ni comer.

Nadie más parece reaccionar con tanta fuerza, ni siquiera mis padres, que tienen tolerancia cero con las conversaciones deshumanizadas. Sin embargo, no parecen quedarse helados como yo. No sé por qué soy la única con un ladrillo congelado donde suele estar mi estómago cuando alguien menciona a *los homosexuales*.

—Muy bien, volvamos al asunto en cuestión —dice Kate, golpeando el control remoto contra su palma—. No vas a escapar de esto.

—¿De qué? —agarro el tazón de palomitas de maíz y salgo de la guarida. Como si alejarme de la televisión cambiara el tema del que se hablaba en las noticias.

—¿Quién te gusta? —pregunta Kate, siguiendo mis pasos.

—Oh. Mmmm. ¿Quién te gusta? —repito la pregunta, aturdida.

—No, no, no —dice ella—. No vas a evadir el tema esta vez. Y además, sabes que a mí me gusta Dash. He estado hablando de eso sin parar durante todo el verano. Pero tú no me has hablado de ningún enamoramiento desde que estábamos en octavo.

—No he tenido ningún enamoramiento desde octavo grado.

Y ése fue inventado. En una pijamada de Halloween en casa de Wendy DeWan, todas me presionaron tanto que solté el nombre de un chico, a pesar de que en realidad no me atraía. En la secundaria, decir que te gustaba un chico se sentía importante, al borde de la obligación.

—¿Estás segura de que ya superaste a Matthew Manes? —pregunta Kate.

Matthew Manes es un chico que pasa la mayor parte de su tiempo solo en la pista de patinaje, trabajando en sus rutinas, como si fuera un patinador sobre hielo entrenando para los Juegos Olímpicos. Me gusta el patinaje sobre hielo tanto como a cualquiera, pero Matthew Manes fue sólo un nombre que saqué de la nada. Nunca fue alguien a quien quisiera besar. Ni patinar con él siquiera.

Tomo otro ginger ale. ¿No se supone que esto cura los dolores de estómago? Pero sigo con un gran dolor y la conversación no está ayudando.

—Sólo creo que esperaré hasta después de la preparatoria para cultivar una vida amorosa.

—¿Por qué? —Kate parece genuinamente perpleja. Ella es una de esas estudiantes tan buenas para hacer sus tareas que cuando las personas son más complicadas que los problemas de álgebra, se frustra un poco.

—Las relaciones de la preparatoria son fugaces —digo—. Mientras que los escuadrones de la banda son para siempre.

Kate ríe con mi intento de cambiar el rumbo, pero no me la he sacudido del todo.

—Eso no niega mi punto. Deberías conseguir un novio. Alguno.

—No dirías que me conforme con cualquier compañero de estudio, pero crees que debería acorralar al primer chico que vea en la cafetería y... ¿entonces qué? ¿Sólo besarlo? ¿Y luego informarle que desde ahora pasaremos todos los viernes por la noche juntos para cumplir con el contrato social?

—mi estómago es un gran nudo gordiano en este momento.

Ella suspira.

—Lo estás haciendo sonar tan difícil. Tener citas en la preparatoria es divertido. Es bueno para ti. Es práctica. No irías al torneo estatal a debatir si no hubieras practicado, ¿verdad?

—Voy a adoptar una postura negativa.

—¡Ni siquiera sabes lo que eso significa!

—Sé que no puedo imaginarme practicando con ninguno de los chicos de nuestra escuela. ¿Y para qué sería este ensayo?

—La vida —dice Kate con voz soñadora—. Vamos a crecer en algún momento, Robin. Pronto. Piensa en ello matemáticamente. Estamos más cerca del matrimonio y los bebés que de ser niñas...

Y entonces, hago un gesto con la boca como si fuera a vomitar.

Sin ofender a Kate, pero... puaj.

En lo único que puedo pensar es en la señora Wheeler bloqueando la caja registradora de la tienda, con su vestido desesperadamente agradable, la sonrisa falsa en su sitio.

No hay suficiente ginger ale en el mundo para eliminar este extraño sabor de mi boca, pero me trago el resto de la lata de cualquier manera.

—No quiero eso —digo, con la última de las burbujas todavía haciéndome cosquillas en la nariz—. Quiero algo más que eso.

—Ése va a ser un problema —señala con firmeza. Su tono no es desagradable ni condescendiente. Es más como si quisiera que yo escuche y entienda cada palabra de lo que dice—. Nuestras vidas ya están marcadas, y cualquiera que quiera cambiarlo tendría que trazar una línea tajante en una dirección diferente, lo cual puede ser más difícil de lo que imaginas. Porque tú no eres una rebelde, Robin. Eres una nerd.

—Kate —digo, dejando el ginger ale y lanzándome sobre ella en un abrazo torbellino—. Eres un genio.

—¡Exacto! —dice, aplastada contra mi hombro—. Porque yo también soy una nerd.

Y entonces salgo por la puerta trasera y agarro mi bicicleta, mientras Kate me grita.

—¿Espera, adónde vas? ¡Me prometiste que finalmente escucharíamos a Madonna juntas!

CAPÍTULO SEIS

10 DE SEPTIEMBRE DE 1983

Una hora más tarde, estoy parada sobre mi cama, mirando al suelo, que está cubierto de fotografías antiguas y brillantes.

Evidencias de rebelión.

El noventa y cinco por ciento del piso corresponde a las rebeliones de mis padres. No se limitaron a quedarse sentados en los salones de clase de la preparatoria para esperar a ser devorados por la banalidad. No se quedaron quietos, no se rindieron.

Faltaban a la escuela por varios días seguidos, se marchaban veranos completos, siguieron moviéndose en lugar de comprometerse con la universidad de inmediato, viajaron de un lado a otro por la costa oeste y por todo el país cuando sólo tenían unos pocos años más que yo. Sus fotos se ven desteñidas por el sol, sin posar. Miran a la cámara o a lo lejos a través de lentes de sol redondos. Mamá está con los senos al aire en algunas. (¡Dios!) Papá exhibe una barba en la que los pájaros podrían anidar. Se paran con los brazos a los lados, en posiciones casuales y, sin embargo, de alguna manera desafiantes, rodeados de los amigos y personas con quienes estaban saliendo. Excepto que no usaban esa palabra.

No puedo decir amantes, ni siquiera en mi cabeza.

A mamá le encanta hablar sobre el amor libre. ¿Pero en verdad creen en eso todavía? ¿Ahora que están casados y comparten cosas como pastel de carne todos los martes? ¿Cuánto tiempo tiene que permanecer alguien en Hawkins antes de volverse irremediablemente común?

Me tiro al suelo y me abro un espacio en medio de las fotos. Las saqué de los álbumes en cuanto llegué de la casa de Kate. Me dijo que yo no soy una rebelde, y tiene razón.

Mis padres iban a protestas y a fiestas, dormían en las playas y en los departamentos de amigos que acababan de conocer ese mismo día. Pusieron flores en todos los lugares que pudieron imaginar. En el piso hay cientos de fotos de ellos. Tantas que no puedo ver la alfombra beige debajo.

Una pequeña y triste porción del piso corresponde a mis rebeliones.

La vez que me puse goma de mascar en el cabello a propósito y mamá me cortó un gran trozo con unas tijeras de cocina. (Lo cual, a la luz de la clase de la señora Click a principios de esta semana, se siente irónico. O tal vez, simplemente un mal presagio.) La vez que me negué a ir a casa de la abuela Minerva en Navidad, porque ella siempre me obligaba a usar un vestido de terciopelo rosa que me raspaba, y para cuando estaba en secundaria ya me quedaba demasiado pequeño, así que me quedé en casa con el ponche de huevo y le añadí una taza de algo que olía a esmalte de uñas del mueble de licores de papá… que vomité de inmediato. La vez que, cuando apenas comenzaba la preparatoria, descubrí que no ofrecían idiomas extranjeros, así que decidí que sólo respondería en francés a cualquiera que me hablara.

No encuentro una sola rebelión en el último año.

Eso no es una coincidencia, en realidad. Pensé que camuflarme como una nerd de la banda y mantener la cabeza gacha durante el resto de la preparatoria me ayudaría a pasar cuatro años desgarradores, pero ni siquiera voy a la mitad del camino.

Y luego, está la vida *después* de la preparatoria. ¿Qué tipo de monstruos están esperando en Hawkins cuando termine? ¿Qué pasa si la señora Wheeler tiene razón y es verdad que sólo empeora a partir de ahora? Si no aprendo a escapar ahora, tal vez nunca lo haga.

Por supuesto, no es como que pueda simplemente correr hacia los brazos abiertos de los hippies. Estamos en los ochenta. Los adolescentes ya no dejan sus vidas atrás por una promesa de libertad ilimitada y pantalones acampanados.

Pero eso no significa que tenga que quedarme en Hawkins cada minuto hasta que me gradúe. Debe haber otras posibilidades, unas que concilien con mis puntos fuertes. Miro la pila de libros en mi escritorio, las novelas que ahora puedo leer en otros tres idiomas, los entrañables diccionarios de idiomas que compré para aprender palabras nuevas y otras formas de pensar.

Papá llama a mi puerta. (Sé que es él: siempre da un golpe único y solitario. Mamá seguiría golpeando.)

—¿Estás ahí, Robin? —pregunta.

—Aquí estoy —digo, mirando el cerrojo para asegurarme de que tiene el pestillo echado.

—Hay estofado esta noche —me recuerda—. Tu mamá le puso zanahorias, como te gusta.

Vaya. Mucho por delante.

Puedo escuchar a papá alejarse de la puerta, empujo mi espalda contra la cama y estiro mis piernas por completo mientras suspiro.

Les contaré mi plan cuando todo esté listo y en su lugar. Lo entenderán… tendrán que entenderlo. Son ellos quienes me condenaron a vivir en Hawkins. También fueron ellos quienes dejaron claro que no era necesario esperar hasta ser todo un adulto a los ojos del mundo para tomar tus propias decisiones. Tendré dieciséis años cuando termine el segundo año, edad suficiente para viajar por mi cuenta.

Necesito ir a algún sitio con una cultura completamente diferente, un lugar donde la banda de música, el segundo año y Steve Harrington sean conceptos extraños. Donde pueda usar todas las palabras que conozco y enviar postales a Hawkins en idiomas que nadie más entiende. Un sitio tan diferente que no importe si yo también lo soy.

Agarro mi pesada Polaroid gris, la giro hacia mí y hago clic. Después de unos minutos de sacudir el rectángulo de plástico mi cara sale de la oscuridad, lo tiro al suelo y lo agrego al tapiz de decisiones audaces: ésta ha sido oficializada.

Me voy a Europa.

CAPÍTULO SIETE

—La llamo Operación *Croissant* —susurro a Dash. Estamos en Inglés, la tercera clase del lunes por la mañana. Tuve que esperar veinte minutos enteros para decirlo, porque estamos sentados demasiado cerca del frente del salón y, por lo tanto, del profesor.

Pero ahora mismo, el señor Hauser está caminando de un lado a otro por los pasillos mientras mis compañeros se exp010men los sesos con la pregunta que está escrita en el pizarrón: *Si ningún hombre es una isla, ¿qué tipo de masa de tierra somos? Tema de discusión.* Esto me da la oportunidad de contarle a uno de los integrantes del Escuadrón Peculiar el plan que ha estado burbujeando dentro de mí desde el sábado por la noche como una bengala encendida.

—Espera, ¿vas a mudarte a Europa? —pregunta Dash, haciendo el movimiento patentado de chico de preparatoria en el que gira todo su cuerpo para mirarme y su pequeña combinación de silla y mesa (también conocida como pupitre) se ve obligada a girar con él.

—No, *voy* a Europa —aclaro.

—¿Te refieres a que vas de vacaciones? ¿Con tus padres?

Le dirijo una mirada de soslayo. Está tratando de entender, pero sólo Dash pensaría que escapar de Hawkins es la oportunidad de un viaje de lujo. Quizás él sólo ha volado en primera clase. Si lo logro, tendré suerte de estar sentada en la última fila del avión, donde huele a baños diminutos y a la gente que fuma cigarrillos dentro de ellos. (No puedo creer que dejen que la gente fume en los aviones. Sólo he estado en un avión una vez en mi vida, pero no puedo ignorar el hecho de que son pequeños tubos de metal que funcionan con líquido inflamable.)

(Dios mío, voy a tener que subir a un avión para llegar a Europa. Yo sola. Solamente había estado pensando en la parte en la que tengo que *pagar* el vuelo.)

(Una cosa a la vez, Robin.)

—Muy bien, todos, sigamos y saquemos esos libros —dice el señor Hauser.

Dash y yo colocamos nuestros ejemplares de *El señor de las moscas* en nuestros escritorios y fingimos que estamos revisando diligentemente los capítulos que se asignaron durante el fin de semana. Me siento mal por hacerle esto al señor Hauser, la única persona en la Preparatoria Hawkins que parece haberse perdido el memo que indicaba que ya no tiene que preocuparse por su trabajo. Parece que en verdad le encanta enseñar. Y eso me hace respetarlo de una manera en que, básicamente he dejado de respetar al resto de mis maestros.

Pero los planes trascendentales de vida no esperan a nadie.

—Voy a viajar el próximo verano —se siente bien decir eso. Se siente adulto y emocionante y como si fuera exactamente lo opuesto a estar de acuerdo en quedarse en Hawkins. Es antiHawkins. Negará un poco del dominio de este lugar sobre mí.

—¿Cómo harás que funcione? —pregunta Dash en un susurro.

Me encojo de hombros.

—Para entonces tendré dieciséis y soy alta, lo que significa que la gente siempre piensa que soy mayor.

—No, quiero decir, ¿cómo vas a conseguirlo?

Desearía que la primera reacción de Dash no fuera una duda pura e incondicional. Al menos, estoy lista para responder a su molesta pregunta.

—Tomaré el tren a Chicago primero, obviamente, y luego un vuelo a través del Atlántico. En Europa, puedes moverte por la mayoría de las ciudades caminando. Aunque me encantaría alquilar una bicicleta en Italia o Francia... Y los trenes conectan la mayoría de las ciudades.

—Sí, lo sé —anuncia Dash un poco malhumorado—. Supongo que no veo el punto.

—¿De *viajar*? —pregunto—. ¿Esa cosa en la que dejas atrás la existencia cotidiana y entonces lo que ves, haces y experimentas cambia toda tu vida?

Dash sigue mirándome como si yo fuera una pregunta extraña en un examen de redacción.

El señor Hauser pasa entre nosotros, y ambos ponemos nuestros libros como si nuestras vidas (o nuestras calificaciones de participación, al menos) dependieran de ello.

El señor Hauser permanece cerca de nosotros, y Dash improvisa una oración sobre la señal de fuego que los chicos encienden con los lentes de Piggy y cómo los nerds siempre salvan el día. En verdad cree que los nerds heredarán la tierra; lo he escuchado dar discursos apasionados sobre el tema cada vez que se celebra a un deportista en esta escuela por haber hecho algo rutinario y poco impresionante, como lanzar una pelota a través de un aro o ganar otra novia rubia como trofeo.

—Al final, el intelecto siempre le ganará a la opinión popular —dice Dash—. Ser inteligente es una estrategia a largo plazo. A menudo, se trata de perder algunas jugadas para salir airoso al final del juego.

—Pero ¿qué pasa si la respuesta intelectual del hombre es hacer una jugada por la seguridad? —dice el señor Hauser—. ¿No querría entonces estar con los más populares?

—No, porque comprende que cualquier multitud lo canibalizará tan pronto como se les conceda la mitad de la razón —digo, en un tono por completo despreocupado.

El señor Hauser arquea sus cejas rubias. No puedo decir si está impresionado con mi respuesta o un poco preocupado por lo rápido que salió de mi boca.

En cuanto el señor Hauser sigue adelante, Dash gira hacia mí en un gesto apresurado, como si acabara de recordar que hablar sobre mi plan para escapar de nuestra civilización particular es más emocionante que hablar de chicos que reconstruyen la civilización de la nada, mientras luchan al mismo tiempo contra la oscuridad de sus propias almas. (Ya leí el libro. No termina bien.)

—¿Adónde vas? —pregunta Dash.

—Estoy encantada de que me lo preguntes —le digo. La verdad es que he pasado mucho tiempo pensando en esto. Todo el domingo mantuve la puerta cerrada y le dije a papá que tenía mi periodo. Tal vez le dijo a mamá que sufría dolor de estómago. (¿Es en verdad una civilización lo que nosotros tenemos cuando los chicos siguen siendo incapaces de pronunciar la palabra *periodo* en voz alta? Tema de discusión.)

—Voy a empezar en Italia. Roma, luego Toscana, la costa de Amalfi. Pensé en Sicilia, pero allí hablan siciliano, que es prácticamente otro idioma, y sólo quiero ir a lugares donde me sienta segura hablando con la gente —no quiero ser otra estadounidense titubeando por ahí, asumiendo que todos van a cambiar su forma de hablar por mí. La regla que ideé es que no iré a lugar alguno donde para comer el desayuno tenga que hablar inglés. De ahí, el nombre Operación *Croissant*—. Y luego iré al norte de España. Estoy pensando en pasar al menos una semana en Barcelona, sólo para ver la arquitectura de Gaudí, y Francia será el último país, pero no quiero estacionarme en París como una simple turista. Primero iré a ver Dijon, Lyon y Orleans...

Dash toca la portada de su ejemplar de bolsillo de *El señor de las moscas*. Todos tienen la misma portada con esa mirada juiciosa en la cara del chico cuyo cabello está entrelazado con la vegetación, como si la isla se lo estuviera comiendo vivo.

—Eso suena... grande —Dash entrecierra los ojos—. ¿Te vas a desconectar por completo de nosotros, como una expatriada? ¿Perderemos a una miembro del Escuadrón Peculiar? Sólo necesito saberlo, porque el próximo año es importante para las admisiones a las universidades y nuestra reputación como parte de la banda de música debe ser excelente —¿en serio? ¿Esto es lo que le preocupa?—. ¿Cuánto tiempo crees que va a durar esta excursión?

Algo en mí se enciende y digo:

—Hasta que toque fondo y no tenga más dinero o comience el tercer año. Lo que suceda primero.

Estoy más convencida que nunca de que necesito alejarme, no sólo de Hawkins, sino de opiniones como la que acaba de expresar Dash.

Quizá no seguiré participando en la banda el año próximo.

Podría ser demasiado continental para eso. Los estudiantes de preparatoria en Europa no marchan por los campos antes de los partidos, entonando estúpidas y estridentes melodías a todo volumen, destrozando los horrores del pop con la esperanza de que eso les proporcione algo de proximidad a la frescura de los deportes o un punto extra para sus solicitudes universitarias.

Dash está tirando de su labio inferior ahora. Es uno de sus gestos de "pensar". Kate insiste en que es lindo, pero yo no estoy tan segura.

—*¿Qué?* —le pregunto.

Dash usa su lápiz para señalar mi aspecto, desde los zapatos hasta el cabello.

—Vas a necesitar ropa nueva si quieres ir a cualquier lugar cosmopolita.

—¿Qué de malo tiene la mía? —visto jeans perfectamente normales, aunque un poco acampanados, y una discreta camiseta de beisbol con mangas anaranjadas. Mi permanente se esponjó más de lo habitual esta mañana e intenté equilibrar el efecto con delineador de ojos extra, pero es posible que eso me haga ver como un mapache que sabe jugar beisbol.

Dash, por su parte, viste uno de sus infames suéteres grises con cuello en V sobre una playera blanca con cuello en V. Parece pensar que desbloqueará algún tipo de superpoder si superpone suficientes capas de cuellos en V. Además, el hecho de que luzca como si estuviera preparado para almorzar en el Club Campestre no significa que sea cosmopolita.

—Vamos, Dash. Si vas a burlarte de mi apariencia, al menos deberías tener los datos para respaldarlo —digo.

—Nada hay de malo en cómo te vistes, Robin... En este contexto.

—Hablemos de contexto —contesta el señor Hauser con una voz que está destinada a toda la clase. Luego nos lanza a Dash y a mí una mirada especial para hacernos saber que ha escuchado cada palabra de lo que estamos diciendo.

Oh, Dios.

—Y, Robin, quiero hablar contigo después de la clase.

Genial.

CAPÍTULO OCHO

La clase huye al primer sonido de la campana. Incluso Dash me deja sola para enfrentar la música que desatamos. Pero ignoro qué tipo de música será. ¿Rock clásico (también conocido como el señor Hauser fingiendo ser duro, aunque en realidad actúa como cualquier maestro que ha sido interrumpido durante la clase)? ¿Pop cursi y sentimental (también conocido como el señor Hauser intentando conectar conmigo)? ¿New Wave (también conocido como el señor Hauser diciendo cosas que técnicamente no tienen sentido, pero suenan un poco profundas)?

Después de que todos los demás se han ido, permanezco ahí, balanceando mis libretas en la cadera, esperando a que el señor Hauser hable.

—¿Estoy en algún tipo de problema? —pregunto finalmente.

—Tal vez —dice mientras borra el pizarrón, pero deja los nombres de los personajes de *El señor de las moscas* escritos en letras blancas, fantasmales—. Pero no conmigo.

¿Cuánto escuchó de lo que le decía a Dash? ¿Se lo dirá a mis padres?

No estoy preparada para que sepan sobre Europa hasta que el plan esté mejor estructurado. En este momento, son sólo un montón de decisiones desesperadas que tomé en las últimas treinta y seis horas, alimentadas por el insomnio y mi dotación clandestina de Cheetos.

Necesito más tiempo. Y dinero (lo que sea).

Al señor Hauser no parece importarle que el periodo entre clases sea de sólo dos minutos. Llegaré tarde a mi próxima clase. No es que en realidad desee asistir pero no quiero que nadie note que no estoy allí.

No quiero que nadie se fije en mí hasta que me haya ido.

El señor Hauser se sienta lentamente y frunce el ceño. Quizá tenga alrededor de treinta años, pero frunce el ceño como si tuviera ochenta. Es una obra maestra de arrugas preocupadas. Sus ojos se estrechan detrás de unos anteojos oscuros, casi cuadrados. Parece viejo y sabio, y no está contento con ninguna de esas cosas. No ayuda que vista un saco de *tweed* café y zapatos marrones brillantes, elementos que le suman al menos diez años. Quizá lo hace a propósito, ya que tiene un poco de cara de bebé.

Vaya, acaba de sonar la segunda campanada y todavía tiene el ceño fruncido.

Empiezo a sentir como si el tiempo se hubiera estancado. O el señor Hauser y yo caímos en una especie de parálisis temporal extraña. Agito una mano en el aire, sólo para asegurarme de que no estamos congelados en verdad.

—¿Qué estás haciendo? —me pregunta.

—Comprobando si hay algún problema técnico en el continuo espacio-tiempo.

El señor Hauser niega con la cabeza.

—Eres muy extraña, Robin —no sé si los maestros pueden decirnos esto, pero de la forma en que el señor Hauser lo hace, no suena como algo malo, como si me estuviera ridiculizando porque sabe que puede salirse con la suya. (Algunas personas nunca dejan de comportarse así, y me pregunto cuántas terminan siendo profesores de preparatoria. Eso debe convertirse en una especie de zona de confort horrible.) Cuando el señor Hauser me dice que soy extraña, sin embargo, suena casi como un cumplido—. De hecho, tú podrías ser la Chica Más Rara de Hawkins, Indiana.

Por la forma en que lo dice, puedo decir como marca cada palabra con mayúsculas.

Pero no estoy segura de si es algo bueno. Resulta obvio que el señor Hauser cree que lo es, pero también debe saber que no es fácil ser *tan* rara. Un poco de rareza es como una pizca de especias para coronar la personalidad de alguien. Pero cuando eres en verdad y monumentalmente extraña, tipo Sheena Rollins, sólo tienes dos opciones: bajar todos los días el tono para el resto del mundo o vivir con las consecuencias.

El señor Hauser saca una hoja de su escritorio. Está casi en blanco, con algunos nombres escritos. Y las palabras *Nuestro pueblo* en la parte superior.

—Robin, ¿has pensado que podrías apuntarte para participar en la obra?

—¿Quiso que me quedara después de clase porque estaba hablando demasiado para decirme que debería hablar en el escenario?

—Tal vez sea una mejor salida —dice.

—Ya estoy en la banda —digo—. Toco el corno francés, bueno, en realidad es un melófono, que es básicamente lo mismo, pero soy la única, lo que significa que en verdad no puedo escapar. Además, mi escuadrón… bueno, no sé si me echarían de menos, pero se quedarían sólo con tres miembros y definitivamente tendrían que arreglar todas las formaciones y los reclamos nunca tendrían final, así que cualquier futuro glorioso que tuviera como actriz dramática parece haber acabado antes siquiera de que comience. Lo siento.

Lo que no agrego: no tengo tiempo para otra actividad si voy a conseguir un trabajo y ganar suficiente dinero para un boleto de avión de ida y vuelta, hostales europeos, viajes en tren y alquiler de bicicletas. Ah, y *croissants*.

Todos los días, voy a desayunar uno. Eso suma mucho dinero en *croissants*.

Voy a necesitar tiempo para acumular esa pequeña fortuna. Algunos chicos en Hawkins (como Dash) reciben una mesada por el simple hecho de existir y, tal vez, por recoger algún pedazo de basura o dos en la casa. Kate recibe dinero cada cumpleaños, Pascua y Navidad, como recompensa por su buen comportamiento. Sus padres nunca lo llaman así, pero el año pasado se escapó de una reunión de un grupo de jóvenes para perforarse las orejas, y aunque recibió unos aretes de pequeñas cruces para sus nuevos orificios, no hubo sobres gruesos en su calcetín navideño. Algunos adolescentes de este pueblo ya estarían a medio camino de comprar sus boletos de avión sin siquiera mover un dedo. Pero mis padres me dejaron en claro que no *mercantilizarían mi infancia*.

Aunque si lo hubieran hecho, tal vez ya lo habría gastado todo en discos y libros para este momento.

El señor Hauser empuja la hoja de inscripción para la audición por el escritorio.

—Puedo asegurarme de que ninguno de tus ensayos entre en conflicto con la banda. Creo que deberías darle una oportunidad antes de salir corriendo a Europa.

—¿Escuchó esa parte? —pregunto con una mueca.

El rostro del señor Hauser se vuelve pétreo. No parece paternal, sin embargo. El acto del anciano se desvanece, y de repente parece que es apenas unos años mayor que yo. Como si treinta fuera sólo un tramo. Como si apenas estuviera al otro lado de su propia adolescencia de porquería.

—Robin, si alguna vez sientes que estás a punto de salir corriendo, necesito que me busques.

¿Para hacer qué?

¿Cómo podría ayudarme el señor Hauser a *no* salir corriendo?

Además.

—No quiero salir corriendo —¿por qué nadie parece entenderlo?—. Quiero *viajar*.

—Bien —dice, el viejo cascarrabias vuelve a su lugar. Se quita los lentes. Los limpia en la pechera de su camisa—. Bueno, si alguna vez decides viajar espontáneamente porque ya no puedes soportar estar aquí, avísame. ¿De acuerdo?

—De acuerdo, sí —prometo.

—Y... ¿Robin? Deberías llevar a alguien contigo.

—¿A quién? —pregunto con tono reflexivo.

En teoría, Kate sería una persona increíble con la que podría viajar, dado su interés por el arte, la historia, la arquitectura y la gastronomía. Pero ¿sería realmente capaz de concentrarse en esas cosas con todo el atractivo internacional alrededor de ella? ¿Y si pasara todo el viaje presionándome para conquistar algún chico francés y practicar con él la *lengua* nativa?

No. Sólo. No.

Dash ya demostró que no es la elección correcta para esta empresa en particular.

Milton y yo no somos muy cercanos y, además, su nivel de ansiedad sería un poco difícil de controlar mientras intento encontrar mi camino por las (infames y confusas) calles de Venecia.

Fuera del Escuadrón Peculiar, nadie más viene a mi mente.

—En serio, estoy en blanco —digo.

—No puedo decirte a quién deberías llevar al viaje de tu vida —dice Hauser—. Eso entra en la categoría de tratar de controlar tu destino, en lugar de sólo empujarte en la dirección correcta.

Río. Lo cual es extraño, de hecho. Se supone que los profesores no deben ser *graciosos*.

—Sólo sé que si tienes a alguien con quien compartir tu historia, ésta permanece viva.

Me inclino y finjo susurrar:

—Odio decirle esto, pero usted no es profesor de Historia.

—No, soy profesor de Lengua y Literatura. Y eso significa que sé que muchos libros mejores que *El señor de las moscas* han muerto en la oscuridad porque nadie los recuerda. Si bien *esto* —dice, colocando un libro en edición de bolsillo sobre su escritorio— parece vivir para siempre porque la junta escolar simplemente no quiere soltarlo.

—Mmm —digo—. Quizá tenga algo de razón.

Mis padres definitivamente mantienen vivos los recuerdos del otro. A veces, todas sus conversaciones durante la cena son sólo largos festivales de reminiscencias de dos personas. Y por si fuera poco, se juntan con sus viejos amigos cada diciembre (lo llaman la Navidad Hippie) para revivir sus mejores historias y soltarse el pelo. (Aunque sólo pueden ejecutar esa parte metafóricamente a estas alturas. Me siento mal por los hippies calvos que se pasan el tiempo hablando de la gloria perdida de sus largas y brillantes melenas. ¿Así se sentirá Steve Harrington cuando tenga cuarenta años?)

Mi mente vuelve a esas fotografías regadas en el piso. Cómo mis padres nunca parecían estar solos, sin importar adónde fueran. Estar en una aventura con otras personas, las personas adecuadas, podría haberlos hecho sentir un poco más valientes, ir un poco más allá, mostrarle al mundo aún más de sí mismos. (Y no me refiero a las fotos de mamá en una playa nudista.) Además, cuando pienso en ir a Europa, no es tan divertido imaginarme sentada en cafeterías y andando en bicicleta y sintiéndome de mal humor en trenes sin alguien más allí. Para compartirlo todo.

(No los *croissants*, ésos son míos.)

Entonces, no sólo necesito dinero para llegar a Europa. Necesito dinero y alguien que me acompañe.

Mi carga de trabajo se duplicó así sin más, lo que significa que me mantendré ocupada.

Empujo la hoja de inscripción para la audición hacia el señor Hauser.

—Lo siento —le digo—. Es sólo que no tengo tiempo.

El señor Hauser suspira.

—Bueno, esto se mantendrá en el pasillo principal de la escuela durante la próxima semana, por si cambias de opinión. Las audiciones son el próximo viernes.

—Entendido —respondo.

—Espera —dice—, déjame darte un pase para tu llegada tarde.

Lo llena con un rápido garabato y finalmente me voy. Los pasillos se encuentran brillantes, silenciosos y vacíos, salvo por la supervisora del pasillo, Barb Holland. Viste unos jeans que están casi tan pasados de moda como los míos, aunque los suyos son de un azul *country* descolorido, mientras que los míos son índigo. Su camisa es a cuadros, con volantes. Su cabello, corto y alborotado. Ella existe al borde del reino nerd; definitivamente, es tan nerviosa como Milton y está tan interesada en la escuela como Kate, pero también es la mejor amiga de Nancy Wheeler. Quién *debe* estar acercándose a los linderos de la popularidad si en verdad Steve Harrington busca salir con ella.

Barb parece aburrida, de pie con la espalda apoyada en un casillero. Tiene una mirada vidriosa. Pero tal vez esté en medio de una gran ensoñación, porque muestra un atisbo de sonrisa secreta.

Me recuerda cuando éramos amigas, hace un millón de años. No éramos inseparables, como lo son ella y Nancy ahora, pero definitivamente nos atraíamos la una a la otra. Siempre jugábamos en el mismo equipo. Reíamos de las mismas bromas. Dividíamos nuestras cajas de jugo de uva porque acordamos que ése era el sabor supremo. Nos alejamos conforme fuimos creciendo, lo cual es normal, supongo. Además, en algún momento ella y Nancy se convirtieron en un dúo oficial. Pero recuerdo esa mirada, como si estuviera sonriendo burlonamente ante toda la realidad, creando una versión alternativa de la vida en su cabeza; si corrías con suerte, te la contaría.

Se las arregló para evitar una hora completa de clase al ofrecerse como supervisora de pasillo. En realidad, es una forma bastante astuta de escapar de las clases, si lo piensas bien.

Así se hace, Barb.

—Hey, ¿puedo ver tu pase? —pregunta, dos segundos después de que paso junto a ella en el pasillo.

—Claro —digo.

Lo mira y resopla.

—Está bien, puedes irte.

Me pregunto qué significa ese bufido. Miro el pase que el señor Hauser escribió para mí. Lo llenó diligentemente con su nombre, mi nombre, la fecha y la hora de clases. En *Razón de la tardanza*, escribió: *Arreglando un problema técnico en el continuo espacio-tiempo.*

Vaya. Bien hecho, señor Hauser.

CAPÍTULO NUEVE

13 DE SEPTIEMBRE DE 1983

Una cosa es decidir que el señor Hauser tiene razón y mi plan saldrá mucho mejor si tengo a alguien con quien irme del pueblo el próximo verano. Y otra es mirar alrededor y tratar de averiguar quién debería *ser* esa persona.

Por lo pronto, ya descarté a la mitad de la banda de música. La práctica está en pleno apogeo, con lo que me refiero a que todos estamos parados, levantando o abrazando nuestros instrumentos, dependiendo de qué tan pesados son, a la espera de que la señorita Genovese nos diga qué formación haremos a continuación. El hecho de que no toquemos nuestros instrumentos mientras practicamos ejercicios para nuestros desafortunados interludios deportivos hace que todo sea mucho más extraño.

Práctica de la banda: esta vez, ¡sin la molesta música!

La única persona que toca pertenece a la línea de tambores, quien debe marcar el ritmo. Hoy el honor recayó en el joven Craig Whitestone, que es justo tan blanco y drogado como suena.[1] A pesar de la neblina en sus ojos y el olor a

---

[1] La autora utiliza aquí un juego de palabras: "white" significa blanco y "stoned", en su sentido coloquial, significa drogado: Whitestone. [N. del T.]

hierba en su persona, golpea el instrumento con una regularidad asombrosa, y ahora se supone que todos debemos movernos alrededor en formas arbitrarias que por alguna razón harán felices a quienes nos miren desde lejos. Nunca lo entenderé por completo.

—¡Hagamos los juegos de malabares de nuevo! —grita la señorita Genovese desde las gradas; sus pies resuenan sobre el metal mientras corre de arriba abajo para comprobar cómo nos vemos desde todos los lugares posibles de la multitud imaginaria. Cambió sus pequeños tacones por zapatos deportivos, pero salvo eso, lleva su ropa habitual: falda de tubo, blusa de cuello alto, blazer con hombreras que enorgullecerían a un *linebacker*. Una pobre profesora de deportes fue acosada para que le prestara un silbato.

Milton, Kate, Dash y yo nos encontramos agrupados en un lado del campo en forma de O. Salvo por el hecho de que Kate y Dash no pueden mantenerse a cuatro pasos de distancia y están tan decididos a toquetearse que se mantienen torciendo nuestra O.

—¡Ustedes dos! ¡Dejen ya de acaramelarse! —grita la señorita Genovese. Y luego agrega una explosión del silbato, por si acaso.

Kate y Dash se separan, pero ríen tanto que sé que es sólo cuestión de tiempo antes de que nuestra O colapse de nuevo. Mantener la forma es sólo el comienzo de nuestro tormento colectivo. Ahora se supone que deberíamos estar intercambiando lugares con varias de las otras O del campo.

Los clarinetes —un perfecto y pulido escuadrón dirigido por Wendy DeWan— están listos para entrelazarse con nosotros. Justo cuando llegamos a la mitad del campo, Craig pierde un compás y ya nadie podemos saber cuándo se supone que debemos dar el siguiente paso. Todo se disuelve, y Kate y Dash aprovechan la oportunidad para fingir que se encuentran uno al otro.

Pongo los ojos en blanco. Milton pone los ojos en blanco. Nos vemos a la mitad del gesto de fastidio. Y reímos.

—¡Señor Whitestone! ¡Contrólese! —grita la señorita Genovese con una doble exhalación de silbato.

—Uf —exclama Nicole Morrison, una de los subclarinetes de Wendy, mientras se quita manchas de hierba imaginarias de su falda—. ¿Qué va a pensar el equipo de este desastre?

—¿El equipo? —pregunta Wendy con recelo.

—Sabes que sólo se refiere a Steve Harrington —dice Jen Vaughn, agitando su clarinete salvajemente—. Ha estado tratando de llamar su atención desde que comenzó el año escolar. Quiere que él vea lo buena que es en los juegos de malabares, para que así le pida que juegue malabares con sus...

—¡Escuadrón de Tierra, Viento y Fuego! —grita Wendy, para que vuelvan a formar la fila. Los clarinetes tienen el nombre de escuadrón más largo, por mucho, pero también uno de los mejores—. Suficiente, ¿de acuerdo? —Wendy frunce los labios y aprieta su cola de caballo en un poderoso movimiento simultáneo. Viste una minifalda blanca brillante que hace que sus piernas morenas parezcan medir más de diez kilómetros de largo. Usa frenillos y obtiene notas estelares; de no ser por eso, fácilmente podrías confundirla con una chica popular—. Deberías haberte convertido en porrista en lugar de clarinete si lo único que te interesaba era impresionar a un deportista de segunda con una adicción a los productos para el cabello.

La manera en la que Wendy descalifica a Steve Harrington es algo digno de verse. Tal vez algún día yo consiga decirle algo así de honesto directo en su cara, en lugar de sólo pensar en lo ridículo que es todo el tiempo.

—Pongamos nuestra O en orden —dice Wendy.

Una parte de mí se pregunta si podría hacerme amiga de Wendy y pedirle que venga a Europa conmigo, pero la parte práctica de mí sabe que (a) ella ya tiene muchos amigos, y (b) es una estudiante de último año. No querrá pasar el próximo verano con una estudiante de segundo. Estará planeando su ingreso a la universidad en el otoño o buscando un verdadero trabajo para adultos. Continuando con su vida. En lugar de seguir atrapada aquí, en esta horrible, horrible isla que llamamos escuela.

Tal vez sea todo ese asunto de *El señor de las moscas*, pero no puedo dejar de pensar en lo que sucedería si toda nuestra banda de música estuviera varada junta. ¿Cuánto tiempo pasaría antes de que nos volviéramos los unos contra los otros? ¿Quién iniciaría el fuego para hacer señales y regresarnos a la civilización? (Wendy y Kate, definitivamente.) ¿Quién se degeneraría y comenzaría a atacar a los otros? (Todos los trombones, también conocidos como Escuadrón de los Huesos, un nombre que a duras penas consiguen conservar cada año.) ¿Quién se convertiría en un ser solitario y desaparecería en el bosque, para nunca más volver a saber de él? (Sheena Rollins.)

Le dirijo una mirada rápida. Ella tiene que usar su uniforme de banda de marcha como el resto de nosotros para las prácticas de campo y los juegos, la única excepción que he visto en su vestuario blanco. Pero, de alguna manera, el uniforme la hace lucir aún *más* pálida. Definitivamente, Sheena es lo suficientemente extraña para imaginarla queriendo escapar de Hawkins por un verano, pero tampoco puedo imaginar pasar tanto tiempo con alguien que no quiere hablar conmigo.

Y no me refiero al tipo de charla trivial a la que todos los adultos de este pueblo parecen ceder de manera inevitable. Yo quiero tener una *conversación* real a escala natural con alguien. Quiero hablar sobre todas las grandes cosas, esas que importan. La verdad es que siempre me ha gustado hablar. Es una de las razones por las que acumulo palabras en tantos idiomas.

Ahora sólo necesito a alguien con quien valga la pena hablar.

—Muy bien, sigan marchando —dice la señorita Genovese, y todos convergimos en líneas rectas. Ahora se supone que debemos marchar por el campo a un paso perfecto. Uno de los otros tamborileros le da un fuerte codazo a Craig. Nadie quiere practicar esto más de una vez.

Craig a medias lo consigue.

Los instrumentos de todos se mueven a su posición. Estamos listos para fingir que tocamos. Estamos ansiosos por marchar. Sólo quedan diez minutos de práctica. Necesito averiguar si alguien aquí es un buen candidato para la Operación *Croissant*, y no puedo seguir tachando a las personas de la lista de una por una.

La señorita Genovese hace sonar su silbato y todos comenzamos a movernos al estricto ritmo de los escuadrones. Excepto que, esta vez, cuando llegamos a la mitad, me siento justo en el medio del campo. La hierba está ligeramente húmeda y el suelo se siente extrañamente frío para ser septiembre. Puedo sentir cómo la humedad se filtra hasta mi trasero a través de mis jeans.

—¿Qué estás haciendo? —grita alguien.

Todo el mundo sigue fluyendo a mi alrededor. Dash tiene que pasar por encima de mi cabeza. Milton se desvía, pero golpea a alguien en la fila junto a él, y puedo escuchar las maldiciones que se desatan como resultado. Entonces Kate, que no es lo suficientemente alta para pasar por encima de mí y es demasiado terca para rodearme, tropieza conmigo.

—¿Qué demonios? —chilla Kate.

Toda la banda de música se convierte en un caos. Nadie parece entender lo que estoy haciendo. Vaya, qué porquería. En verdad esperaba que alguno estuviera dispuesto a romper el patrón conmigo.

Estoy arruinando la práctica.

El silbato de la señorita Genovese suena una y otra vez. Parece que no puede detenerse. Creo que la hice pedazos.

—Levántate, Buckley —dice Dash.

—En serio, Robin, ¿qué estás haciendo? —sisea Kate.

—¿Alguien más siente de repente que ésta es una ridícula manera de pasar su tiempo libre? —pregunto—. ¿No? ¿Sólo yo?

Alcanzo a ver a Milton riendo detrás de su trompeta. Pero no está dispuesto a dejar de marchar.

Bien, entonces.

Sólo tendré que encontrar a alguien más. Alguien que no tenga miedo de salirse de la fila.

CAPÍTULO DIEZ

Pasé el resto de la semana buscando en mis clases a alguien que pudiera encajar en la descripción. Pero cuanto más miro, más parece que todo el mundo está encerrado en su vida preparatoriana. Todo es tan banal que me quedé dormida en clase de Historia, a mitad de la caída del Imperio Romano.

La señora Click chasquea los dedos justo delante de mi cara.

—Buenos consejos para Francia —digo con un bostezo.

—Te quedarás castigada al final de las clases —dice la señora Click.

Vaya. Castigada. Nunca me habían enviado a detención. A menudo, el simple hecho de ser conocida como nerd es suficiente para defenderte de una acción disciplinaria grave por parte de la mayoría de los profesores. Pero no de la señora Click. Ella habla en serio, al parecer. (Al menos, cuando se trata de quedarse dormida en clase. La semana pasada, cuando un grupo de chicos comenzaron a reír como burros sobre lo *gay* que eran los griegos, ella fingió no escucharlos.)

Lanzo un vistazo a Tam. ¿Vio que me metí en problemas, o está en verdad interesada en sus notas sobre las invasiones góticas? ¿Alguna vez la han castigado a *ella*?

Hemos estado juntas en la escuela desde que éramos niñas, pero no sé mucho sobre Tam. Sé que no es una *marginada*, una nerd, una ermitaña o una adicta. Puede que no sea inmensamente popular, pero existe en el mismo ámbito que los chicos populares. Eso es bastante fácil de explicar: Tam es bonita. Aunque no es que tenga una belleza muy estándar. Su nariz es un poco afilada y sus ojos son de un castaño suave y dulce. No tiene el tipo de curvas que parecen ablandar los cerebros de los chicos; es pequeña y esbelta, con líneas suaves por todas partes. Posee el tipo de belleza que debes meditar, que no puedes asimilar de súbito, así que tienes que volver para considerarla desde un nuevo ángulo. Eso significa que posee el tipo de belleza que no puedes *dejar* de notar una vez que lo percibes.

Tal vez Tam sea medianamente popular, pero puedo decir con confianza que no es una idiota. De hecho, hay algo suave, dulce y bobo en su personalidad que no suele ser bien entendido en el duro léxico de la popularidad. En cuarto grado solía pasar todos los recesos de los días de lluvia "rescatando lombrices de tierra" del concreto y arrojándolas de regreso a la tierra. Ella reprende con gentileza a sus amigos cuando vislumbra sus malas intenciones y les ofrece mejores cosas de qué hablar. Incluso la vi darle un discurso motivacional a Sheena Rollins después de que la habían molestado por haberse tomado demasiado tiempo para elegir un postre en la fila del almuerzo. Tam dio a Sheena su pequeño cuenco de arroz con leche… y al idiota que la estaba fastidiando le propinó un fuerte puñetazo en el hombro. Al verla pensé que era increíblemente genial.

Debajo de ese corto cabello rojo, hay un buen corazón.

Pero ¿habrá indicio alguno de rebelión?

Canta antes de que comience la clase casi todos los días, y tal vez eso no corresponda a la clásica rebeldía en toda forma, pero se siente como algo que la mayoría de la gente no se atrevería a hacer por mera cobardía. (Y tal vez no ser rebelde clásica, pero encontrar tu propio camino para ir en contra de todo lo conocido es, de hecho, *extra* rebelde.)

Aun así, sin embargo, debo descartarla como mi compañera de escape para la Operación *Croissant*. Para pedirle que fuera a Europa conmigo algún día, tendría que pasar mucho tiempo de calidad con ella, y para eso tendría que empezar por hablarle. Y parece que no puedo hacerlo. Me siento tímida con ella de una manera que... bueno, no es muy propia de mí. Tal vez se deba a que no estoy en un buen sitio para comenzar: cuando técnicamente conoces a alguien desde hace diez años pero apenas han cruzado palabra, es difícil emprender algo. O tal vez sea porque sus amigas siempre están cerca de ella, y aunque puedo imaginarme hablando con Tam, parece que no puedo ir más allá de las miradas de ellas, como si yo fuera una trepadora social.

O tal vez sea sólo culpa de Steve Harrington.

Al menos cinco veces desde que comenzó el año escolar, Tam y yo hemos estado a punto de hablar. Una o dos veces incluso pasamos de la parte en la que intercambiamos típicas frases de cortesía.

Tam: ¿Tienes un lápiz extra?

Yo: Sí.

O...

Yo: ¿Tienes las notas sobre el Imperio Otomano? Dejé las mías en casa.

Tam: Claro.

Pero entonces Steve entra en el salón y todo termina. Los ojos de Tam se deslizan hacia él y ahí se fijan. (A menos que la señora Click esté llamando la atención con sus anécdotas históricas, que son más sosas que el pavo de Acción de Gracias de mi madre. Fue vegetariana durante diez años y todavía no ha descubierto cómo volver a cocinar la carne real. Todo el tiempo me la paso diciéndole: si sabe a cartón, es señal de que tomaste el camino equivocado en alguna parte del proceso.)

Y luego, como Tam está mirando a Steve, de repente, yo me quedo mirando a Steve. Que no es lo que harían mis ojos bajo ninguna circunstancia natural... pero nada sobre tener quince años y medio es natural.

Debe estar tan acostumbrado a que la gente lo mire que ni siquiera lo percibe. Es el tipo de chico popular que tiene su propia gravedad y atrae a todos, inexorablemente. (Kate lo llama efecto agujero negro.)

Ni siquiera ahora parece sentir el rayo mortal de mis ojos. Así que sigo mirando, aunque debo lucir espeluznantemente obsesionada, porque necesito resolver esto. Necesito entender por qué Tam no puede dejar de mirarlo. Es como un acertijo escondido dentro de un deportista y enterrado bajo un océano de ondas perfectas.

¿Qué es lo que tiene él que las chicas tanto anhelan?

No puede ser sólo el cabello. Me niego a creer que una parte de la fisonomía de alguien pueda ser todopoderosa. Ejerce una fuerza sobrenatural sobre lo que a veces se siente como la mitad de las chicas en la escuela. Soy inmune, pero muchas no lo son.

Bien, ahora no sólo estoy mirando a Steve Harrington, estoy dirigiendo mi mirada de odio a su cabello.

Es un punto bajo para mí, lo sé, pero aquí estamos.

Miro durante el tiempo suficiente para no poder evitar sentir que el cabello le está enviando mensajes subliminales a Tam.

Cabello de Steve: *Soy todo lo que siempre has querido.*

Tam: (se sonroja)

Cabello de Steve: *Soy brillante. Desafío las reglas. La gravedad dice que no, y yo digo* no me importa. *Soy el cabello que la mayoría de los chicos —y, seamos realistas, también algunas chicas— desearían tener. Lo que significa que a quien pertenezca debe ser importante. ¿Y a quién se ve conmigo? ¿Sale en público junto a* esto? *Ya entiendes la idea. Probablemente también deberías pensar en lo sedoso y vital que soy, para pasar tus manos a través de mí durante sesiones de besos. Oh, Dios, ¿está haciendo él una mueca? ¿Se supone que está coqueteando? Por favor, que alguien le diga que deje de hacer eso. Y ya que estás en ello, ¿puedes recordarle que soy yo quien se ha encargado del trabajo pesado durante años?*

Tam: (risitas)

Cabello de Steve: *Me alegro mucho de que estemos de acuerdo en estas cosas.*

Tam escribe una nota, la dobla y se la pasa a una de sus amigas. Su amiga despliega el complicado origami y mira a Tam, escandalizada y fascinada.

¿Qué dice?

¿Qué está pensando ella de él?

¿Por qué él merece siquiera que *piensen*?

Éste es un misterio que quizá nunca resolveré. Aunque Tam es sin duda alguna especial, tendré que seguir buscando un compañero de viaje. Porque cada vez que la miro, parece que me quedo atascada en esta espiral imposible.

Y no consigo encontrar la salida.

CAPÍTULO ONCE

Esperaba no tener que llegar a esto, pero una semana después estoy parada frente a la hoja de inscripción para la obra de la escuela.

No es que esté en contra del teatro. Hice los disfraces para la obra de primavera del año pasado, *Anything Goes*. Las canciones eran más cursis que todo el estado de Wisconsin junto y nadie sabía realmente cómo bailar *tap*, lo cual hizo que las dos horas completas de la presentación sonaran como una estampida metálica. Pero me lo pasé sorprendentemente bien armando todos esos trajes de marinero.

Es sólo que cuando estás decidiendo qué tipo de nerd vas a ser en la preparatoria, sólo hay unas cuantas pistas entre las que puedes elegir. Kate, Dash y Milton se han comprometido (en algunos casos, en exceso) con la banda y los cursos académicos. Hacer equipo para la obra puede encajar en cualquier tipo de perfil de nerd, pero la verdad es que subir al *escenario* está reservado para un tipo de nerd muy especial, que en algunos casos también tiene potencial de mezcla con los rangos más bajos de los chicos populares, pero que siempre implica cantar en público y coquetear mucho y reír tan fuerte que dejes ver hasta los dientes.

En serio, no es lo mío.

Me acerco un paso y puedo ver que la hoja está mucho más llena que cuando la tenía el señor Hauser. Esos primeros nombres deben haber sido las personas que supieron encontrarlo y asegurar sus lugares antes de que la lista se exhibiera en un foro tan público.

Miro a mi alrededor una vez, dos, para asegurarme de que nadie más me esté mirando. Parece que el monstruo de la Preparatoria Hawkins está durmiendo, o tal vez sólo está ocupado devorando a alguien más, en algún salón lejano que no alcanzo a divisar.

Me acerco y se enfocan los nombres de la lista. Tomo el lápiz que cuelga junto a la lista con un trozo de cuerda, busco en el horario de mañana por la tarde algún espacio que todavía tenga lugar. Y entonces lo veo.

Allí mismo, en giros y vueltas.

Tammy Thompson.

Estará en las audiciones.

Vuelvo al ininterrumpido ciclo de la clase, yo mirándola, ella mirando a Steve, yo mirando a Steve.

Pienso en cómo Tam suspira y lo mira con esa especie de anhelo desenfocado y soñador que hace que el mundo entero parezca desdibujarse en los bordes. Ese tipo de cosas no son naturales para mí, pero cuando la veo hacerlo, me siento como una soñadora por mera asociación. Tam es una romántica. Eso es lo que infunde su canto. Eso tal vez la convierta en una buena actriz también.

Escribo mi nombre apretado en la parte inferior de la hoja, porque no quedan espacios en blanco. Quién sabe. Ésta podría ser mi oportunidad de hablar con Tam sin que Steve Harrington esté cerca.

Ésta es mi manera de salir de la espiral. Mi oportunidad.

—Hey, Robin, ¿te vas a inscribir? —pregunta alguien detrás de mí. Me giro tan rápido que el lápiz, que todavía está en mi mano, se desprende de la pared y la cuerda golpea a Milton directamente en los ojos.

—Ah. De acuerdo. Auch.

—¿Por qué estabas merodeando de esa manera? —pregunto.

—¿Merodeando? No estoy seguro de que conozcas la definición de esa palabra. Estoy justo en el medio del pasillo —se ríe de sí mismo con nerviosismo. Luego parpadea un par de veces—. ¿Puedes, eh, mirar mis córneas y asegurarte de que no estén raspadas?

Pongo mi cara extrañamente cerca de la suya e inspecciono sus ojos, que son de color castaño oscuro; un poco de su flequillo negro cae sobre ellos. Tengo que mantener su flequillo a un lado y empujar mi cara hacia la suya de nuevo y luego girar para poder ver sus córneas con todo tipo de luz diferente. Mi cara sigue cambiando de ángulo, y su cara se vuelve borrosa y luego nítida y luego borrosa de nuevo.

Me pregunto si esto es lo que se siente al besar. Menos los labios.

Es… no tan emocionante.

—Mmm, entonces, ¿por qué te asustaste tanto cuando me acerqué a ti? —pregunta Milton en voz baja. Quizás esté preocupado de que no lo quiera cerca. Milton siempre teme un poco el no agradar a la gente.

No quiero que se preocupe por eso. Pero definitivamente no quiero mencionar por qué me di la vuelta tan rápido y casi empalo su globo ocular izquierdo. (Que *no* está raspado, gracias a Dios. No tengo dinero para sus facturas de optometría, si pretendo li a Europa.)

La verdad es que en ese momento estaba tocando el nombre de Tam. Mis dedos descansaban sobre él, ligeramente. Volteé tan rápido porque no quería que alguien viera eso y le atribuyera un significado, porque no lo tenía.

—Yo sólo... Te verías bien con un parche en el ojo —digo impávida. En caso de duda, sarcasmo—. Como Kurt Russell en *1997: Escape de Nueva York*.

—¿Crees que me parezco a Kurt Russell? —pregunta Milton, animándose con una especie de deleite que realmente no esperaba—. Un Kurt Russell medio japonés, por supuesto.

La mamá de Milton es japonesa. No habla mucho de eso y, para ser sincera, no hay muchos chicos en la Preparatoria Hawkins que sean algo más que blancos o negros. Debe ser extraño para él, de una manera que no puedo comprender en realidad.

—Por supuesto —digo.

Es más de lo que hemos hablado los dos solos desde que comenzó el año. El curso pasado, Milton y yo hablábamos mucho más. Escribíamos notas de un lado a otro en los márgenes de nuestras partituras, sobre todo acerca de la música que nos gustaba más que cualquier marcha vieja y sofocante que la señorita Genovese nos hacía tocar. Pero por alguna razón, Milton ha estado extrañamente callado conmigo desde que regresamos de las vacaciones de verano. Tal vez sea porque Kate y Dash consumen todo el aire con su coqueteo.

O tal vez porque puede sentir que hay algo extraño en mí, algo diferente. Mi camuflaje de nerd de banda podría estar desvaneciéndose. Se siente como si las formas en que soy diferente de mis amigos se estuvieran multiplicando. Los latidos de mi corazón se triplican mientras vuelvo a colocar el estúpido lápiz colgante en la pared.

—¿Vas a presentarte a la audición? —vuelve a intentarlo, señalando mi firma apretada en la hoja. Ya está ahí, así que no puedo negarlo.

—Creo que sí. Tal vez no lo consiga, tal vez tenga que quedarme en casa y bañar al perro o…

—No tienes perro, Robin.

—Y ésa es la razón la voy a ser realmente buena bañando al perro, para ayudar a convencer a mis padres de que debería tener uno —¿por qué miento? ¿Por qué miento *sobre perros*? ¿En verdad tengo miedo de que Milton diga a todos que intentaré participar en la obra y que estoy actuando de manera excéntrica? ¿Informará al resto del Escuadrón Peculiar? ¿Dash ya les habrá contado a los demás sobre la Operación *Croissant*?

De repente, me siento muy protectora con mi plan. Con toda mi existencia.

¿Es porque una pequeña parte de mí ya quiere escapar de la banda y pasar el resto de la temporada ensayando con Tam? Porque aunque todavía no hemos hablado, ¿puedo ver cómo nos volveremos inseparables?

—Sólo me apunté para hacer feliz al señor Hauser —miento, porque la verdad es demasiado intensa para admitirla—. Él insistió mucho, mucho. Quiere que lo intente.

CAPÍTULO DOCE

23 DE SEPTIEMBRE DE 1983

El señor Hauser no sonríe exactamente cuando me ve entrar en el auditorio, pero la ausencia de su ceño fruncido se siente como si lo hiciera.

Puedo notar que está feliz de que me haya inscrito. Y por un único instante, me siento extrañamente culpable de estar aquí sobre todo para ver si puedo encontrar a alguien con quien (por ahora) entablar amistad y (en algún tiempo) viajar a Europa. Sí, mi primera opción es Tam. Pero si hay personas en esta escuela a las que les importe la cultura, estarán en este auditorio… ¿cierto?

Miro alrededor y tengo la sensación de que tal vez mi estimación inicial estaba equivocada.

Recargadas sobre las sillas plegables del auditorio, las chicas de primer año están maquillándose en masa, tratando de conseguir el delineador de ojos azul eléctrico perfecto y unos labios magentas voluptuosos. Un entusiasta grupo mixto de estudiantes de último año está en el foso de la orquesta, dándose masajes en la espalda unos a otros. No puedo siquiera imaginar cómo se supone que los masajes en la espalda al azar podrían hacer que alguien sea un mejor actor. ¿Toda esa gente está aquí para lucirse y coquetear? Si es así, ¿por qué molestarse en montar una obra de teatro?

—Robin —dice Hauser, blandiendo un puñado de papeles en dirección a mí—. Quiero que te prepares para el papel de Emily.

—Genial —digo. Tomo las hojas correspondientes y me dirijo hacia la puerta. Tengo una excelente estrategia de salida. Voy a fingir que quiero practicar mis líneas en privado en el pasillo. Y luego, saldré corriendo.

Pero en la fila, justo antes de la puerta doble de salida, veo a Tam sentada sola, articulando palabras en silencio mientras lee las páginas del libreto. (Supongo que se les llama separata, porque el señor Hauser sigue diciendo eso mientras las reparte.) Las mías todavía tienen ese olor a quemado, recién salido de la fotocopiadora.

Se combina con el olor del producto con aroma a frambuesa de Tam (¿jabón?), y en el fondo sé que esos dos olores juntos me la recordarán de ahora en adelante. Fotocopias frescas y ácida dulzura de frutos rojos. Eso me suena bien, por alguna razón inexplicable.

Tal vez sea una evidencia más de que soy la chica más rara en Hawkins, Indiana, como me llamó el señor Hauser.

Todavía no estoy segura de querer esa corona.

Parece que Tam está bastante concentrada, con la cabeza gacha. No quiero interrumpirla mientras se prepara. Pero ésta podría ser mi única oportunidad de hablar con ella sin la amenaza de Steve Harrington acechando cerca.

Pienso en ella cantando en clase. Pienso en cómo no temía ser vista, ser escuchada, ser diferente.

¿Y si Tam es realmente la persona que estoy buscando?

Voy y me siento relativamente cerca. Sólo para saber si está interesada en hablar con alguien. Por supuesto, ahora que estoy sentada, necesito hacer algo, así que miro mi separata. Pero mis ojos no consiguen absorber las palabras. Parecen rebotar de inmediato y volver hacia Tam.

La tercera vez, ella comprende que la estoy mirando.

—¿Tú también tienes a Emily? —pregunta, estirándose para ver mis páginas.

Me ha parecido tan atrevida y despreocupada desde el comienzo del año, pero ahora parece un poco nerviosa. Como si tuviera miedo de que pudiera robarle su parte. (Como si yo pudiera mantener la atención de alguien tan bien como ella.)

—Sí, pero no le pedí al señor Hauser que me la diera. Fue una asignación aleatoria.

—¿En serio? ¿No intentarás quedarte con el papel de la protagonista? —pregunta, la parte superior de su cuerpo flota sobre el asiento que nos separa.

—No —me apresuro a asegurarle—. Estoy bien con cualquier cosa.

Ésas no son palabras que hayan salido de mi boca antes. En ninguna situación.

Aun así, puedo ver que lo que sea que haya dicho, hizo que Tam se sintiera mejor. Se acomoda en su silla y sonríe. No es una sonrisa de teatro, grande, falsa y vistosa. No es una sonrisa vaga de "te conozco" de la clase de Historia. Me mira como si yo fuera cualquier otra chica de la Preparatoria Hawkins.

Y por alguna razón, eso me aterroriza.

Porque no soy una chica *cualquiera* de la Preparatoria Hawkins. Soy la que se escabulle por ahí, tratando de pasar desapercibida, porque soy lo suficientemente rara para que incluso los profesores puedan notarlo desde un kilómetro de distancia. Puede que quiera ser amiga de Tam, pero ¿y si yo no le agrado? ¿Si no le cae bien la *verdadera* extraña, luchadora, yo? Ése parece el tipo de rechazo al que no necesito someterme. Y podría captar la atención de otras personas. ¿Qué pasa si la gente piensa que al pasar tiempo con ella lo que estoy intentando es ascender en la escala social? ¿Y si esto es lo que despierta al monstruo, a esa boca que me estará esperando como un pozo oscuro cuando inevitablemente caiga? ¿Me ridiculizarán tanto que ni siquiera hablaré durante los próximos tres años, como Sheena?

—¿Estás bien? —pregunta Tam mientras me levanto, tambaleante.

Lo único en lo que puedo pensar es: por eso tengo que irme, por eso tengo que irme, por eso tengo que...

—¡Robin! —llama el señor Hauser—. ¿Por qué no vienes y empezamos?

Puedo oír mi voz, pero no puedo sentir cómo abandona mi garganta.

—No he tenido tiempo para repasar...

—¡Yo iré primero, señor Hauser! —dice Tam, saltando tan rápido de su silla que se pliega detrás de ella.

Es amable de su parte, creo, ser voluntaria de esa manera. Para salvarme de la humillación que me esperaba. Pero el golpe de su silla fue demasiado sonoro y su cabello se ve tan rojo y yo estoy tan, tan abrumada en este momento.

—Gracias, Tammy —dice el señor Hauser con una voz tan categóricamente animada que casi podría asegurar que está mintiendo.

Él no quería que Tam leyera. Quería que yo leyera. Ni siquiera entiendo por qué le importa tanto. No puede ser que piense que seré la próxima gran protagonista de la escuela. Resulta claro que no estoy hecha para la actuación. Incluso llegar a la parte en la que presento mi audición está resultando difícil.

Regreso a mi asiento y permanezco quieta, porque ahora sé que si me voy, el señor Hauser me verá y querrá hablar al respecto la próxima semana. Y además, Tam ahora está parada en el escenario, respirando profundamente. Zambulléndose en ese monólogo de cabeza. No sería justo interrumpirla con el golpe de las puertas.

Y quiero ver cómo lo hace.

Tam casi grita las primeras líneas, que hablan sobre estar muerta. La gente del público ríe entre dientes, quizá porque no saben cómo termina esta obra. La mayor parte tiene lugar en un pequeño pueblo lastimosamente ordinario que se llama Grover's Corners, pero hacia el final, el personaje principal, Emily, muere y se convierte en un fantasma y, bueno, permanece en Grover's Corners.

Para siempre.

(Sólo sé esto sobre *Nuestro pueblo* porque lo leí durante mi fase existencialista. Hice que Kate se diera un atracón junto conmigo de Jean-Paul Sartre, Simone de Beauvoir y Richard Wright. La mayoría de la gente piensa que Thornton Wilder es un producto tan netamente norteamericano como la tarta de manzana, pero fue parte de una desesperada búsqueda global de significado, y su trabajo puede ser tan abrasador como el de Camus si en verdad le prestas atención. La mayoría de la gente no lo hace.)

—¿Puede empezar de nuevo, señorita Thompson? —pregunta el señor Hauser—. Con un poco menos de volumen esta vez. Háganos saber lo que está sintiendo Emily. Lo que quiere decirle a su madre. Cómo se siente en ese momento, cuando comprende que ningún ser vivo la volverá a escuchar.

Tam asiente una y otra vez, como si en verdad estuviera asimilando lo que le dice el señor Hauser.

Entonces, comienza de nuevo. Y hace lo mismo.

Hacia el final, después de que Emily pide volver a su tumba, Tam abre la boca y comienza a cantar. No reconozco la canción... alguna de tipo religioso. A todos les toma un segundo comprender lo que está ocurriendo, porque nadie esperaba algo así.

El señor Hauser da vueltas en el frente del escenario mientras pellizca con dos dedos el puente de su nariz.

—Señorita Thompson, si pudiera hacer una pausa allí...

Ella debe saber que él está a punto de decirle que ya ha visto suficiente, porque en ese momento se lanza a una explicación rápida, casi sin tomar aliento:

—Sólo creo que Emily podría ser cantante, ¿sabe? Tal vez ella canta con el coro de su iglesia. Eso encajaría en el libreto, tal como está escrito.

—No se canta en *Nuestro pueblo* —dice Hauser—. No es una obra musical.

—No tiene que ser musical para que tenga música —Tam parece orgullosa de esta declaración. Como si la hubiera pensado de antemano. Está de pie con las manos apretadas en las páginas del libreto, a la espera de que se le pida que continúe.

—Ésa es una teoría interesante —el señor Hauser aplaude, lo que es una señal para que el resto de nosotros aplaudamos su audición—. Está bien. Gracias. Por favor, quédese en caso de que necesite que lea con sus compañeros de escena más tarde.

Tam abandona el escenario claramente molesta. Una parte de mí quisiera ir detrás de ella, decirle que creo que fue valiente.

—Robin —dice el señor Hauser—, ¿estás lista?

No. Ni de cerca. Ni remotamente.

—Claro —digo.

Cuando llego al frente del auditorio, capto una pequeña discusión en voz baja que Jimmy Blythe está teniendo con el señor Hauser. Conocí a Jimmy el año pasado, en *Anything Goes*. Él fue el escenógrafo, al menos de nombre, pero se pasaba la mayor parte de su tiempo entre bastidores coqueteando con las chicas del coro mientras esperaban su llamada para entrar.

—¿En serio? ¿Dos escaleras y un juego de mesa de comedor? ¿Ésa es toda la escenografía? Éste es mi último año y quiere que haga… ¿nada?

—No es que sea *nada* —digo. Sé que estoy tratando de pasar desapercibida, pero a veces no puedo evitarlo. El señor Hauser me está mirando ahora, esperando lo que diré a continuación—. Thornton Wilder estaba adaptando las prácticas teatrales asiáticas, donde hay un diseño de escenografía minimalista, y un elemento físico podía representar simbólicamente todo tipo de cosas. Está tratando de estirar tu estrecha imaginación.

El señor Hauser suelta una única carcajada. En cuanto le da la espalda, Jimmy murmura:

—Voy a golpear tu estrecho rostro.

Sip. Definitivamente, éste es el refugio para los chicos más cultos de la escuela.

No hay escaleras para subir al escenario, así que tengo que deslizarme sobre mi trasero y luego ponerme en pie.

—Adelante, Robin —dice el señor Hauser.

Miro a la audiencia.

En realidad, nadie parece estar mirándome. La mayoría de los presentes están haciendo su tarea, limándose las uñas o pasando notas.

Debería ser un consuelo saber que a nadie le importa. Pero por alguna razón hace que las palabras de Emily suenen verdaderas. Ella dice que ninguno de nosotros comprende en realidad de cada minuto y detalle mientras van pasando junto a nosotros.

Dice que todos nos estamos perdiendo nuestras propias vidas.

Y que a nadie podemos culpar más que a nosotros mismos.

—*Oh, tierra, eres demasiado maravillosa para que nadie te aprecie* —digo, citando el libreto, pero también en serio.

Por eso quiero viajar. Para ver este mundo. Para llenar mi vida con las cosas que *importan*. (Arte, música, comida tan sabrosa que te haga llorar, conversaciones tan interesantes que te mantengan despierta durante toda la noche.) Y quiero hacerlo con alguien que entienda, alguien que lo aprecie tanto como yo. Sinceramente, creo que soy una misántropa por accidente geográfico, no por naturaleza. Si no estuviera rodeada de zoquetes, probablemente tendría montones de amigos.

Estar aquí y decir las palabras de Emily acerca de crecer y vivir en un pueblo pequeño para luego morir, y *jamás marcharme de aquí*, está haciendo que me sienta tan claustrofóbica que me mantengo caminando sólo para escapar del sonido de mi propia voz.

Y entonces he aquí la infame puesta en escena de la que Jimmy se estaba quejando. ¿La tumba de Emily? Es una silla plegable de metal en una fila de sillas plegables de metal, donde ella tiene que sentarse con las otras personas de su pueblo que han muerto. Tiene que quedarse ahí, *con ellos*. Ni siquiera puede cambiar de lugar y probar una nueva vista del cementerio. Ella está atrapada. Literalmente. Eternamente. Cuando pienso en eso, no consigo respirar bien, y mi voz brota áspera y ahogada.

—Bien, Robin. Continúa —el señor Hauser cree que estoy tomando decisiones de actuación, cuando sólo estoy enloqueciendo.

Una parte de mí quiere afrontar este momento. Pasar los siguientes tres meses ensayando, regañando a idiotas como Jimmy, haciendo que el señor Hauser no mantenga el ceño fruncido, viendo a Tam todas las tardes. Pasar el suficiente tiempo juntas para que salir de viaje como mejores amigas sea el siguiente paso natural. Tam quiere ser cantante, ¿cierto? No puedes ser cantante si te quedas en Hawkins toda tu vida. Podemos salir juntas de aquí. Podemos llevar a escena una rebelión de dos personas contra todo lo que hace que nuestras vidas sean pequeñas y desoladas.

Sólo quedan unas pocas líneas. Casi lo logro.

Pero me quedo sin aliento, y ya no consigo recuperarlo.

Y todo se cubre con la oscuridad más absoluta.

CAPÍTULO TRECE

23 DE SEPTIEMBRE DE 1983

Cuando abro los ojos, todo se siente extraño.

Al principio, espero que el segundo año de preparatoria se haya deslizado hacia la nada y estemos muy, muy lejos en el futuro. El día antes de la graduación estaría bien. (Lo cual también explicaría por qué estoy en el auditorio.) Pero a medida que mis pensamientos se asientan, comprendo que sólo han pasado unos momentos. Y estoy mirando al auditorio desde el suelo. Sin embargo, la parte más extraña es que Milton está inclinado encima de mí y agita los dedos lentamente frente a mis ojos.

—¿Milton? —pregunto. Mi voz suena chirriante.

Ni siquiera había notado que él estaba en las audiciones. Y ahora está *aquí*, en mi cara.

Escucho la voz del señor Hauser en algún lugar lejano.

—¿Estás bien, Robin?

—Parpadea dos veces si estás bien —casi grita Milton—. No, espera. Parpadea una vez si estás bien, dos veces si *no* estás del todo…

Alejo sus dedos.

—Estoy bien.

Me levanto para sentarme.

Ahora que está claro que no estoy muerta ni herida de gravedad, todos en la audiencia se sienten libres para reírse de mí... y es exactamente lo que hacen.

—Salir, perseguida por imbéciles —murmuro mientras me levanto y luego corro detrás del telón para no tener que retroceder por el auditorio.

La verdad es que nadie me persigue, a excepción de Milton. Se mantiene sobre mis talones mientras empujo con el hombro la puerta trasera. Tendré que dar la vuelta al edificio de ladrillos de un solo piso, bajo y maltrecho, para sacar mi bicicleta del estacionamiento. Ni siquiera estoy segura de que pueda montarla en este momento. Mi respiración todavía es un poco rasposa y superficial, y no sé qué tan fuerte me golpeé la cabeza cuando caí.

Pero es un hecho que no me quedaré para ver el resto de la audición.

—Robin, ¿estás segura de que estás bien? —pregunta—. Podrías tener una contusión. Cuando caíste, tu cabeza hizo este sonido...

—Gracias por informarme, Milton, pero en realidad no necesito que describas lo que sucedió con absoluto detalle.

Milton me sigue el ritmo, a pesar de sus chirriantes zapatos de piel. Este lado de la escuela está bordeado de arbustos y una valla que lo separa de los campos de juego. Avanzo prácticamente entre los arbustos. ¿Y si se arrugan sus pantalones caqui? ¿Qué pasará si su camisa no sale ilesa de ésta?

—¿Comiste bien hoy? —pregunta—. ¿Bebiste algo antes de subir al escenario? ¿Has estado enferma?

—¿Qué, eres doctor? —pregunto mientras damos vuelta en la esquina del edificio juntos. Acelero. Las preocupaciones de Milton están creciendo tanto que no creo poder pasar más tiempo con ellas.

Mis padres no creen en la preocupación. Cuando era pequeña y me sorprendían preocupada, me hacían cantar afirmaciones. Mamá me ponía un cristal en la frente. Algunas veces, esas cosas me hacían sentir mejor. ¿Pero la mayoría de las veces? Me hacían preocuparme mucho menos, no porque tuviera menos de qué preocuparme, sino porque recibía el mensaje de que no era una emoción bienvenida.

—Es sólo que sé algunas cosas acerca de los desmayos —dice Milton—. Solía pasarme cuando era niño. Si respondes a esas preguntas, tendré una mejor idea de…

—Sí, sí, no —llegamos al estacionamiento de las bicicletas, agarro la mía y me dispongo a montarla. El marco de metal frío me aterriza.

Voy a estar bien.

Incluso si acabo de caer presa del pánico frente a toda la multitud del teatro. Incluso si arruiné otra potencial forma de encontrar a la compañera de viaje que necesito para la Operación *Croissant*.

—Estoy preocupado por ti —dice Milton.

—¿Por qué no me dijiste que te presentarías a la audición? —pregunto—. Ambos estábamos parados frente a la hoja de inscripción, charlando sobre Kurt Russell. Podrías haberlo mencionado en cualquier momento.

O podría haberse encontrado conmigo mientras todos estábamos en el auditorio, pasando el rato. Pero no se molestó. Esto sólo confirma lo que ya sabía: los elementos del Escuadrón Peculiar y yo podremos ser amigos debido a la banda, pero eso no significa que seamos cercanos. Somos amigos de conveniencia. Y una formación de la banda de música. Milton y yo no somos amigos íntimos: él es más como mi compañero de baile asignado.

—Fue una decisión de último minuto —dice, encogiéndose de hombros—. Y pensé que tu audición estaba siendo realmente buena. Ya sabes. Hasta la parte en la que tú...

Toco mi cabeza. En verdad, se siente horrible.

—Robin, creo que necesito revisar tus pupilas —dice Milton. Su voz es tan grave que me toma un minuto entender lo que busca hacer.

—Supongo que es justo —digo a regañadientes—. Yo inspeccioné tus córneas ayer.

Me resulta difícil quedarme quieta y sin parpadear mientras se acerca, y luego se inclina. Examina mis ojos y yo examino sus poros.

Son agradables. Tiene poros perfectamente agradables.

Trato de no pensar en cómo ésta es la segunda (¿tercera?) vez que nuestras caras han estado tan cerca una de la otra en los últimos dos días. Al menos no tiene ningún tipo de mirada melosa, soñadora o romántica empañando sus ojos mientras está allí.

—No creo que tengas una contusión —dice, dando un paso atrás—. Pero creo que necesitas una tarta.

—¿Eso es un diagnóstico médico?

—Algo así —dice—. Cuando era pequeño, mis padres siempre me sacaban a comer tarta después de que me desmayaba. Resulta que me deshidrato con mucha facilidad. Creo que hacer todo esto una y otra vez hizo un surco en mi cerebro. ¿Un desmayo es igual a tarta? Además, ésta es una buena forma de evitar que pedalees cuando no deberías. No quiero que vomites por encima del manubrio.

—¿Es eso...?

—Algo que puede suceder cuando te golpeas la cabeza con fuerza —confirma.

Hace un gesto con la cabeza señalando hacia el otro lado de la escuela, donde está el estacionamiento de estudiantes. Milton tiene auto. Sólo se trata de la vieja camioneta de su madre con esos paneles de madera en los costados, nada que entusiasme a los chicos populares, pero es digna de confianza. He subido varias veces, después de los juegos de la banda, cuando Kate y Dash querían salir y celebrar con papas a la francesa y malteadas en lugar de ir directo a casa.

Y hoy no quiero volver a casa. Todavía no. No quiero quedarme sola en mi habitación toda la noche y enfrentar el hecho de que mi plan se está desmoronando casi tan rápido como se formó.

—Tienen de cereza, ¿verdad? —pregunto.

—Con cubierta crujiente —me asegura Milton.

Saca las llaves del bolsillo de su pantalón caqui y abre la parte trasera. Dado que es una camioneta, no tiene maletero, sólo un asiento trasero. Lo dobla para que podamos meter la bicicleta. Me maravillo un poco: está perfectamente limpio allí dentro. Incluso parece que la alfombra ha sido aspirada. ¿Cómo consiguió que la aspiradora llegara hasta su auto? ¿Y qué adolescente mantiene tan limpia la parte trasera de su camioneta?

Milton Bledsoe, él lo hace.

Levanto mi bicicleta y la arrojo al interior. No me importa ser la desordenada aquí.

—Está bien —digo—. Tarta del desmayo entonces.

CAPÍTULO CATORCE

Para el momento en que Milton y yo salimos de la cafetería, ya oscureció y yo devoré tres rebanadas de tarta (dos de cereza, una de manzana).

No estaba equivocado. Ahora me siento mucho mejor. Al menos, físicamente hablando.

—¿Debería dejarte en casa? —pregunta—. ¿Tienes hora de llegada?

Suspiro hacia la luna.

—Yo... tengo lo opuesto a una hora de llegada.

A mis padres siempre les decepciona que yo no sea más salvaje. Siempre que subo a mi habitación a las ocho de la noche para leer, comienzan con su larga, larga descripción de todas esas cosas que ellos solían hacer por las noches cuando eran adolescentes. (Por ejemplo: escabullirse, bañarse desnudos, sonsacar cerveza barata a los hermanos mayores de sus amigos, aullarle a la luna. Creerás que estoy exagerando en eso último, pero no es así. En realidad, mi madre todavía le aúlla algunas veces a la luna, pero ahora lleva pantuflas rosadas y está sacando la basura. Es un contraste interesante.)

Me pregunto qué pensarán de mi huida a Europa.

¿Se sentirán orgullosos? ¿Con una pizca de celos? ¿Recordarán por qué amaban el grande y ancho mundo y querrán empacar y mudar a nuestra familia fuera de Hawkins para siempre? ¿Seremos, como Dash lo expresó tan poéticamente, unos "expatriados"?

Claro, esto último es muy poco probable, pero una chica puede soñar.

—¿Quieres que vayamos de regreso a mi casa? —pregunta Milton. Al principio me preocupa que él piense que está sucediendo algo parecido a una cita. Pero luego agrega—: Mamá y papá tienen su noche de juegos los viernes, y me obligan a participar si no tengo cualquier otro plan.

—¿Me obligarán también? —pregunto.

—Eso depende. ¿Qué tan buena eres en Scrabble?

Me encojo de hombros.

—Una vez gané con la palabra *xenófobo*, y la *X* tenía el puntaje de palabra triple.

—Sip, no querrán que juegues. Se ponen en un plan en verdad competitivo.

—Milton, ¿cómo te sientes con respecto a Hawkins? —me encuentro preguntando espontáneamente.

—¿Este pueblo? —mira a su alrededor con gesto contemplativo—. Lo odio.

—¿Qué te parecen los *croissants*?

—Te traje hasta el otro lado del pueblo por una tarta —dice, señalando con la cabeza el gran letrero neón de la cafetería—. Soy fanático del hojaldre —cuando sonríe, se forman unas profundas hendiduras alrededor de su boca, como unos corchetes completos alrededor de un pensamiento entre paréntesis.

Me pregunto cómo se vería en otra cosa que no fueran pantalones caqui. (No es que eso cambie lo que siento por él. No es que de repente sea susceptible a ese tipo de agitada pérdida de facultades que ataca a las otras chicas cuando se encuentran cerca de chicos con jeans deslavados. Es sólo que Milton merece usar pantalones que no tengan un doblez en la parte delantera tan afilado que tal vez podría cortar el vidrio.)

—¿Hablas algún idioma? —pregunto—. ¿Otro que no sea el nuestro?

—Sé un poco de japonés. Sobre todo por mis abuelos. Quiero que mamá me enseñe más, pero ella siempre está ocupada con el trabajo y mi hermano y hermana y… —hace una pausa, como si no estuviera seguro de si debería agregar la siguiente parte— hablo élfico.

—¿Algunas palabras de élfico o… élfico completo?

—En realidad, el élfico es una familia de idiomas, así que técnicamente hablo sindarin y quenya y…

—¡Y no pareces tímido al respecto! ¿Bien por ti?

—No es como si fuera a decirle eso a todo el mundo. Solamente a mis buenos amigos. Así que Dash lo sabe. Y ahora… tú.

Vaya. La lista de amigos de Milton es casi tan corta como la mía.

Y él cree que debido a nuestra reciente experiencia vinculante, con el desmayo inesperado y el consumo ritual de postres, nos hicimos *buenos* amigos. Tal vez me equivoqué acerca de que el Escuadrón Peculiar sólo me quería por mi relativamente competente forma de tocar.

O tal vez me equivoqué con respecto a Milton.

—¿Fuiste a las audiciones porque yo me inscribí? —pregunto.

Se encoge de hombros.

—Siempre había querido probar la actuación. Supongo que saber que estarías allí lo hizo más fácil.

Mmm. Quizá Milton sólo necesita compañía para ayudarle a sentirse aventurero. Quizá podría darle una oportunidad...

—Supongo que podemos ir a tu casa —digo—. *Si* las opciones de *snacks* son las adecuadas.

—Acabas de comer tres rebanadas de tarta.

Me encojo de hombros.

Milton ríe. No produce ese rebuzno empalagoso que tienen la mayoría de los adolescentes. Su risa es suave, grave. Es una risa objetivamente agradable. Pero quizá sonaría mucho mejor en oídos de otra chica.

Me digo que esto es algo bueno.

Sería lo Peor, hablando categóricamente, perder la cabeza por alguien con quien estoy planeando emprender un viaje transatlántico. Milton comienza a parecer una posibilidad de una manera que nunca hubiera considerado ayer. Y tenemos el resto del año para convertirnos en mejores amigos, mientras reúno los fondos necesarios para la Operación *Croissant*.

Nos quedamos en el estacionamiento, en ese momento incómodo antes de que te comprometas por completo a subirte al auto, cuando una familia sale de la cafetería. Es Jonathan Byers, a quien conozco de la escuela (pálido, callado, todo el tiempo está tomando fotografías), y su madre, a quien reconozco del supermercado (ansiosa, bonita, me ofrece descuento en los cabezales de reemplazo para el Walkman porque uso el mío todo el tiempo para escuchar mis cintas de idiomas). También hay un niño con ellos, el hermano pequeño de Jonathan. Lo vi en la tienda con la señora Wheeler... entonces, ¿es uno de los amigos de su hijo? Va detrás de su madre y su hermano, mirando a su alrededor sin rumbo fijo, con una novela de fantasía en el pecho como si fuera una armadura.

No recuerdo su nombre, pero parece que el corte de cabello se lo hizo su madre siguiendo la línea de un tazón de cereal. (Yo usé ese mismo corte en segundo grado.)

Como sea, este chico parece un verdadero nerd en formación.

Milton y Jonathan asienten el uno al otro de esa manera tímida que a veces hacen los adolescentes.

Capto la mirada del niño. Por sólo un segundo. Quiero decirle que la vida aquí va a mejorar, pero no se me ocurre una sola palabra de consuelo.

Ojalá pudiera decirle que corra.

Pero no puedes decirle eso a un estudiante de secundaria que apenas conoces. De modo que Milton y yo esperamos mientras suben al coche y la señora Byers enciende un cigarrillo en su camino de salida del estacionamiento; el humo se arrastra detrás de ella en una línea larga y suave.

Milton y yo subimos a su camioneta y él conduce a través del oscuro, oscuro pueblo. Subo los pies al tablero, bajo la ventanilla y saco la cabeza para sentir una de las primeras brisas otoñales reales.

Aquí está la cosa.

Hawkins es *agradable* durante el día.

Pero cuando no puedes ver las casas blancas dolorosamente idénticas y la calle principal, que alguien robó de una postal, este lugar es diferente. En la oscuridad, el pueblo se expande, crece. Se siente vivo de una manera que desaparece cuando todo el mundo está regando su jardín y presumiendo el nuevo revestimiento de vinilo en sus paredes. Éstas son las partes del pueblo que la gente no se molesta en notar, porque sus cabezas siempre están abajo o arriba de sus traseros, respectivamente.

Pero miro alrededor y lo veo todo: los árboles y los prados, la presa con la niebla flotando sobre su agua oscura. Y el tramo abierto del cielo, con su gran luna cubierta de nubes de color gris ahumado, de la misma manera en que Stevie Nicks se cubre de chales. Hay una extraña sensación de que si ninguno de nosotros estuviera aquí, este lugar volvería a ser... casi perfecto.

Un lugar donde podría ser yo misma. No sólo la nerd apenas aceptable socialmente, la nerd mayormente silenciosa, sino cada robinesca parte afilada y extraña. Podría desenterrar esos sentimientos que ahora mantengo con tanta pericia dos metros bajo tierra. Podría dejar salir los bordes que siempre estoy tratando de ocultar.

Pero no vivo en ese lugar.

Milton acelera y le susurro adiós a Hawkins en español, francés e italiano, practicando para ese día en que pueda dejar todo esto atrás.

SEGUNDA PARTE

CAPÍTULO QUINCE

Milton y yo estamos viendo MTV.

Déjame reformularlo.

Yo estoy leyendo una edición bilingüe de *La divina comedia*, mientras Milton toca el teclado sobre el video de Duran Duran que se está transmitiendo por televisión. No es que se limite a imitar la canción, tratando de mantenerse al tiempo con las progresiones de acordes. En realidad, está agregando otra capa de música a lo que escucha. A veces, combina con la canción original. A veces, es un contrapunto extraño y estrafalario. A veces, se siente como si estuviera escribiendo sobre el original, mejorando algo. Tiene el volumen de la televisión al máximo, algo que el resto de su familia odia, algo que nos garantiza seguir teniendo el estudio para nosotros solos.

—¡Milton! —grito—. ¿Cuál te gusta más? ¿Duran o Duran?

Se acerca, agarra una almohada del sofá y me la arroja con una mano sin perder un solo compás, literalmente.

Hemos estado haciendo esto todos los días durante semanas.

Vine por primera vez a la casa de Milton después de las audiciones… tras las cuales ninguno de los dos consiguió un papel en la obra, ¡sorpresa! Tam obtuvo un papel pequeño, *no el de* Emily; trató de mostrarse entusiasta cuando la lista del elenco se publicó, pero supe que estaba más que un poco decepcionada. Al parecer, la he observado lo suficiente en la clase de Historia para saber que cuando está molesta, jala con desgana los mechones rojos de su flequillo. Como sea, cuando vine por primera vez a la casa de Milton, me sorprendió encontrar esta configuración, así como un dormitorio que Milton había tapizado con los pósters y las fundas de los discos de sus bandas favoritas de punk y New Wave. Sabía que era tan músico como nerd, pero Milton es un entusiasta en un nivel muy superior. Está obsesionado con los detalles de la historia auditiva y toca alrededor de nueve instrumentos, *además* de la trompeta y el teclado.

De uno de ellos ni siquiera había oído hablar antes. Se llama theremín y es absolutamente extraño. Es electrónico, pero Milton ni siquiera tiene que tocarlo; sólo mueve las manos y estas dos antenas de metal pueden detectar dónde están y emitir el sonido en consecuencia. Parece un teclado, sin las teclas además de muchas ondulaciones de manos de magos ancestrales.

Ahora mismo, está tocando su orgullo y alegría, su Yamaha.

La primera vez que Milton preguntó si podíamos ver MTV juntos, pensé que sería el principio del fin de nuestra corta amistad. MTV es lo que todos ven en nuestra escuela. Pero Milton no lo ve como todos los demás.

Cuando nos sentamos juntos —o yo me senté y Milton se cernió sobre sus teclas—, me encontré mirándolo con la mandíbula caída, mientras él jugaba con una nueva armonía sobre los acordes de David Bowie y el poderoso equipo de Queen, *"Under Pressure"*.

—Ni siquiera tienes una sola camiseta de bandas —dije, sin poder creerlo.

—Uso la ropa que mi hermano usaba antes de irse a la universidad —dice Milton, mirándose como si nunca antes hubiera pensado en eso—. Está limpia, me queda bien, es tonta, pero supongo que yo también lo soy.

—¡No puedes tener toda una personalidad heredada! —insisto—. Hay partes de ti que nadie puede ver. Partes importantes. ¿No te molesta eso?

(Por supuesto, en cuanto lo dije, supe que yo estaba usando los jeans viejos de mamá y una camiseta que compré de segunda mano.)

Milton ladeó la cabeza, pensando en ello.

—Mi hermano es el hijo mayor, lo que significa que recibe todo nuevo, lo mejor, pero tiene que pagar por ello siendo perfecto. Y no parece importarle estar a la altura de las expectativas. Personalmente, no me importa tener menos presión en mi vida, si la única compensación real es usar viejos pantalones caqui —Milton sacude la cabeza sin apartarse de las teclas—. Además, *yo* sé que me gusta la música. ¿Por qué tendría que demostrarlo con una camiseta?

—Ésa es una actitud demasiado saludable. Por favor, di algo angustioso para equilibrarla.

—Oh, créeme que tengo mucha angustia bajo todas estas herencias —dice Milton tranquilamente.

En este momento, muestra algo de ese sentimiento, frunciendo el ceño con disgusto por las imágenes de *"Hungry Like the Wolf"*, incluso mientras sus manos golpetean una melodía alternativa.

—Pensé que amabas a Duran Duran —digo.

—Los aprecio como los primeros usuarios de complejas capas de audio electrónico. Sus versiones nocturnas son algunas de las primeras ondas de la New Wave. ¿Pero las imágenes? —hasta ahora, el vago concepto parece centrarse en la banda corriendo alrededor, pretendiendo ser múltiples Indiana Jones—. Están usando un país asiático porque creen que es exótico. Apuesto a que no saben nada sobre Sri Lanka. Y lo sensual de la mujer gato es...

Me estremezco cuando la frase *lo sensual de la mujer gato* se convierte en una parte mucho más importante de la trama.

—Vaya. Estaba equivocada —admito—. Saludable y angustiado no son opuestos. Ésta es una angustia bastante saludable.

—Sí, parece que no pueden hacer un solo video que no trate a personas que no sean hombres británicos blancos como accesorios y escenografía —dice Milton—. Hey, me puse lo suficientemente angustiado para usar una triple negación.

—Estoy tan orgullosa de ti. Y no estoy orgullosa de esta banda —digo, haciendo clic en un botón, apagando el televisor.

Milton comienza una nueva canción, que parece ser una versión sinfónica de *"Little Red Corvette"*, de Prince.

Aunque lo saqué por completo de su ritmo, Milton no parece nervioso ni molesto. He observado que sus nervios básicamente se desvanecen siempre que se encuentra en su elemento (esto es, tocando música, en casa, o mejor aún, tocando música en casa).

—¿Cómo lo haces? —pregunto, recostada con mi barbilla apoyada en el brazo del sofá.

—Ya hemos hablado de esto, Robin. ¿Cómo lees tú poesía alternativamente en cuatro idiomas diferentes?

—Tres de ellos pertenecen a la misma familia lingüística —digo con una sonrisita de suficiencia.

Milton me arroja otra almohada, pero esta vez, estoy lista para emprender un contraataque y lanzo una que derriba la suya en el aire, mientras ya tengo una segunda almohada alineada para golpearlo justo en el pecho.

—Simplemente tiene sentido en mi cabeza —digo, sentándome otra vez, victoriosa—. Es como si en cuanto puedo ver las suficientes palabras, en el instante en que desbloqueo algún tipo de comprensión, el resto comenzara a completarse por sí mismo.

—Eso es lo que pasa con la música también —dice—. ¿Sabes? Para ser una nerd de la banda, no piensas en términos musicales. Piensas en palabras, acertijos y problemas por resolver. ¿Qué *te* gusta?

Me está provocando y lo sé. Milton tiene mucho talento, pero se considera un fan, ante todo y sobre todo. Le *encantan* (no necesariamente en este orden) las novelas de ciencia ficción, las películas de culto, las historietas y todas las formas de música contracultural. (Tiene debilidad por el New Wave, porque los instrumentos electrónicos que usan provienen de Japón y, como me dijo la segunda vez que vimos MTV juntos, "Eso lo convierte en medio japonés. Como yo".) No comparto su amor por los cantantes de cabello esponjado ni por los ramplones libros de bolsillo con extraterrestres de aspecto solemne en la portada, pero debo ser fan de *algo*, según Milton.

Sin embargo, hay muchas cosas que no me gustan. Es un verdadero bufet de malas elecciones. Hay tantas cosas en las que estoy decididamente en *contra* que a veces puede ser difícil recordar en qué estoy a *favor*.

—Echo & los Bunnymen. Brian Eno. Cyndi Lauper.

—Cyndi Lauper es una cantante pop —dice Milton.

—Y tú eres un pedante —le respondo—. ¿Has escuchado su álbum? ¿O simplemente te burlas de sus sencillos?

—Ay —Milton se lleva una mano al pecho. Luego, vuelve a su Yamaha—. *"All Through the Night"* es una gran canción —murmura, y de inmediato retoma el extraño solo de gaita electrónico, nota por nota.

—Sabes lo que me gusta —digo—. ¿De qué otra manera terminamos vestidos como Annie Lennox y Boy George en Halloween?

Milton no se había disfrazado desde que estábamos en primaria, así que me dejó elegir. Siempre he sido partidaria de los videos musicales que involucran algún tipo de travestismo o aplastamiento general de género. Encontré un traje de segunda mano que me quedaba verdaderamente bien, y una peluca naranja que dejé alarmantemente corta, luego dibujé mis ojos con el más negro de los delineadores. Milton se sometió a una peluca larga y raída, a la que agregué algunas trenzas delgadas, y pasó toda la noche metiendo sus puños de encaje en el cuenco de dulces en la fiesta de Halloween exclusiva para nerds en casa de Dash.

—Todavía no puedo creer que hayas cantado *"Sweet Dreams"* frente a toda la banda de música y la mitad del consejo estudiantil —dice.

—Dash me desafió —le recuerdo—. Porque Dash estaba muy, muy borracho.

Claramente, pensó que yo no lo haría. Pensó que lo sabía todo sobre mí.

Quise demostrarle que estaba equivocado.

—¿Robin Buckley? —pregunta el padre de Milton, asomando la cabeza al interior del estudio. (Siempre dice mi nombre completo, por la razón que sea)—. ¿Te quedarás a cenar?

—Eso suena genial, señor Bledsoe —digo—. ¿Eso es...?

—Está bien por mí —dice Milton—. Siempre y cuando no sigas formando equipo con mi hermanita y robándote todos los rollos.

La cena del domingo en la casa de Milton es fantástica, como de costumbre. Espero que mis padres se las hayan arreglado para alimentarse sin mí. Me he encargado de cocinar alrededor de la mitad de nuestras cenas desde que comencé la preparatoria. Mis padres, ambos, odian las tareas domésticas. Los padres de Milton cocinan *juntos*, incluso entre semana, inclinan la cabeza sobre las ollas a un tiempo y se dan cucharadas uno al otro para probar los platillos. La mamá de Milton cocina tanta comida japonesa como puede con lo que encuentra en las tiendas cercanas. Recuerdo que, en secundaria, Milton llegaba todos los días con una lonchera bento… y tenía que soportar que casi todos lo miraran boquiabiertos. (En preparatoria, él come un almuerzo caliente como casi todos los demás. Los almuerzos en bolsa son suficiente para conseguir que te golpeen, cortesía del monstruo.)

Esta noche sirven ramen con un huevo de miso flotando justo en la parte superior, entre el caldo, la carne y los cebollines. Milton y yo contribuimos al festín haciendo el único postre en el que soy buena: caramelos *buckeye*. Todos nos llenamos de bolas de crema de cacahuate cubiertas de chocolate. La hermana de Milton, Ellie, pone una en cada una de sus mejillas y finge ser una ardilla. Yo también lo hago, y finjo que tengo doce años de nuevo.

Sorprendentemente llena y extrañamente feliz, regreso en bicicleta a casa; mi rueda delantera va formando unas perezosas *S* hacia adelante y hacia atrás en la acera. Son las diez y media, tal vez cerca de las once. Las calles están tranquilas y el aire es frío. Quizá no nevará hasta dentro de un mes, pero puedo sentir la primera amenaza aguda en el aire. Jalo mi chamarra abierta aleteando por mi cuerpo con una mano, mientras conduzco con la otra.

En cuanto me quedo sin acera, debo continuar en bicicleta un kilómetro y medio a través de casi campo desde el vecindario de Milton hasta el mío, que se encuentra en las afueras del pueblo. Me mantengo en el estrecho margen de asfalto entre la carretera y la línea blanca. Se oye un susurro en la maleza al lado de la carretera.

Intento ignorarlo.

Hago cuanto puedo para evitar que el extraño sonido deslizante desate nerviosos movimientos de miedo a través de mi piel. Conduzco más rápido, mis ruedas ahora lanzan una flecha recta por la carretera. Tarareo un poco de la primera canción que logro encontrar en mi cabeza, *"Hungry Like the Wolf"*, pero el susurro parece hacerse más fuerte en respuesta.

Grito la letra a todo pulmón.

Las canciones sobre ser cazado no ayudan mucho en este momento. Así que trato de pensar en la Operación *Croissant*.

Voy a platicarle a Milton. Pronto. Le pediré que viaje conmigo. Sé que también está preparado para una vida más allá de Hawkins. Ya ha estado en Japón con su familia y tiene increíbles consejos de viaje, cosas en las que yo nunca hubiera pensado. Cómo enrollar la ropa cuando empaca, en lugar de doblarla. Cómo encontrar el baño público más cercano sin parecer un perdedor. Cómo decidir qué libros valen el limitado espacio de tu mochila.

Ya estoy empezando a pensar que si la Operación *Croissant* funciona, podríamos expandirnos y visitar más países juntos. ¿Y las bandas de Milton? Es posible que debamos planificar un viaje por carretera para ver música en vivo en Chicago, California y Nueva York...

Hay tantos lugares que no están aquí.

Tantos lugares donde ese susurro en los arbustos no es algo en lo que tenga que pensar, nunca más.

Los faros atraviesan la noche detrás de mí y el murmullo se vuelve silencioso cuando pasa un automóvil. Justo cuando me permito creer que se ha ido, vuelve. Más fuerte. Más cerca. Hay otro sonido debajo, suave y pulsante. Algo como sangre corriendo por un corazón o aliento arrastrado por la tráquea. Me detengo en mi calle, dejo caer mi bicicleta en el camino de entrada y corro asustada, sin que me importe quién pueda verme.

Me dirijo a la puerta, que gracias a Dios está abierta. La cierro velozmente y giro la cerradura en cuanto entro, luego empujo mi espalda contra la madera maciza.

Espero. ¿Qué? Sinceramente, no lo sé.

Hay un silencio sepulcral en casa. Mis padres deben estar durmiendo.

El teléfono suena *tan fuerte* que brinco y dejo escapar un pequeño chillido —así como a veces dejas escapar un pequeño chorro de pipí cuando ríes demasiado fuerte—, y levanto la bocina, esperando escuchar una voz. Cualquiera. Escucho un segundo de respiración entrecortada y creo que lo que sea que me acaba de pasar le está pasando a alguien más en Hawkins.

—¡Robin!

Me hundo en el suelo llevando la bocina conmigo. La familiaridad de la voz al otro lado de la línea borra un buen cincuenta por ciento de mi miedo.

—¿Kate?

—¡No respondiste las primeras cinco veces que llamé! ¿Qué está pasando? ¿Tus padres se están volviendo raros con los teléfonos ahora?

—No, yo sólo… —no puedo imaginar cómo decirle lo que acaba de suceder. ¿Qué podría decirle? ¿Que un mapache se estaba deslizando por la maleza y yo estuve a punto de colapsar?—. Supongo que estuve en casa de Milton más tiempo de lo habitual —explico, con voz débil.

—Bueno, me alegro de que finalmente estés en casa, porque tengo que ponerte al tanto.

Puedo escuchar la alegría en su voz.

—¿Qué? —pregunto, sabiendo que hablará sobre Dash y, por una vez, querré escucharla. Han mantenido sesiones de besos descuidadamente secretas desde Halloween, pero todavía no es oficial, y sé que eso la está matando.

—Salimos esta noche —respira—. *Salimos.*

Comienza a enumerar todos los detalles de su última casi cita. Su voz me envuelve en un manto de normalidad. Giro el cable telefónico alrededor de mí. Una vez, dos.

Casi dejo de pensar en lo que sea que estaba allá afuera, en la oscuridad.

Y luego, con un crujido, el teléfono muere.

CAPÍTULO DIECISÉIS

Resulta que anoche hubo apagones en todo el pueblo. En mi casa sí había luz, pero en la de Kate no. Cuando la veo el lunes por la mañana, eso es lo primero que me dice. Lo segundo:

—Mira *esto*.

Nos sentamos frente a su casillero, en el piso de linóleo.

—Me lo dio en el estacionamiento —Kate me muestra su pie, adornado con una pulsera nueva en el tobillo. La cadena es delgada; la placa de identificación, gruesa. Los nombres de Kate y Dash están grabados juntos, escritos en un tipo de letra lleno de giros y espirales que se supone debe parecer romántica, pero a mí me duelen los ojos al verla. Incluso hay un pequeño diamante justo a un lado del nombre de Kate.

—Los diamantes se usan cuando se trata de algo de verdad serio —está vibrando de emoción. Su voz suena como si acabara de tomarse una taza completa de café—. Esto no es sólo novio-novia. Ésta es una pulsera de *primer amor*.

Sé que quiere que la admire. Lo mejor que puedo hacer es esbozar una sonrisa, apenas cubriendo el hecho de que esto sólo hará las cosas más raras para los cuatro. Al menos tengo a Milton.

—¿Vas a conseguir una cadena larga para el cuello? —pregunto.

—No lo sé —dice, estirando la pierna hacia el pasillo, girando el tobillo de un lado a otro. Se quitó el zapato. (Probablemente porque lleva un par de zapatos deportivos Reebok, nada especial. A juzgar por la manera en que viste, ella ignoraba que sucedería hoy, o habría elegido algo distinto para la ocasión.) Su pie está descalzo, excepto por el lazo de tela elástica de sus pantalones alrededor de su tobillo. Sus delicados y pequeños dedos hacen que los míos parezcan propios de un yeti; aun así, cuando los mete directamente en medio del tránsito del pasillo de segundo año, causa una pequeña conmoción. Algunas personas ponen los ojos en blanco o nos muestran el dedo medio, pero luego ven que la pulsera en el tobillo de Kate es la causa del nuevo patrón de tránsito. Algunas de las chicas incluso se detienen para ver mejor. Que es exactamente lo que mi amiga busca.

—Se ve linda como es, pero no puedo poner mi pie en la cara de todos cuando quiero que la vean.

—En serio, me estás haciendo sentir especial —le digo.

—*Eres* especial —afirma Kate—. Y ahora es tu turno de encontrar a alguien.

Esa declaración provoca una ola gélida de pavor, como si acabara de entrar en el océano a mediados de enero. Al menos, eso es lo que supongo que se siente. La masa de agua más grande en la que he estado en cualquier época del año es el lago Michigan.

Llevo mi pavor conmigo mientras observo a Tam mirar a Steve Harrington en la clase de Historia.

Lo sostengo con fuerza cuando camino junto a Dash en el pasillo y él sonríe como si hubiera hecho algo impresionante;

lo único que hizo, en realidad, fue esperar meses y meses para hacer feliz a Kate porque bien sabía lo mucho que le agradaba.

Intento sofocarlo con aderezo ranch y papas a la francesa durante el almuerzo.

Me lo llevo a casa y duermo con él bajo la almohada. No creo que nada pueda eliminar este sentimiento. Pero luego, al día siguiente, algo sucede.

La hora de clase de la banda está a punto de comenzar. Junto a los salones de práctica, Wendy DeWan está susurrando algo al resto del Escuadrón de Tierra, Viento y Fuego. Me encuentro yendo a la deriva hacia su conversación, a pesar de que no soy parte de su grupo. Hay algo serio en la forma en que hablan entre sí. Sus cejas están tensas, pero sus posturas son sueltas, como si no estuvieran seguras de qué hacer con ellas mismas. Incluso a veinte pasos de distancia, esto no tiene el aire de los chismes regulares de la preparatoria. A diez pasos, puedo escuchar sus voces; no es exactamente igual que cuando los presentadores de noticias en televisión hablan de la epidemia. Pero casi.

—¿Qué pasa? —pregunto.

Wendy voltea hacia mí. El resto del grupo permanece acurrucado, como si necesitaran sentirse cerca la una de la otra. Protegidas.

—¿Conoces a Jonathan Byers?

—¿Pálido, nervioso, se la pasa tomando muchas…?

—Fotos, sí. Su hermano menor está desaparecido.

—Mi papá fue uno de los voluntarios en el grupo de búsqueda anoche —agrega Jennifer.

—¿Desaparecido? —la palabra tiembla a través de mí, sacude mis entrañas—. ¿Qué significa eso?

—Nadie sabe —interviene Nicole—. Podría significar cualquier cosa. Quizá simplemente se fugó. Quizá su papá apareció y lo alejó de su mamá. Sabes que es parte de un...

—Si dices hogar roto, voy a romper algo, y hay buenas probabilidades de que sea tu nariz —Kate ha aparecido a mi lado y mira a Nicole con precisión láser. Nicole se inclina hacia atrás en su silla, como si la mirada de Kate ardiera un poco.

Kate sabe lo que es cuando la gente empieza a chismorrear sobre qué familias son aceptables y cuáles no. Tal vez sus padres adoptivos sean la pareja de Hawkins más honrada que haya traído un plato caliente a una reunión social de la iglesia, pero por alguna razón la gente se siente con derecho a chismear sobre las infinitas posibilidades de sus padres biológicos. Ya ha escuchado a sus compañeros de clase (y secretarias de oficina entrometidas y miembros prepotentes de la Asociación de Padres de Familia) especular que sus padres biológicos deben haberse separado, o que ni siquiera estaban juntos en realidad, o que deben haber sido consumidores de drogas y por eso ella es tan pequeña de estatura...

La lista continúa.

Así que Kate se ha convertido en la defensora de los chicos que no tienen ese escenario perfecto de mamá y papá, que la gente de Hawkins parece contemplar como la única opción aceptable. Ella salta cada vez que alguien está a punto de decir algo tonto e innecesario, justo a tiempo para abofetearlo. Es uno de sus superpoderes.

Kate me toma del codo y me aleja del Escuadrón de Tierra, Viento y Fuego.

—Ese pobre chico —dice.

—Will —me esfuerzo y por fin lo recuerdo—. Creo que su nombre es Will.

—No sé qué pasó, pero estará bien —dice Kate en un tono concluyente—. Hawkins es un lugar seguro.

Kate es buena en declaraciones como ésa. Por lo general, yo soy buena creyéndolas. Su certeza puede ser muy contagiosa, pero algo no suena cierto esta vez. Hay monstruos en Hawkins. Monstruos a los que nadie está prestando atención, porque la gente ha decidido que este pueblo es seguro; si empiezas a cuestionar si eso es cierto o no, tendrás que lidiar con todas las oscuras verdades que encuentres al otro lado.

Regresamos a nuestra sección, el lugar al lado del salón donde se juntan los músicos de instrumentos de metal. Kate se desliza directamente sobre el regazo de Dash, sus brazos caen alrededor de su cuello. Entiendo que ella se siente reconfortada por su presencia, pero mi incomodidad aumenta hasta once.

—Hey —dice Milton, hojeando su partitura—. ¿Quieres que pasemos un rato juntos esta noche? Ellie volvió a preguntar. Creo que cree que eres *su* amiga...

Saber que la casa de Milton está ahí, esperándome, definitivamente ayuda. Pero.

—Quizá debería ir a casa hoy después de la práctica de campo. La verdad es que no vi a mis padres anoche y ambos salieron temprano esta mañana.

—¿Todo bien?

Es claro que él no se ha enterado. Milton me está mirando ahora, levantando sus cejas oscuras, esperando a que llene el espacio en blanco con lo que ya no está bien.

—¿Sabes lo que le pasó a Will Byers?

CAPÍTULO DIECISIETE

9 DE NOVIEMBRE DE 1983

Es mi tercer día consecutivo que voy directo a casa después de la escuela. Ayer, mis padres se encerraron en su habitación en cuanto llegaron del trabajo. A los pocos minutos, los sonidos de una discusión se filtraron por debajo de su puerta. Por lo general, cuando se enojan, sólo se va cada uno a su rincón. Papá se enfurruña, mamá medita. Pero anoche en verdad discutieron. No pude evitar sentir que, fuera lo que fuera, la repentina desaparición de Will Byers estaba actuando como catalizador.

Esta noche es aún más extraña.

Estoy en mi habitación escuchando la cinta de Español 6, cara 2, "Preguntas y respuestas": "*¿Adónde vas? ¿De dónde eres? ¿Dónde estás?*".[2] Mis padres ni siquiera llaman, sólo abren mi puerta y me dicen que me necesitan en la cocina. Apago el Walkman, pero lo llevo conmigo, los audífonos todavía descansan alrededor de mi cuello, las almohadillas de espuma rasguñan mi piel.

—Robin, ¿podrías sentarte, por favor? —pregunta mamá.

---

[2] En español en el original. [N. del T.]

Está parada al lado de la mesa redonda del comedor, donde nunca comemos. Papá está acurrucado en una silla, donde nunca se sienta. Por lo general, él se instala en uno de los grandes sillones de pana reclinables de la sala. Son como tronos donde mis padres se relajan después del trabajo, leyendo o escuchando música o hablando entre ellos sobre cuánto odian sus respectivos trabajos. Yo paso la mayor parte del tiempo en mi habitación, sola.

—Vamos a cenar en familia —gruñe papá.

—No, no lo haremos —digo.

Vuelvo a hacer clic en el Walkman. Las palabras y frases en español salen de mis audífonos.

Pero antes de que pueda volver a ponérmelos, papá dice:

—Déjalo apagado, por favor.

Bajo los audífonos, pero no apago el Walkman. Un sinfín de preguntas llena el aire mientras miro alrededor.

La mesa está lista para comer, algo que no había visto en años. Hay ensalada en un cuenco que ni siquiera sabía que teníamos, amarillo con flores alrededor del borde. Hay pan y margarina en un plato pequeño, zanahorias al vapor en un colador, un plato lleno de pollo que se ve todavía más pálido que yo.

—Gracias, pero no tengo hambre.

—Como sea, vas a sentarte y comer algo —dice mamá—. Tu padre pasó mucho tiempo con esas zanahorias.

—*Ustedes* fueron los que dijeron que la cena familiar es una tontería patriarcal y los cuatro grupos de alimentos son un esquema corporativo impuesto por las compañías lecheras.

—No nos digas lo que dijimos, Robin —gruñe papá—. No necesitamos que seas nuestro dictáfono. Eres nuestra hija.

Se miran el uno al otro, compartiendo algún tipo de momento de fortaleza paternal.

Tomo una silla y me siento, desafiante, ocupando sólo una esquina.

—Sí. Lo soy. Y es por eso que sé que esto es estúpido y que podríamos pasar directamente a la parte en la que inician una conversación que en realidad no quieren mantener.

—Bien —dice mamá. Mira a papá de nuevo—. El chico Byers...

Luego toma una servilleta y se seca los ojos. De acuerdo, no lo vi venir.

—Sabemos que probablemente sepas que Will Byers está desaparecido —dice papá. No me está mirando. Está mirando fijamente a cualquier otra parte—. Y tu compañera de clase, Barbara Holland, no fue hoy a la escuela.

Me encojo de hombros.

—Tal vez ella no se sentía bien.

—Encontraron su auto...

Bueno, eso suena siniestro.

Mamá continúa donde calla papá.

—No volvió a casa después de una fiesta, anoche. Un chico desaparecido en este pueblo ya era bastante. ¿Pero ahora son *dos* los desaparecidos, tan rápido y sin explicaciones?

—Apesta a secretos —dice papá—. Algo que ellos no nos están diciendo.

—¿Ellos? —pregunto—. ¿Quiénes son ellos?

Pero sé de qué están hablando, en un vago sentido. El gobierno, la policía, cualquier persona en el poder, no quieren que sepamos la verdad y, por lo tanto, están usando su autoridad para encubrirla.

—Está bien, pero ¿qué me dicen de la navaja de Ockham? —pregunto, volviendo al modo nerd, aunque no es que siempre funcione con mis padres como lo hace con el Escuadrón

Peculiar—. Tal vez Barb no desapareció. Ella no es una niña pequeña. La explicación más probable es que comprendió lo horrible que es este lugar y decidió escapar.

Puedo ver a Barb haciendo algo así. Ella es un bicho raro, una marginada, una solitaria de corazón. Como yo. Debe haber llegado a esa fiesta, alcanzado un punto de ruptura en el trato con las niñas remilgadas y los niños populares, y decidido terminar con eso para siempre. Es demasiado lista para buscar que la llevaran, así que tal vez sólo caminó hasta la estación de tren. Barb logró el escape que yo he estado planeando desde principios de año. Y esto la convierte en mi nueva heroína personal. No es de extrañar que fuéramos amigas en primaria. Ahora estoy triste de que no hayamos sido más cercanas. Podríamos haber escapado juntas.

—Robin —dice papá, devolviéndome a la realidad.

Una realidad en la que los chicos están desapareciendo de Hawkins, y eso es sólo el comienzo de esta locura. Porque algo todavía más extraño está sucediendo en nuestra cocina, ahora mismo. Este miedo está convirtiendo a mamá y papá en los padres suburbanos que siempre odiaron.

—Las cosas van a tener que cambiar —dice mamá, tomando un trozo de pan. Aunque no lo come, sólo lo divide lentamente en pedazos.

—¿Qué cosas? —pregunto, cruzando los brazos. Tal vez esté siendo muy mezquina, pero no se lo facilitaré.

—Bueno, por ejemplo… —dice mamá mientras dirige una mirada a papá.

—Te confiscaremos la bicicleta —termina él por ella.

—¿Qué? —me levanto de un salto—. ¡Así es como me muevo a todas partes! ¡Así es como voy a la escuela!

Papá levanta una mano, como si fuera una señal de alto y se supone que debo obedecer la ley sin cuestionar. (Ésta es la misma persona que me enseñó a cuestionar *siempre* la autoridad.)

—Tendrás que viajar en autobús.

—Ése no es el problema —digo. Aunque el autobús suene como una perfecta pesadilla—. Mi bicicleta es más que un medio de transporte —es la única forma en que siento que soy parte de mi entorno. Es el único tiempo que tengo completamente para mí. También es la forma en que vuelvo desde la casa de Milton. Después de la escuela o la práctica, él carga mi bicicleta en la parte trasera de su camioneta; después de pasar el rato juntos, regreso a casa en bicicleta.

Por un segundo, mi sistema nervioso se remonta a la otra noche, cuando pedaleaba en medio de la oscuridad. Fue la misma noche en que Will Byers desapareció. Escuché a alguien decir que encontraron su bicicleta en el bosque.

Abandonada.

Lo único que odio más que pensar que mis padres se están comportando de un modo por completo irracional es pensar que tal vez —sólo tal vez— tengan razón.

No. Sólo era un mapache en la maleza. O algún otro pequeño mamífero. La lógica está de mi lado aquí. Como dijo Milton, soy buena resolviendo acertijos y aplicando mi inteligencia a los problemas. Con firmeza, si es necesario. En especial cuando los otros se rinden y deciden tirar la toalla.

No hay razón para pensar que lo que sea que le haya pasado a Will o a Barb haya tenido algo que ver con mi mapache, zorro o lo que sea que estuviera rondando por ahí. Si un animal hubiera atacado a los chicos, ya habrían encontrado algo. Y ningún animal seguiría el rastro de tres personas en sólo dos noches, cuando no hay antecedentes de ataques animales en Hawkins. Tampoco pudo tratarse de una persona. Yo estaba pedaleando tan rápido como podía, nadie podría haberme seguido a ese ritmo a pie.

La única opción sería una criatura no humana, no animal, que pudiera moverse con rapidez por todo el pueblo y que estuviera cazando gente. Y eso tiene cero sentido. Will debe haberse confundido en el bosque, tal vez se perdió. Quizá se golpeó la cabeza.

Barb se marchó. Estoy segura.

—Nos aseguraremos de que llegues a donde necesites ir sin ser... raptada —dice papá.

—Siéntate, Robin —dice mamá—. Por favor.

—No puedo —digo—. Siento que quedarme aquí ahora sería permitir este comportamiento —de repente, me siento extremadamente cansada de que me traten como a una niña cuando les he hablado como una adulta desde que tenía once años. Me dan ganas de arrojar el plato de margarina y ver cómo se derrama, grasiento, por el papel tapiz de la pared. Para recordarles cómo es una verdadera rabieta infantil—. ¿Tengo quince años y no me enseñarán a conducir, pero me quitarán la bicicleta?

—Es la bicicleta de tu madre —dice papá.

—¡Ella no la ha usado para nada desde el 75!

—No queremos que hagas nada que pueda ponerte en peligro en este momento —dice mamá.

—¿Como todas esas noches que tú pasaste durmiendo en la playa o en la camioneta de un extraño?

—Era una época diferente —murmura mamá dirigiéndose a sus zanahorias, como si fueran ellas las que necesitaran ser convencidas.

Papá se lanza al frente.

—Ya no puedes quedarte en casa de Milton tan tarde. Hasta que sepamos lo que ocurrió, hasta que estemos seguros de que el peligro ya pasó, tendrás que estar aquí, en tu cama, a las diez de la noche.

—¿Me están imponiendo una *hora de dormir*? ¡He decidido yo sola desde que estaba en quinto grado! ¿Pueden ustedes dos escuchar una sola cosa de lo que están diciendo? ¡Ustedes son extraterrestres! ¡Raptaron a mis padres! Es como... —es como si toda mi familia se hubiera puesto patas arriba de la noche a la mañana.

Papá suspira.

—No te estamos castigando, Robin. No te pondremos bajo arresto domiciliario. Sólo necesitamos asegurarnos de que estarás a salvo —pone su mano en mi hombro. La confusión, la frustración y la decepción luchan dentro de mí, pero la decepción va a la cabeza. Mis padres están comenzando a comportarse como todos en este pueblo. Quizás han vivido aquí demasiado tiempo.

O tal vez simplemente este lugar no es tan seguro como pensaban.

CAPÍTULO DIECIOCHO

10 DE NOVIEMBRE DE 1983

Encontraron a Will Byers. En la presa.

El Escuadrón Peculiar está acurrucado bajo uno de los carteles de Desaparecido que Jonathan colgó por toda la escuela.

Nadie los ha quitado todavía.

Kate lo retira suavemente de la pared.

—¿Deberíamos ir al funeral? Escuché que será mañana.

—No lo conocíamos en realidad —se siente irrespetuoso, de alguna manera, ir al funeral de un niño que no conocías—. No tengo interés en ser una sanguijuela de tragedias.

—Y no es que seamos amigos íntimos de Jonathan —agrega Dash.

Yo estaba tratando de ser considerada. Dash suena como un cretino.

Pero no puedo decirlo, porque Kate tiene sus brazos alrededor del cuello de Dash. Ahora son como una criatura simbiótica. Ella ni siquiera puede caminar por el pasillo sin que uno de sus brazos se deslice alrededor de su cintura.

—Supongo que eso es cierto —dice Kate—. Pero se siente extraño estar tan cerca de lo que está sucediendo y no hacer... nada.

—Eso es justo lo que mis padres esperan que haga —digo—. Tal vez para siempre.

Descubrir que Will se ahogó en la presa no tranquilizó a mis padres. Es como si se hubiera activado algún interruptor genético o algo así. Sus instintos paternos, inactivos durante mucho tiempo, se han activado a toda marcha. Como si de pronto hubieran notado que el mundo está lleno de peligros.

—Ven esta noche —dice Milton, pateando mi zapato con el suyo—. Yo te llevaré a tu casa.

Él ha estado extrañamente tranquilo durante toda esta semana de purgatorio. Al parecer, es el tipo de persona que emplea toda su ansiedad en los eventos cotidianos, de manera que nada le queda cuando se presenta una gran crisis.

En verdad podría absorber algo de su serenidad ahora mismo. Tratar con mis padres ha sido difícil, casi imposible. De hecho, me alejé de ellos después de terminar la "cena familiar" anoche. He sentido que el drama adolescente aumenta con cada día que pasa. No soy ese tipo de persona, por lo general.

Pero están arruinando la Operación *Croissant*.

Si ni siquiera me dejan andar en bicicleta por el pueblo, no van a darme su bendición cuando les anuncie que quiero recorrer Europa. Aunque Milton esté conmigo. Ni siquiera quieren que me quede en su casa después de las nueve y media.

—Ustedes dos han pasado mucho tiempo juntos —dice Kate, observándonos a Milton y a mí con una mirada impenetrable en su rostro. No estoy segura de si cree que esto es bueno, malo o da igual—. ¿Por qué no salimos todos? ¿Moonbeam Roller Disco el sábado por la noche? Me vendría bien algo de tiempo juntos, los cuatro.

—¿Quieres decir, además de cada clase de la banda *y* práctica de campo? —dice Dash con sarcasmo.

—Hey, la temporada ya casi termina —responde Kate, pero suena falsamente herida—. Quiero asegurarme de que todos sigamos siendo amigos.

Es cierto que últimamente hemos pasado más tiempo en parejas que en grupo: Milton y yo, Kate y Dash.

—Robin, ¿vamos? —pregunta Kate. Me mira con tanta esperanza que no tengo el corazón para negarme.

—Está bien —digo—. Pero tú tendrás que alquilar los patines. Y buscarme unos que no huelan como la última persona que los usó para añejar el queso.

—Oleré valientemente los patines por ti —acepta Kate.

—Yo no iré —dice Dash.

—¡Dash! —Kate le da una palmada en el pecho.

Y entonces se van, desaparecen por el pasillo hacia su laboratorio de química compartido de la primera clase.

Milton se queda conmigo, con las manos hundidas en los bolsillos.

—¿Cómo está tu familia? —pregunto. Apenas los he visto en toda la semana, y tal vez sea raro, pero los extraño.

—Mis padres no permiten que mi hermanita se pierda de vista —dice—. Y mi hermano se la pasa llamando a casa desde la universidad para recibir las actualizaciones. Llama cinco veces al día a estas alturas. Parte de todo el asunto del hijo perfecto —se encoge de hombros—. Yo estoy volando por debajo del radar. Derecho de nacimiento del hijo de en medio.

—Me siento bastante celosa de todo eso ahora. ¿Podrías prestarme algunos hermanos asustados?

—Robin, cualquiera estaría asustado de ser tu hermano.

Empujo su hombro.

—Ja —exclamo.

Esto se siente como nuestra vida normal. Y eso se siente bien. Milton y yo somos amigos, y no importa que mis padres hayan instalado un confinamiento filial absoluto. Los padres de ambos también trataron de evitar que hicieran lo que sabían que era importante. Me recuerdo que una rebelión no es real si es patrocinada por los padres. Me prometo que le contaré a Milton sobre la Operación *Croissant* en la pista de patinaje el sábado.

Por ahora, tengo que afrontar la clase de Historia.

—Lo siento, debo irme —digo, dejando atrás a Milton y entrando en el baño de chicas. No podré concentrarme en la Reforma Protestante si tengo tantas ganas de orinar. Me encierro en uno de los cubículos justo cuando entra un grupo de chicas. Puedo ver sus zapatos a la moda a través del hueco inferior de la puerta. (¿Por qué lo dejan así? ¿Creen que todos necesitamos vernos los pies mientras orinamos?)

Espera. Ésos son los polvorientos zapatos deportivos color rosa de Tam, combinados con calentadores turquesa.

—Él dio una fiesta a la que ni siquiera me *invitó*.

Y ésa es la voz de Tam. No parece descontenta, quizás enojada.

—Tampoco es que a nosotras nos hayan invitado… —dice una de sus amigas. Su voz se apaga.

—Es sólo una fiesta, Tam —dice otra.

Casi puedo verla negar con la cabeza. Puedo imaginarme su cabello rojo al vuelo.

—Puedes dejar de fingir que no te enteraste. Todo el mundo se enteró.

—¿Se enteró de qué, Tam? —pregunta la primera amiga, claramente fingiendo inocencia.

—*Que él se acostó con Nancy Wheeler.*

Con cuidado, abro la puerta del cubículo. Chilla como una rata moribunda, lo cual es excelente. Todas levantan la mirada al mismo tiempo. El rostro de Tam es un desastre, tan pálido como manchado, y en el instante mismo en que me ve, comienza a secarse las mejillas con una áspera toalla de papel marrón. Alejo la mirada mientras ella se recompone. No quiero que piense que estaba escuchando a propósito, pero tampoco es que éste sea un baño particularmente grande o que aísle el sonido.

—Vas a superarlo, Tam —promete la primera amiga.

Ella es una Jennifer rubia.

—Vas a lograr que Steve se aleje de ella —jura la otra amiga, una Jessica morena.

Me instalo frente a los lavabos, con la espalda hacia las tres y dejo correr el agua.

—¿Tardarás mucho? —pregunta Jessica.

—Jess —dice Tam—. Es el baño. Robin tiene todo el derecho a estar aquí. No es que Steve Harrington deba arruinar el día de otra chica.

Sabía, en algún nivel teórico, que Tam sabía mi nombre, pero saberlo y escucharla ahora son cosas muy diferentes. Su voz roza las palabras, y la manera en que dice *Robin* hace que se sienta casi como si hubiera extendido su mano para tocar mi brazo. Apenas hemos hablado desde las audiciones de la obra, pero me sorprende este sentimiento, como si estuviéramos al borde del precipicio de conocernos mejor.

—Oh, cariño —dice Jennifer.

Jessica la estrecha en un gran abrazo. Todas sus amigas la están consolando. Como si esto fuera una tragedia similar a lo que le pasó a Will Byers. Pero nada de lo que estamos haciendo ahora se siente tan grande, aterrador o importante desde esa perspectiva.

Y de alguna manera, ese entendimiento es lo que finalmente me lleva a dar unos pasos hacia Tam. Sus amigas me miran como si fuera algún tipo de especie invasora.

—¿Estás bien, Tam? —pregunto. Me gusta decir su nombre tanto como me gusta oírla decir el mío. Hace que cualquier pequeña conexión que tengamos se sienta sólida y real—. No pude evitar escuchar...

La campana suena. Se supone que todas deberíamos estar en clase.

—Oh, son sólo cosas tontas de *chicos* —pronuncia esas palabras con desprecio, de la misma manera en que me he oído pronunciarlas antes. Tam se limpia los borrones de rímel que tiene bajo los ojos—. Uf, odio estar así de mal sólo por eso. Esto es ridículo.

—No seas tan dura contigo, Tam —dice Jessica.

—No. Lo superé. Ya lo superé a *él*.

—Bien —digo.

La palabra simplemente saltó de mi boca.

Todas me están mirando ahora, tres pares de ojos sin parpadear, uno de ellos rodeado por un acuoso círculo negro.

—Sólo quiero decir... Steve es un idiota.

—Realmente lo es, ¿no es así? —Tam parece en verdad encantada con la idea—.Quiero decir, escuché que rompió la cámara de Jonathan Byers...

—¿Cierto? —digo—. ¿Quién le hace eso a un tipo que acaba de pasar por una horrible tragedia? ¿Quién es, como,

"Ya sé lo que haré, encontraré al hermano de Will Byers y romperé lo único que le importa, porque definitivamente no ha pasado por suficiente"? Steve Harrington, ése es.

—¡Es un completo y absoluto *imbécil*! —dice Tam, incluyéndome en la plática ahora.

Continúo. Parece que no puedo evitarlo.

—Es un idiota elevado a la potencia idiota. Un idiota *exponencial*.

Tam ríe con tanta fuerza que su cuello y el hombro que se asoma por su suéter se tiñen de un rojo escarlata.

Sus amigas ahora me miran enfurecidas.

Pero no me importa, porque hacer reír a Tam es el mejor sentimiento que he tenido desde que… Mmmm… Es posible que nunca antes me haya sentido tan plena.

—Vamos, llegaremos tarde —dice Jessica, agarrando la mano de Jennifer. Se van con una rabia combinada. Queda claro que no tienen el mismo nivel de tolerancia que Tam con las subalternas sociales.

A ella tampoco parece importarle que se hayan ido.

Quizá necesita nuevas amigas.

Y quizá yo podría ser esa persona…

—Gracias, Robin —dice Tam, sin aliento por la risa. Abre la llave del agua, agacha la cabeza y limpia lo que queda de rímel. Cuando vuelve a subir, su rostro está limpio. No creo haberla visto antes sin maquillaje. Sus mejillas muestran un leve sonrosado natural debajo del rubor, y sus ojos castaños parecen más claros sin todo el delineador y el rímel que los amplifica. Ella es bonita en ambos escenarios. Ella es bonita todo el tiempo.

—Ser tan honesta me hizo sentir mucho mejor.

—No hay problema —digo—. Un día de éstos acabaré con todos los idiotas.

Ríe una vez más. Y entonces, me mira. En verdad, me mira. Y sonríe, como lo hizo ese día en las audiciones. Excepto que esta vez no siento miedo.

Esta vez, estoy lista.

—Hey, ¿vendrás a ver la obra la próxima semana? —pregunta—. Sé que no conseguiste un papel en la audición, pero…

—Oh, sí, definitivamente estaré allí —digo, aunque no había tenido planes de hacerlo.

Tam se alegra.

—Genial —dice, empujando hacia abajo el calentador de una pantorrilla con el otro pie, una especie de tic nervioso—. Creo que va a estar muy, muy bien. Sin embargo, estoy tan *avergonzada* de haber cantado en la audición —su rostro se torna rojo frambuesa, se cubre con una mano y me mira a través de dos de sus dedos—. Debería haberme limitado a leer mi parte y haberlo entregado todo. Como tú.

—Mmmm. Supongo que lo hice. Y luego le entregué toda mi cara al piso.

Ríe de nuevo, más suavemente esta vez.

—Bueno, hubieras sido una gran Emily. Pero aun así, saldrá muy bien. El señor Hauser hizo un gran trabajo.

Nunca había escuchado a una estudiante que no fuera nerd felicitar a un maestro en esta escuela. Y se trata del señor Hauser, el único maestro que vale la pena felicitar.

—¿Nos vemos en clase, Robin? —pregunta.

—Sí —digo, sin aliento, pero no por la risa. Simplemente falta de aliento—. Nos vemos.

La dejo salir del baño primero, porque todavía no estoy lista para enfrentarme a la señora Click (y a la existencia de Steve Harrington). Cuando la puerta vuelve a cerrarse, me miro en el espejo. Debajo de mi lánguida permanente y mi desganado maquillaje, hay alguien a quien Tam sonríe.

—Vaya —me susurro en el espejo—. Muy bien.

No pensé que pudiera sentirme bien hoy, y pude burlarme de Steve *y* hacer que Tam se sintiera mejor al mismo tiempo. Al menos, tendré una cosa para recordar con cariño cuando me encuentre a medio camino a través del Atlántico.

CAPÍTULO DIECINUEVE

Llego a la pista de patinaje unos minutos tarde; mis padres insistieron en traerme. El resto del Escuadrón Peculiar ya se ha reunido en el mostrador cuando entro.

Kate y Dash están vestidos para su Noche de Cita.

Milton lleva su ropa de... Milton. (O de su hermano mayor, en realidad.) Yo estoy usando los mismos jeans de cintura alta que suelo usar, junto con un mullido suéter negro con lunares blancos, porque ya empezó a enfriar. Me puse delineador de ojos azul eléctrico justo antes de salir de casa. Kate jura que se ve bien. (Mis ojos ya son de un color cercano al azul eléctrico, por lo que el efecto es espeluznantemente monocromático, si me preguntas a mí.)

Kate me pone un par de patines talla nueve en las manos.

—Preolfateado —dice, radiante.

—Excelente.

Nos sentamos en uno de los bancos y cambiamos nuestros zapatos por los patines. Observamos a media docena de personas que se arrastran por el suelo intentando bailar *"YMCA"* mientras patinan en círculos. ¿Cómo fue que acepté venir?

Miro a Milton, que se encuentra encogido tanto por las opciones musicales (disco interminable) como por la calidad del sonido (difuso como si tuvieras orejeras). Niego con la cabeza y tomo su mano para incorporarlo. Al menos, tengo un compañero en el descontento. Somos la pareja perfecta para viajar juntos. Podremos maravillarnos con todo lo que valga la pena maravillarse, y cuando las cosas no estén bien, podremos encogernos juntos.

Kate es, con mucho, la mejor patinadora de nuestro grupo, así que Dash, Milton y yo la seguimos hasta el suelo de madera rayada como pequeños patos. Es una noche tranquila en la pista. Quizá debido a la intensa semana que tuvimos en Hawkins. Al parecer, Steve Harrington y Jonathan Byers se enfrascaron en una pelea demoledora hoy temprano, y nadie supo de qué lado estaba Nancy Wheeler. La cara de Steve terminó hecha un desastre, su cabello sin duda se despeinó por primera vez, y Jonathan fue arrestado. Nada para mantener alejada a la multitud como un drama que puede ser diseccionado hasta el infinito.

Las únicas personas que reconozco aquí son Matthew Manes, mi ficticio enamoramiento de octavo grado, que trabaja en sus rutinas como siempre, y Sheena Rollins, que está ahí con una falda blanca hasta los tobillos y un suéter blanco corto, haciendo círculos interminables ella sola.

—Está bien —dice Kate, aplaudiendo como si fuera la Encargada Oficial de la Salida—. Intentemos al menos divertirnos un poco.

Dash la toma por la cintura y ella grita cuando él la empuja hacia atrás en sus patines.

—Nada de travesuras —dice una voz incorpórea por el altavoz, interrumpiendo la música durante unos segundos.

—¿Nada de YMCA-travesuras? —pregunta Milton.

—Es un oscuro lado B—digo.

Kate y Dash se lanzan a patinar uno al lado de la otra. Ella tiene que bajar su velocidad todo el tiempo porque él no puede seguirle el ritmo, y cada vez que ella da vueltas para arrearlo, él parece un poco más enojado.

—Vaya, súper divertido —digo—. ¿Así es como se ven las citas?

Milton se encoge un poco de hombros. Tenemos exactamente el mismo nivel de experiencia con estas cosas. O inexperiencia, en realidad. Patinamos alrededor de la pista un par de veces y estiro los brazos para mantener el equilibrio.

—En serio, deberíamos participar en los próximos Juegos Olímpicos —dice Milton mientras ambos chocamos contra la pared, con las palmas primero, porque no somos muy buenos para frenar.

La voz por los altavoces vuelve a crujir desde lo alto.

—Muy bien, esta canción está dedicada a los enamorados. Sólo parejas, por favor. Ésta es para patinaje en parejas.

Matthew Manes suspira, como si el patinaje en pareja fuera la peor pesadilla de su existencia. Sheena Rollins abandona la pista rápidamente, con una mirada hacia atrás y un suspiro que me hace preguntarme si se siente sola… si todo el bullying que sufre en la escuela no ha apagado *por completo* su interés en otros humanos. Intenté hablar con ella en la escuela durante todo el noveno grado, pero lo único que ella hacía era asentir y salir corriendo, así que en algún momento dejé de intentarlo.

Se inicia una introducción de piano con sonido metálico y agudo, y luego escuchamos a Bonnie Tyler cantar *"Total Eclipse of the Heart"*.

—Al menos no es disco, ¿verdad? —dice Milton.

Mientras camino de regreso a los bancos, Kate nos da la vuelta y toma mi mano, alejándome de Milton. Se inclina y me dice en un susurro:

—Deberías pedirle que patine.

—¿A Milton? —pregunto—. ¿Estás bromeando?

—Ustedes dos claramente se gustan. Dash y yo estamos juntos. ¿No sería perfecto si fuéramos dos parejas? Piensa en la simetría de esto.

—Las matemáticas no son forma de elegir un novio —murmuro—. ¿Vas a usar un algoritmo para encontrarme una cita para el baile de graduación la próxima vez?

Kate ya me ha contado extensamente cómo conseguirá ir al baile de graduación este año, a pesar de que ella y Dash son estudiantes de segundo año, y obviamente conseguir que un estudiante de tercer o cuarto años la invite está fuera de discusión. Tiene un plan elaborado que implica mucho voluntariado en el comité de graduación. (Supongo que les ha funcionado a algunas estudiantes obsesivas en el pasado.)

Kate me empuja suavemente hacia Milton, hasta que mis patines me hacen rodar hacia él sin mi permiso. Muevo el talón hacia arriba y piso el freno. Con fuerza.

—¡Mira, no voy a patinar con Milton! —digo. No digo que no me gusta Milton. Porque *sí* me gusta. Me gusta mucho. Pero no de la forma en que Kate quiere. Básicamente, es mi mejor amigo, y ha pasado tanto tiempo desde que tuve uno de ésos, que la última vez había cajas de jugo de por medio. Odio que en la preparatoria el hecho de preocuparse por alguien no cuente tanto si no es una historia de amor. Si no viene con una pulsera de oro para el tobillo y un diamante.

Al otro lado de la pista, Dash tiene acorralado a Milton. Apenas se mueven —no se permite que te detengas en la pista—, y Dash tiene su brazo alrededor del hombro de Milton.

—¿Todo esto fue una *trampa*? —pregunto, furiosa de pronto.

Kate trata de ser linda al respecto; se encoge de hombros y levanta sus cejas oscuras. En serio, ¿no ve lo enojada que estoy? ¿O no le importa?

—Pensé que pasaríamos el rato como amigos esta noche —digo, mi voz sale rasposa.

—Esto es mejor. Piensa en esto como una amistad mejorada. Amistad *plus*.

Milton patina. Extiende su mano.

Puaj. Supongo que estamos haciendo esto.

Tomo su mano. ¿Por qué está tan sudada? ¿Por qué la *mía* está tan sudada?

Chocamos. Probablemente sea el peor patinaje colectivo jamás realizado en la historia de la pista de Moonbeam Roller Disco.

—Ésta es la canción favorita de Tam —espeto, mientras la canción crece en el estribillo salvajemente melodramático.

No sé de dónde salió eso. Sólo necesitaba decir algo.

—¿De quién? —pregunta Milton.

—¿Tammy Thompson? Está en mi clase de Historia.

Aunque Milton y yo hemos pasado mucho tiempo juntos, nunca le he hablado de Tam. En realidad, nunca he hablado de ella con nadie. Y por primera vez me pregunto por qué. ¿Me preocupa tanto que la gente piense que soy una escaladora social? ¿Temo que me recuerden la enorme obsesión de Tam por Steve Harrington, de lo cual sé mucho gracias a la observación en primera fila? ¿Qué, exactamente, es tan secreto sobre mi ni-siquiera-amistad con Tammy Thompson?

—Robin, estás frunciendo el ceño.

—Lo siento. Me estoy concentrando.

—¿Para patinar? Eso no hará que patinemos mejor, así que puedes relajarte.

Sin embargo, no estoy concentrada en el movimiento de mis pies. Milton me dijo una vez que mi cerebro trabaja con acertijos, lógica, problemas por resolver. ¿Por qué no puedo resolver esto? ¿Por qué Tam es un misterio que no tiene sentido para mi cerebro? ¿Por qué pensar en ella a veces me hace sentir muy feliz y otras como si el monstruo de la preparatoria estuviera justo detrás de mí, respirando sobre mi cuello? ¿Por qué la idea de hablar de ella con alguien más me resulta intrínsecamente aterradora?

Acelero un poco.

Hay otras cuatro o cinco parejas patinando alrededor en círculos. Se ven tan orgullosos de sí mismos, como si tener una cita en la preparatoria fuera una especie de logro en lugar de una forma de lidiar con el cada vez más estrecho apretón-de boa-constrictor de la obligación.

Entonces veo a dos chicas alrededor de la pista, yendo el doble de rápido que todos los demás, riendo tan fuerte que apenas pueden mantenerse en pie. Tal vez lo estén haciendo como una broma, pero nadie las detiene. Y a diferencia de la mayoría de las parejas de chicos y chicas que recorren la pista, ellas parecen muy felices. Chocan sus caderas al ritmo de la canción. Una de las chicas roza la espalda baja de la otra, luego sumerge la mano ahí, en el centro de la pista. Su largo cabello roza el piso.

Alejo mis dedos de la palma de Milton empapada de sudor y abandono la pista, rápido.

—¿Adónde vas? —pregunta, patinando detrás de mí.

—A la dulcería —grito en respuesta.

Necesito un poco de grasa para aterrizar. No sé qué está pasando en este momento. ¿Tomarme de la mano de Milton? ¿Desearía poder patinar con algunas chicas bonitas y populares en cambio, cuando ellas se reirían de mí hasta el cansancio?

Esta noche está saliéndose por completo de control.

Acomodo los brazos en el mostrador de los *snacks* y pido dos cestas de papas a la francesa. Dejaré una para Kate y Dash... en disculpa por mi próximo escape de aquí. La otra es toda para mí. Me la comeré completa y luego caminaré a casa.

Eso es lo que obtienen mis padres por tomar mi bicicleta.

Miro hacia abajo del mostrador y encuentro a Sheena Rollins sentada en un taburete, bebiendo una malteada de vainilla. Me pregunto si ella en verdad prefiere la vainilla, o si es una muestra más de su inquebrantable compromiso con la estética blanca. Cuando me dejo caer junto a ella, el taburete de vinilo rojo rechina horriblemente. Ella levanta la vista del libro que está leyendo, algo de Anne Rice, y me mira con la cabeza ladeada.

Sheena me analiza con absoluto descaro.

Yo la analizo a ella también.

Me he sentido mal por Sheena cada vez que la he visto lidiando con patanes y mierda en los confines de la escuela. Pero ahora que la veo en un contexto diferente, no puedo dejar de pensar que parece que está haciendo lo suyo, en lugar de seguir a la multitud.

Oficialmente, estoy un poco celosa.

—Tienes suerte —le digo. Sheena arruga su nariz de botón con una mirada inquisitiva—. Ojalá estuviera leyendo un buen libro ahora mismo, en lugar de lidiando con las repercusiones sociales —pienso por un momento y luego agrego enfáticamente—: El patinaje en parejas apesta.

Un impacto, el más leve hoyuelo, aparece en una de sus pálidas mejillas. Encoge un hombro y vuelve a agitar su malteada.

Milton llega al mostrador de la dulcería justo cuando mis órdenes de papas a la francesa caen frente a mí. Tomo las cestas, pero están muy calientes y vuelco una, esparciendo proyectiles calientes en todas direcciones.

—¿Podrías… darme un poco de espacio, por favor? —grito, mucho más fuerte de lo que pretendía.

Oh, genial. Ahora estoy siendo una maldita con Milton porque no quiero que Kate y Dash me presionen para que salga con él.

Milton me lanza una mirada extraña. Como si se sintiera herido, y no sólo por las papas a la francesa.

No quiero herir los sentimientos de Milton. Odio que esté molesto en este momento. Odio que esté pasando esto.

—Lo siento, no lo hice… —empiezo, pero él ya dio media vuelta y se aleja patinando.

Estoy atrapada aquí, con mis papas a la francesa empapadas en aceite, comiendo sola porque es justo lo que pensé que quería. Sheena Rollins está sentada unos taburetes más allá, leyendo en silencio, tal vez juzgándome. Intelectualmente, sé que las papas a la francesa son deliciosas, pero apenas consigo saborearlas.

—Todo en esta noche apesta —murmuro.

Aparto la canasta y me pongo en pie. Rodar hacia el mostrador de alquiler de patines y pedir mis zapatos significaría que Kate y Dash notaran que me marcho y entonces realizarían algún tipo de intervención que empeoraría todo, así que, sin romper el paso, salgo por la puerta hacia el oscuro pavimento. Por un segundo, pienso en Will Byers y me pregunto si estaré más segura esperando adentro y llamando a mis padres para que pasen por mí.

Pero no puedo vivir así, temerosa de todas las sombras. Cruzo el estacionamiento traqueteando y gano velocidad mientras golpeo la acera. Odio dejar mis zapatos deportivos, pero son un sacrificio necesario. Llegaré a casa mucho más rápido de esta manera, y si nunca me dejan volver a la pista de Moonbeam Roller Disco porque escapé con un par de patines talla nueve, que así sea.

CAPÍTULO VEINTE

18 DE NOVIEMBRE DE 1983

El viernes de la obra, estoy sentada apretujada entre Milton y Wendy DeWan. Me disculpé dos veces por lo que sucedió en el mostrador de la dulcería y Milton aceptó mi disculpa en ambas ocasiones —y se burló de mi nuevo estatus como la ladrona de patines más buscada en Hawkins—, pero todavía se siente como si hubiera algo extraño y tenso entre nosotros. Y eso no me gusta ni un poco.

Quiero a mi mejor amigo de vuelta.

Y lo quiero antes del final de la temporada de la banda, cuando los lazos que unen al Escuadrón Peculiar se aflojarán un poco naturalmente. Los otros tres miembros volverán a su horario regular de excelencia preparatoria, mientras yo me relajo un poco y hago planes para Europa.

Así que sigo poniéndome obstinadamente al lado de Milton, esperando que este extraño sentimiento se disuelva y que todo vuelva a nuestra rutina normal de MTV, llena de bromas y de lanzamiento de almohadas en el sofá.

—Será mejor que esta obra no apeste —dice Dash, inclinándose desde la fila detrás de nosotros.

—Es una obra de teatro de la escuela, Dash —dice Kate—. Sé que eres el único aquí que ha visto un espectáculo en

Broadway, pero es posible que tengas que bajar un poco tus expectativas.

—Eso es lo que mejor hago —dice con una sonrisita de superioridad mirando a Kate.

Y ella no acaba con él.

Tampoco es que se muestre exactamente feliz con esto, se limita a poner los ojos en blanco, como si no fuera la gran cosa, como si esto fuera el tipo de tonterías que los chicos dicen una vez que los aceptas como pareja. Oh, Kate. Estoy lo suficientemente molesta por las dos.

—Buckley, ¿están bien tus ojos? —pregunta Wendy, mientras Dash y Kate vuelven a sentarse en sus asientos—. Estás entrecerrando los ojos *mucho*.

—Estoy bien —digo—. Y la obra va a ser muy, muy buena.

Ésas no son mis palabras, son las de Tam. Las escucho salir de mi boca, como si no pudiera evitar hacer eco de ellas.

—De cualquier manera —dice Wendy con un encogimiento de hombros que hace que su cola de caballo negra rebote—. Sólo estoy aquí por esos dulces, dulces puntos extra.

—¿Y tú, Milton?

—Oh, ya sabes —dice.

Pero no lo sé. ¿Está aquí porque quiere ver cómo resultó la obra, a pesar de que no obtuvimos un papel? ¿Se unió simplemente porque más de la mitad de la banda de música está aquí, así que tenemos una masa crítica para otra salida social casi obligatoria? ¿*Quiere* sentarse a mi lado?

Su mirada se desplaza de mí a Wendy, y de regreso.

—La obra se montó tan rápido, ¿cierto? No puedo creer que la temporada casi haya terminado.

Mañana tenemos un partido, uno de los últimos de la temporada. Todos los integrantes de la banda que quieren ver

Nuestro pueblo, u obtener los puntos extra en inglés por ver *Nuestro pueblo*, abarrotan en el auditorio esta noche.

Después de que Tam me pidió que viniera —específicamente, *se aseguró* de que viniera—, no podía imaginarme en otro sitio que no fuera aquí.

El señor Hauser nos ve entre el público y saluda ondeando la mano. Puedo decir, de alguna manera, que su saludo está destinado a mí más que a cualquier otra persona. Y luego, para hacerlo oficialmente incómodo, grita:

—¡Robin! ¡Me alegro de que hayas podido venir!

—¿Ustedes dos son amigos? —pregunta Wendy DeWan, señalando de él a mí con sus uñas color lavanda—. Siempre es divertido cuando los profesores tratan de actuar como si nos conocieran fuera de clase, como si el hecho de que seamos nerds nos pusiera tal vez en el mismo nivel de genialidad que los profesores adultos reales.

Milton ríe. Verdaderas carcajadas. Nunca lo había visto hacer eso antes.

—Al señor Hauser le agrada mucho Robin —dice Dash, inclinándose desde la fila de atrás de nuevo para incluirse en mis conversaciones.

—¿Estás bromeando? El señor Hauser *ama* a Robin —agrega Kate—. Se pone poético sobre sus ensayos en mi clase, y ella ni siquiera está en mi clase de Literatura.

—Vaya —dice Dash—. Ésa es una cantidad de amor más espeluznante de lo que pensaba.

—Él sólo está siendo amable —digo con seguridad.

No entiendo por qué se dirige a mí en particular, pero no tengo duda de que está tratando de ayudar. Que me ponga más atención quizá tenga algo que ver con el hecho de que comprende que mantengo un bajo rendimiento en su clasc. A propósito. Navego con calificaciones aceptables, pero siempre me contengo.

—No lo sé —dice Dash, mirando al señor Hauser con atención mientras éste camina de un lado al otro del auditorio con su mejor traje café y una corbata rojo escarlata. Está revisando todo, preparándose para la noche de inauguración (que también es la noche anterior a la de cierre)—. Hay algo en ese tipo que simplemente no me agrada. Es muy espeluznante.

—El señor Hauser no es espeluznante —gruño—. Quizá sólo estás oliendo tu propia colonia y eso te tiene confundido.

—¡Robin! —dice Kate con un jadeo estúpidamente teatral.

—¿Por qué lo defiendes? —pregunto—. Está siendo un imbécil con un profesor que te agrada.

Los ojos de Kate se agrandan, heridos.

—Esa colonia realmente está flotando sobre nosotros —confirma Wendy, agitando el aire densamente perfumado frente a su rostro.

Dash está a punto de refutar, pero en ese momento las luces se apagan, así que no tenemos que hablar más.

Gracias a Dios.

En serio, no puedo tolerar mucho más de esto. Me siento acorralada por todos lados por la banda de música. Ya quiero llegar al final de la temporada, cuando pueda concentrarme en conseguir un trabajo y recaudar dinero para la Operación *Croissant*.

Milton y yo seguiremos saliendo, por supuesto. Una vez que él sepa todo el plan —que no pude contarle en la pista de patinaje, pero será pronto, tal vez incluso esta noche—, tendremos tanto de qué hablar que no necesitaremos a nadie más durante el resto del año escolar. Espero sinceramente el escenario completo de "No necesito una escena social porque tengo un mejor amigo".

Cuando la obra comienza con los mejores y exagerados tonos que los actores de la Preparatoria Hawkins pueden elevar dirijo una mirada a Milton. Está hundido en su asiento, con aspecto lúgubre. Tal vez sea sólo la exposición forzada al mal teatro.

Pero tal vez sea algo más.

¿Está molesto conmigo? ¿Está molesto porque nuestros amigos nos están presionando para que estemos juntos?

Capto un destello de cabello rojo y mis ojos se fijan en el escenario.

Es Tam. Al final, el señor Hauser la eligió para el papel de Rebecca, la hermana menor de uno de los personajes principales. Viste una larga falda negra y una blusa de encaje de cuello alto, y su cabello está recogido en dos cortas trenzas francesas. Está aprovechando al máximo su tiempo en el escenario. Pero no está sobreactuando.

He notado que por la mañana, cuando canta y tiene la sensación de que la gente la está mirando, tiene una tendencia a *actuar* de verdad. Pero a veces la atrapo en momentos en que nadie más está mirando, y su voz viaja sobre las palabras de una canción como si la llevaran a un lugar nuevo y desconocido. Sólo puedo mirarla por el rabillo del ojo, porque sería muy extraño de otra manera. Además, podría cambiar su forma de cantar.

Ahora mismo, puedo mirarla de lleno, porque todos miran en la misma dirección. (Excepto Milton. Creo que Milton me está mirando.)

Cuando termina la obra, todos los actores se mezclan en el pasillo, la mayoría todavía disfrazados. Tam está parada

165

junto al lugar donde se publicó la inscripción para la audición. Su maquillaje escénico, que no se veía mucho bajo las luces pesadas, es tan espeso que parece que lleva toda una piel extra. Muchos de los otros actores están rodeados de padres, abuelos, hermanos y amigos. La chica que interpretó a Emily (la elegida por el señor Hauser después de mi pequeña debacle en la audición) sostiene un ramo de flores blancas.

Los brazos de Tam están vacíos.

Tengo el pensamiento más extraño: desearía haberle traído flores. Lirios Stargazer, que son mis flores favoritas.

—Debería ir y decirle algo a Tam —le digo al Escuadrón Peculiar mientras avanzamos por el abarrotado pasillo.

Ahí está, lo hice. Hablé de Tam en voz alta… y no morí.

Pero *estoy* sujeta a un escrutinio inmediato.

—¿Por qué? —pregunta Dash.

—Ella me invito. ¿No es así? ¿Ese día en el baño?

—Es la obra de la escuela, Robin —señala Milton—. Nadie tiene que invitarte.

Bien. Pero ése no es el punto, en realidad.

—Creo que ella hizo un gran trabajo. Y alguien debería decírselo.

—No tienes que ser tú, Buckley —Dash ya está conduciendo a los nerds de la banda hacia la puerta y la libertad del viernes por la noche—. Quiero ir a Hawkins Diner. Sólo su refresco de cereza podrá eliminar el mal sabor del teatro de aficionados. ¡Vámonoooos!

Sé que si presiono ahora mismo, todos volverán a presionar: Kate con curiosidad, Dash con impaciencia, Milton con confusión. Querrán saber por qué es importante para mí decirle algo a Tam.

Y, sinceramente, no lo sé.

No quiero ese escollo en la conversación de esta noche... otro poco de distancia entre los únicos amigos que tengo y yo.

Le dirijo una última mirada a Tam. Ahora hay gente con ella. Amigos. Varias Jessicas y Jennifers. (No hay un Steve Harrington a la vista. Por supuesto. Todavía está recuperándose de los moretones de esa pelea con Jonathan, y no creo que le guste que lo vean menos bonito. No es que viniera a una obra escolar ni muerto, de cualquier forma. Tal vez no debería estar tan contenta de que yo haya estado aquí para ver la actuación de Tam esta noche y él no, pero me desagrada tanto y me ignora tan profundamente que a veces el regodeo privado es la única victoria que puedo alcanzar.)

Como sea, Tam no está sola. Alguien le dirá que hizo un gran trabajo. Obviamente, no tengo que ser yo.

¿Por qué sería así?

Cuando llegamos al auto —la camioneta de Milton—, Dash tiene las llaves colgando de sus dedos.

—Yo conduzco.

—¿Tomaste mis llaves? —pregunta Milton, revisando sus bolsillos como si no hubiera evidencia visual de que fueron robadas.

—Yo voy adelante —grita Kate.

Todos se amontonan en la camioneta lo más rápido posible. Milton y yo nos quedamos parados en el estacionamiento, oscuro y frío.

Sólo queda una opción de asiento.

—Iremos en la parte de atrás —dice Milton.

CAPÍTULO VEINTIUNO

—¿Sientes que lo planearon? —murmuro mientras Milton y yo nos abrimos paso hacia el pequeño y estrecho espacio. Este banco, un regalo del cielo para las mamás de los suburbios que parecen no poder dejar de tener hijos, por lo general está ocupado por niños pequeños, no por dos estudiantes de preparatoria que bien podrían competir por el trofeo para El Adolescente Más Desgarbado.

Nos acomodamos y buscamos a tientas los cinturones de seguridad y las hebillas en la oscuridad. Nuestras manos chocan más de una vez.

—Sí, esto se siente tan escrito como *Nuestro pueblo* —dice Milton.

Puedo ver el contorno simple de su rostro en la oscuridad. Se ha vuelto completamente hacia mí. Puedo escuchar su respiración, pesada y rápida.

¿Está frustrado por todo este montaje? ¿Tanto como yo?

Pensé que Kate y Dash darían marcha atrás después de lo que pasó en la pista de patinaje. Pero era esperar demasiado. Si Kate cree que deberíamos estar juntos, hará de ésta su nueva actividad extracurricular. Ella será presidenta, vicepresidenta, tesorera y secretaria de facto del Club Milton y

Robin Deben Tener una Cita. En realidad, no estoy segura de si Dash está participando en esta farsa para hacer feliz a Kate o sólo está jugando con nosotros porque le damos algo en que ocuparse.

En la cafetería, me tomo un breve descanso de las intrigas de Kate. (También recibo mi pedido casi en pedazos, un plato de panqueques con chispas de chocolate, que son escandalosamente baratos e injustamente deliciosos. Devoro con los ojos el club sándwich de Dash con papas a la francesa, pero cualquier cosa cara que coma en Hawkins es una comida menos en Europa.) En cuanto salimos de la cafetería, todos se lanzan como relámpagos a sus asientos originales en la camioneta, dejándonos a Milton y a mí varados juntos una vez más.

—Nuestros amigos apestan —digo, lo suficientemente alto para que todos en la camioneta lo escuchen.

Ríen, como si acabara de contar la mejor broma de la noche.

—No lo sé —dice Milton—. No está tan mal aquí atrás, ¿cierto?

—Al menos, lo mantienes limpio.

—Hasta que *tú* desparramaste la grasa de tu bicicleta por todas partes.

Yo: Espera. Esto se siente extrañamente coqueto.

Yo: Así es como Milton y yo bromeamos.

También yo: Entonces, ¿por qué Milton respira tan pesadamente y apoya su muslo contra el tuyo? ¿Es en verdad tan estrecho aquí atrás? ¿O esto es algo que *él* quiere?

La idea golpea mi cerebro de pronto. Tal vez Milton dijo a Dash que estaba interesado en salir conmigo, y de ahí surgió todo este agresivo plan para unirnos. Tal vez Kate y Dash

170

decidieron que Milton necesitaba ayuda para decírmelo. Que debían tomarse medidas drásticas.

Milton no ha estado actuando como un gran enamorado tipo debo-decírselo-a-Robin-o-moriré.

¿O sí?

Hemos estado saliendo durante dos meses completos y casi nunca parece nervioso. Nunca se puso misteriosamente sudoroso ni me miró con la intensidad previa a un beso. (Mi único beso fue con Joe Flaherty en un baile de séptimo grado, pero nunca olvidaré Esa Mirada justo antes de que se lanzara y aplastara sus frenos contra mis labios cerrados.) Milton no ha sido raro conmigo. Nunca.

¿Por qué cambiaría eso ahora? ¿El enamoramiento descendió sobre él de la nada?

—Entonces —digo—, ¿qué crees que pasó con Will Byers?

¡Ay! Me siento tan incómoda con mi casi-mejor-amigo-que-tal-vez-está-enamorado-de-mí que dejé caer *la* pregunta. Ésa que todo el mundo ha estado haciéndose durante toda la semana, hasta que se nos acabaron las cosas sobre las que se podía especular y la conversación se agotó.

Sólo hay una cosa que sabemos con certeza: Will Byers volvió.

No el cuerpo en la presa, el Will Byers *real*.

—Supongo que el forense cometió un error —dice Milton—. Me alegro de que mis padres finalmente puedan relajarse con Ellie.

—Sí —digo—. Desearía que mis padres recibieran ese memo particular.

Todavía no han regresado mi vida a su estado normal, a pesar de que Will ya apareció, y Barb (como he sostenido durante todo este catastrófico otoño) tal vez simplemente escapó y encontró una vida mejor en otro lugar.

—Tus padres sólo quieren que estés a salvo. Y sé que el hecho de que no tengas tu bicicleta es una porquería, pero ya casi es invierno. De todos modos, caminabas sobre la nieve la mayor parte del tiempo. Y, bueno... siempre está la opción del autobús.

—¿Un autobús escolar? ¿Ése amarillo que parece y huele a pipí sobre ruedas? Milton, podría vomitar, pero eso arruinaría tu inmaculado asiento trasero —ríe. Puedo escuchar el sonido perfectamente, aunque sea de tono bajo y apenas audible. De repente, comprendo que todo el mundo en el frente está callado... y los nerds de la banda nunca se callan. Es como si, cuando nos quitan nuestros instrumentos, tuviéramos que sobrecompensar creando una cacofonía por nuestra cuenta.

Están escuchándonos. Esperando para ver qué haremos Milton y yo cuando estemos apretujados juntos.

Dejo la voz hasta el más bajo de los susurros, me inclino hasta que mi rostro casi toca el de Milton y digo:

—¿Y qué hay de este hermoso vehículo de lujo en el que has sido tan amable de llevarme como chofer?

—Sólo soy un chofer si tú vas en el asiento trasero y yo voy solo en el frente —dice Milton, su voz suena tan baja como la mía.

El sonido en el resto de la camioneta se reanuda. Mi plan para evitar que nos escuchen está funcionando. Pero ¿y si sólo es un juego con el enamoramiento de Milton? Nuestras caras básicamente se están tocando en este momento.

Oh, Dios. ¿Qué sucede con la Operación *Croissant* si Milton tiene grandes sentimientos románticos no correspondidos? Si le pido que vaya conmigo, sabiendo que le gusto, ¿lo estaría engañando? ¿Es eso tan cruel como que Kate y Dash traten de aparearnos como animales de zoológico?

—Mmmm... ¿Robin? —pregunta Milton con tono gentil. Y luego, toma mi mano.

¿Cómo llegué a los quince sin estar preparada para el momento en que un chico tan decente me diga que le gusto? ¿Debería darle la oportunidad de decirme cómo se siente? ¿O debería interrumpirlo ahora mismo, antes de que diga algo de lo que no pueda retractarse?

Parece que no puedo abrir la boca.

—Me siento en verdad mal por decirte esto ahora... Quiero decir, debería haberlo mencionado hace mucho tiempo... pero nos estábamos divirtiendo mucho y yo...

—Está bien —espeto—. No es como si alguna vez hubiéramos hablado de enamoramientos, en general.

Milton hace una pausa, como si lo hubiera hecho perder el ritmo. (Por fin. Traté de hacerlo con tantos almohadazos y comentarios extraños y al azar mientras él tocaba sus instrumentos. Al parecer, lo único que tenía que hacer era decir la palabra *enamoramiento*, y el mundo casi dejaría de girar.)

—Eso es cierto —admite—. No abordamos el tema. Ninguno de los dos.

Por supuesto que no.

Ése no era el *objetivo* de nuestra amistad, pero sin duda era una ventaja. Estar cerca de un chico que no estuviera mencionándolo todo el tiempo se sentía como encontrar una escotilla de escape. Las chicas como Kate esperan que les hable de chicos. Milton parecía feliz de hablar sobre música y películas y sus extraños hijos bastardos, los videos musicales, para siempre. Él no necesitaba que yo diseccionara mis sentimientos. No me presionaba para que le contara mis secretos más profundos.

No es que tenga alguno.

Mi mayor secreto es la Operación *Croissant*. Y se supone que se lo diré esta noche. No puedo permitir que un pequeño enamoramiento se interponga en mi camino. Los enamoramientos de preparatoria se desvanecen. No son para siempre. Milton y yo volveremos a ser amigos para las vacaciones. Nos reiremos de ese momento incómodo en la camioneta, cuando Milton me declaró sus sentimientos. Todo estará bien. Pero primero, tenemos que pasar por esto.

—Milton, necesito decirte...

Pero su voz ya se cruza con la mía en la oscuridad. Sus palabras ya están golpeando mi cerebro.

—Me gusta Wendy.

—¡Oh! —digo.

Eso... no es lo que esperaba.

—¡Ésas son excelentes noticias! —me alegro por él. Me alegro por Wendy. Ambos son increíbles. Y ahora el nivel de nerviosismo al hablar tiene sentido, porque Wendy está en la camioneta con nosotros. Milton no está listo para decírselo a ella todavía, pero sí para decírmelo a mí. Y para alguien tan socialmente nervioso como Milton, eso se siente como un gran paso.

Aprieto su mano.

—Ustedes dos van a hacer una pareja realmente no-horrible.

—Gracias, Robin —aprieta mi mano con fuerza—. Tú eres la mejor. Lo que hace que esto sea lo peor —hace una mueca de dolor a la luz de los faroles que va y viene—. Hay algo que dijiste en la pista de patinaje... Me preguntaste si podía darte espacio y creo que tienes razón. Necesitamos pasar menos tiempo juntos. Todos piensan... Ellos creen...

—¿Que queremos estar juntos, pero somos tan tímidos y nerds que no podemos arreglar solos nuestras cosas? —pregunto. Hay un ligero filo en mi voz. (Está bien, de acuerdo, hay una hoja de afeitar completa.)

—¡Exacto! —Milton susurra-grita.

—Pero nosotros sabemos que eso no está pasando —digo—. ¿No es eso lo que importa?

Incluso mientras lo digo, puedo sentir al monstruo rastreándonos. Respirando en la oscuridad. Esperando a su presa. La verdad sobre quiénes somos nunca ha sido lo más importante en la Preparatoria Hawkins. Lo que importa es lo que los demás piensan de ti.

—Lo siento, Robin —dice—. Pero no sé cómo podría invitar a salir a Wendy si todos piensan que estoy enamorado de ti en secreto.

—Kate y Dash pueden irse a la…

—Otras diez personas me han preguntado si saldremos desde Halloween —bueno, demonios. No debimos haber coordinado nuestros disfraces. Aunque fueran fantásticos—. Incluso mi hermanita asume que estoy muy enamorado de ti.

—Pero no es así —le digo, asimilando el alivio de esa parte—. ¡No necesitamos estar todo el tiempo juntos! —ofrezco, lista para ayudar ahora que sé a qué nos estamos enfrentando—. Hay otras cosas que podemos hacer —como planear un gran viaje sólo para amigos, sin besos bajo la Torre Eiffel.

—No quiero dejar de ser tu amigo —suelta mi mano—. Sólo necesito algo de tiempo.

—¿Cuánto?

Hace dos minutos, pensé que lo estaría decepcionando con un rechazo gentil y heme aquí ahora, sonando como una necesitada.

—¿Me das hasta que las entradas para el baile de graduación estén a la venta? —pregunta, como si supiera que es mucho. Como si fuera consciente de lo mal amigo que está siendo, en nombre del amor y de no permitir que otras personas a nuestro alrededor tengan una nueva excusa para ser horrible—. Tengo muchas ganas de invitarla, pero sé que es algo grande. Especialmente porque ella va en su último año. No seré el único chico que quiera ser su pareja. Y... ya sabes como soy. Tengo que trabajar para lograrlo.

—Bueno. Sí. Necesitaste dos meses para decírmelo, y ni siquiera soy Wendy.

Estamos sentados de espaldas. Mi vecindario se despliega al revés cuando Dash gira hacia mi calle.

—Robin, ahora que estamos hablando de eso... —suena inquieto, como si supiera que nos queda un tiempo limitado antes de que yo salga de la camioneta—. ¿Hay algo que quieras decirme? ¿Sobre alguien que te guste?

Cuando Kate me hizo esta pregunta, estaba enojada. Sentía que necesitaba que yo tuviera una respuesta. Como si fuera necesario. Una pregunta del examen que no se puede omitir sin más.

—Yo no me enamoro —digo distraídamente. Es mi respuesta estándar.

—¿Estás segura? —pregunta Milton—. Esta noche, cuando estábamos atrás del auditorio, me pregunté si tal vez...

—¿Me gustabas tú? —pregunto—. Pensé, por un segundo allá atrás, que yo también te gustaba. Esto parece parte de comedia cinematográfica, ¿verdad?

Milton me dirige una mirada extraña, como si tal vez hubiera tenido una idea por completo diferente detrás del auditorio. Pero antes de que pueda preguntarle de qué se trata esa mirada, Dash detiene bruscamente la camioneta, tosiendo.

—Está bien, Buckley. Ésta es tu parada.

Espero a que alguien venga a liberarme de la prisión del asiento trasero. (Es imposible abrir la puerta desde adentro, lo que parece un serio problema de seguridad.) Kate se toma su tiempo para salir del auto y caminar hacia atrás, quizá porque espera que nos encontremos en plena acalorada sesión de besos.

Qué poco sabe.

Cuando Kate por fin abre la puerta, salto fuera.

Se había vuelto sofocante en la camioneta, pero el aire que recibo afuera es vigorizante, casi invernal.

—Robin…

—Adiós, Milton —digo mientras cierro la puerta y Kate vuelve a su asiento. Cuando el coche se aleja por mi calle, agrego—: Te veré pronto.

Puede que entienda todo lo que acaba de decir Milton, y obviamente quiero que encuentre la felicidad con la chica de sus sueños, pero no voy a ceder ante esta ruptura forzosa de la amistad. No sé si se puede arreglar, pero sé que tengo que intentarlo.

Y usaré todo mi cerebro para resolver acertijos y solucionar problemas para lograrlo.

CAPÍTULO VEINTIDÓS

20 DE NOVIEMBRE DE 1983

Esta vez, soy yo quien sugiere una noche de películas de terror en casa de Dash. Pero somos sólo tres: Kate, Dash y yo.

Nos instalamos en la habitación de Dash rápidamente. Está llena con una cama king size *y* un sofá; los muebles son una combinación de madera negra y vidrio ahumado que parece extremadamente fuera de lugar en el dormitorio de un chico de diecisiete años, pero combina con la decoración del resto de la casa. Dash enciende el televisor y coloca *El despertar del diablo* en su videocasetera. Cuando la película comienza a reproducirse, Dash y Kate se sientan en el sofá con una bolsa de Ruffles entre ellos. Sus dedos hacen un pequeño y extraño baile mientras ambos alcanzan la misma papa.

Sí, no veré eso toda la noche.

Me siento justo debajo de Kate y dejo que me haga una trenza francesa. Se ve fascinada de pasar algo de tiempo de chicas con su novio justo a su lado. Creo que ésta es la escena con la que ha estado soñando desde el comienzo del año escolar. Aunque sé que esta película la aterroriza, me sonríe mientras agarra los mechones grandes de mi cabello y se pone a trabajar.

Hemos tenido un fin de semana largo al final de la temporada de la banda de música. Todo mi cuerpo está exhausto porque cargar un melófono durante horas y horas es extrañamente extenuante, y me derrito en el ritmo de los dedos de Kate, en esa combinación de alisar y jalar que me ayuda a olvidar todas mis preocupaciones y luego las vuelve a enfocar.

Recuerdo mi misión.

—Hola, chicos —digo, mirándolos al revés, porque no puedo imaginarme diciendo esto de frente—. Lamento que las cosas hayan estado tan tensas últimamente.

No menciono que su presión es una de las razones principales de esa tensión, y que todavía estoy bastante enojada con ambos por haber tirado de hilos que debían haber dejado en paz. Les estoy dando a ambos una gran oportunidad de congraciarse conmigo antes de que toda esta situación se salga de control y no se me permita hablar con Milton hasta después del deshielo primaveral. (Ni siquiera ha comenzado a nevar.)

—Creo que todos deberían saber que Milton y yo somos amigos. Sólo amigos. *Realmente grandes* amigos.

—Entonces, ¿por qué no está aquí esta noche? —pregunta Dash con una sonrisita de superioridad.

La ira estalla en mi garganta, pero la sofoco un poco porque ya venía preparada.

—Milton es el que pidió espacio en este momento y, honestamente, es bastante molesto. Teme que la gente siga viéndonos como pareja y no quiere eso. Ninguno de los dos lo desea. En realidad, agradecería que ambos me ayudaran a correr la voz entre los miembros de la banda.

Los nerds de la banda se lo dirán a los nerds del coro. Los nerds del coro se lo dirán a los nerds del teatro. Los nerds del teatro se lo dirán a los chicos populares, si es que a alguno de ellos le importa. Y así, la información se distribuirá en la Preparatoria Hawkins, y Milton será libre de ir detrás de Wendy DeWan sin ningúna falsa habladuría cerniéndose sobre su cabeza. Y entonces, Milton y yo podremos regresar al punto donde éramos amigos y la Operación *Croissant* volverá a estar bien encaminada.

—Mmmm —dice Kate, entrecerrando los ojos—. ¿Quieres que propaguemos... un contra-rumor?

—Exactamente —digo con un suspiro de alivio. Debería haber sabido que el megacerebro de Kate podría seguir el ritmo.

Sus manos tiran de las raíces de mi trenza francesa tan fuerte que puedo sentir el jalón hasta en mis senos nasales.

—No lo entiendo. Milton es genial y es claro que te agrada. ¿Estás segura de que no quieres al menos besarlo una vez para ver cómo te sientes?

—Kate, ¿ubicas lo aterradora que es para ti esta película? ¿Cómo se te eriza la piel cada vez que miras a esos zombis?

—Son demonios, Robin —aclara Dash.

—Cállate, Dash —decimos Kate y yo al mismo tiempo.

—Así es como me siento cuando pienso en salir con un chico de la Preparatoria Hawkins —siento que esto tiene sentido, que es concluyente.

—¿En serio son tan malos? —pregunta Kate, palmeando la rodilla de Dash—. *Mi* primer novio es de la Preparatoria Hawkins. ¿Los chicos de aquí no son lo suficientemente buenos para ti? ¡Milton es asombroso! Odio decir esto pero... siento que tal vez sólo estás a la espera de alguien que no existe, Robin.

En mi mente destella la imagen de Tam, sonriéndome en el baño de la escuela.

Y todo se tambalea.

Kate termina mi trenza y me levanto de repente, mi cabeza todavía está fuera de balance. Me digo que es por las trenzas tan apretadas. Las toco y descubro que están tan firmes en su lugar que un tornado no podría mover un solo cabello.

—¿Adónde vas? —pregunta Kate.

La miro distraídamente.

—Por más papas —digo mientras recojo el tazón vacío y lo aprieto contra mi pecho.

Mis pies casi no hacen ruido en la oscura escalera circular de piedra en el centro de la casa de Dash. No es que tenga que preocuparme por molestar a alguien. Sus dos hermanos mayores ya no viven aquí, y sus padres no están... casi nunca están. En un principio estuvimos unidos porque ambos éramos niños independientes, pero es diferente cuando los padres de uno trabajan hasta tarde para evitar que los cobradores nos acosen, y los del otro conducen fuera del pueblo a fiestas elegantes.

Respiro la quietud de la cocina, que es toda vidrio y cromo, con los accesorios más vanguardistas. Me toma seis intentos encontrar las papas, mientras voy abriendo gabinetes y descubriendo que la mitad está vacía.

Cuando por fin encuentro la comida, me levanto para encontrar que Dash me está mirando con los brazos cruzados y sus ojos brillando divertidos.

Me quita las papas y las vierte en el tazón, como si no pudiera hacerlo yo.

—Cuando Kate no deja ir algo, puede ser muy molesta, ¿verdad?

—¿No querrás decir que es muy linda? —pregunto.

Me mira sin parpadear. Estamos en una especie de callejón sin salida que no entiendo del todo.

—Creo que sé por qué no saldrás con Milton…

—¡Por fin! —digo—. ¡Gracias!

Y entonces se inclina e intenta besarme.

—¿Estás bromeando? —le pregunto, empujándolo tan rápido que casi aterriza con el trasero en la fría y oscura piedra. La palma de su mano se engancha en la isla de cristal de la cocina y se tambalea hasta recuperar la posición vertical.

—Vaya, Buckley. Ésos son muy buenos reflejos —se acerca—. ¿Quieres que lo intentemos de nuevo?

Niego con la cabeza tan rápido que mis trenzas francesas me azotan la cara.

—¡No!

—Mira, ¿esto es sólo porque Kate está arriba? Podríamos hacerlo en otro momento…

—Dash, se supone que eres inteligente —le digo—. Así que definitivamente debes entender una de las palabras más simples de nuestro idioma. *No*. No estoy interesada en besarte. Ni ahora, ni más tarde, ni nunca. No.

—Estás siendo rara de nuevo —dice, todavía actuando como si estuviera divertido, lo que por alguna razón hace que todo esto sea peor—. ¡Me contaste todo sobre tus pequeños planes para ir a Europa! No se lo dijiste a Kate. ¿Crees que no sé lo que eso significa? Tú y yo tenemos *secretos*, Buckley.

Me sonríe y me siento dos veces más enferma que la vez que bebí ese ponche de huevo con alcohol extra.

—Tal vez deberíamos hacer ese viaje juntos —continúa—. ¿No era eso lo que esperabas? Tengo suficiente dinero para pagarlo todo. *Y* hablo tres idiomas. Tengo una lengua muy talentosa.

Mi reflejo vomitivo se activa y dejo escapar un sonido de arcada.

—Ere… uf, eres de lo peor, Dash.

Se encoge de hombros, toma un refresco de cereza para llevarlo arriba, como si nada de esto hubiera sucedido. Como si todos pudiéramos seguir viendo la película juntos.

—Lo que sea, Buckley. Tú pierdes, gana Kate.

—¿En serio habrías roto con ella si yo hubiera dicho que sí?

Se encoge de hombros.

—Las relaciones de la preparatoria no son para siempre. Cualquier persona inteligente lo sabe. Nadie se empantana en sentimientos y apegos que no pueden permanecer estáticos. Evolucionar o morir, ¿no es así? Además, fuiste tú quien dijo que los quince años constituyen la zona muerta de nuestra educación. Todos estamos matando el tiempo.

Tal vez eso sea cierto para algunas personas, pero no importa cuánto actúe Kate como si sólo estuviera *practicando*, sé que las citas significan mucho para ella. Demasiado, si me lo preguntas, pero aun así. Lo que Dash acaba de decir es tan frío y egocéntrico que de hecho me tambaleo hacia atrás, contra el impecable refrigerador de acero.

—No puedo creer que hayas usado tu inteligencia como excusa para engañar a nuestra amiga —digo.

—¿Cómo podrían gobernar el mundo los nerds, si debemos ser *más* morales que los demás? —pregunta con un encogimiento de hombros, agresivamente aburrido—. Es una doble moral y no me interesa vivir con eso.

Dash ha tomado el concepto de nerd y lo ha retorcido, hasta convertirlo en algo oscuro y egoísta, otra mera forma de ser horrible.

Subo corriendo las escaleras, Dash me pisa los talones.

—Me voy —le digo a Kate en cuanto entro a la recámara. Los demonios llenan la pantalla y Kate está abrazada a una almohada—. Ven conmigo.

—¿Qué? —chilla Kate—. ¿Por qué?

—Porque tu asqueroso novio está siendo asqueroso —gritó. Sé que necesito contarle el resto, pero tendré que esperar hasta que salgamos de aquí. Dash me está mirando ahora, y no quiero revivir la escena en la cocina justo frente a él.

Kate parece ser quien está siendo torturada cuando los demonios en la pantalla detrás de ella comienzan a causar estragos.

—Robin... por favor, no me hagas elegir entre ustedes dos. ¿Mi novio y mi mejor amiga?

—No lo pongas así —murmuro.

—*Sabes* que no es justo —se queja juguetonamente. Es evidente que todavía cree que estamos participando en algún tipo de juego.

—Tengo que salir de aquí —digo—. Nunca debí haber venido aquí con ustedes dos.

Kate suspira como si fuera una causa perdida y su voz se vuelve dura.

—Robin, si te sientes sola, no puedes culpar a nadie más que a ti, ¿de acuerdo? Me la paso intentando ayudarte. Hay un *montón* de chicos que querrían salir contigo.

Siento cómo el grito burbujea en mi garganta justo antes de que lo suelte.

—¡No me gusta ninguno de los chicos de la escuela!

—Está bien, está bien —dice, aplacándome y acariciando mis trenzas, luego mira a Dash con un rápido giro de ojos, como si obviamente yo estuviera exagerando—. Te encontraremos un mejor chico. De una mejor escuela. Alguien que te agrade, ¿de acuerdo?

—No me estás escuchando —le digo a Kate, casi llorando.

Sólo me mira como si fuera una palabra que no puede traducir.

Dash detiene la película y me mira fijamente.

—¿Ya terminaste de pisotear mi casa? —pregunta—. Quiero ver la parte en la que Cheryl se vuelve un demonio rabioso con el resto.

—Sólo vete, ¿de acuerdo? —dice Kate—. Hablaré contigo más tarde.

—No —digo—. No lo harás.

Porque es aquí cuando comprendo que he terminado con todas las personas que pensaba que eran mis amigos. Milton necesita tiempo lejos de mí. Kate no puede entenderme. Y Dash… bueno, Dash siempre fue un lobo con un suéter de lana muy bonito.

Salgo de su casa temprano y comienzo el largo y solitario camino a casa.

Puede que quede una semana para el fin de la temporada de la banda, pero en lo que a mí respecta, el Escuadrón Peculiar ha terminado.

CAPÍTULO VEINTITRÉS

Vivir en un estado inesperado de encierro parental suburbano, perder al amigo con el que quería viajar a Europa (junto con los otros que se incluían en el paquete) y tener exactamente cero dólares en el banco porque la atención estaba puesta en dichas amistades y en pasar el resto de la temporada de la banda, haría que algunas personas dejaran atrás sus planes.

Yo me arriesgaré.

Las obligaciones con la banda de música habrán terminado en una semana. Para entonces, conseguiré un trabajo en el que pueda ganar suficiente dinero para que no una, sino dos personas viajen a Europa el próximo verano. Algo en la (espeluznante) forma en que Dash se ofreció a pagar todo el viaje hizo que se incrementara mi determinación para recaudar los fondos por mi cuenta. Para cuando mi amistad con Milton se restablezca oficialmente, él no tendrá tiempo para financiar su propio boleto de avión, aunque espero que algo pueda contribuir al fondo de "trenes, hostales y *moules frites*". Llamé y averigüé el precio de todas las aerolíneas mientras mis padres dormían. Si salimos de Chicago, los boletos de ida y vuelta al aeropuerto Charles de Gaulle, cerca de París, costarán ochocientos dólares cada uno.

Si trabajo el resto del año escolar y sumo ese dinero a los fondos de ahorro que recibo de mis parientes renegados que me envían tarjetas de cumpleaños y de Navidad llenas de billetes de veinte dólares, es posible que reúna lo suficiente.

Mientras tanto, esperaré a que Milton pelee su batalla con el monstruo de la preparatoria. Tal vez debería estar enojada con él por haberme abandonado, pero entiendo su elección mejor de lo que quisiera. Hay cosas que las personas que nos rodean no comprenden ni aceptan. Chicas como Sheena Rollins, que no hablan con la gente y rechazan todas las formas de conexión social, a pesar de que esto las convierte en el blanco constante de los patanes. Chicas como yo, que no cederán a la presión de salir con un chico —ninguno—, aunque eso signifique perder a sus amigos de toda la vida. Y chicos como Milton, que pueden llegar a ser amigos de chicas como yo.

Sin embargo, confío en Milton. Invitará a salir a Wendy, irá al baile de graduación con ella (está bien, lo juzgo un *poco* por preocuparse tanto por el baile de graduación), y luego estaremos juntos otra vez para ir a Europa. Sería extraño contárselo ahora, cuando estamos en el purgatorio de la amistad, así que seguiré planificando en su ausencia.

Y mientras tanto, buscaré un candidato suplente… por si acaso.

Mi cerebro está ocupado con todo esto cuando el señor Hauser comienza con el tema de Shirley Jackson. Terminamos *El señor de las moscas* en septiembre, pasamos por *El guardián entre el centeno* en octubre, y para noviembre continuamos con historias cortas de un grupo de distintos escritores. La semana pasada fue "Colinas como elefantes blancos", de Hemingway. (Incluso el señor Hauser parece aburrido cuando hablamos de Hemingway. Cuando me pregunté en voz alta por qué lo mantenía en el programa de estudios, me reveló que él no está autorizado a elegir las lecturas. Se basan en las aprobaciones de la junta escolar y las copias que quedan después de que los estudiantes del año anterior descienden sobre los viejos y destartalados libros de bolsillo como una plaga de langostas.)

Esta semana estamos leyendo a nuestra primera autora del año. (Sí, ya señalé que estamos a fines de noviembre y pregunté por qué nos tomó tanto tiempo.) Nos estamos enfocando en su cuento "La lotería", que se publicó originalmente en 1948 y parece que podría haberse escrito sobre Hawkins apenas ayer.

—¿Qué pueden sacar de las primeras líneas? —pregunta el señor Hauser—. ¿Qué mensajes secretos están escondidos en ese primer párrafo?

Me encanta cuando habla de los cuentos de esa manera. Como si estuvieran llenos de un significado que podría saltar y sorprendernos en cualquier momento. Y dependiendo de quién, cuándo, dónde y por qué los lea, se encuentran diferentes significados que esperan a ser descubiertos. Él no trata los cuentos como cosas muertas en exhibición.

Dash levanta la mano y comienza a hablar al mismo tiempo.

—A este pueblo no le gusta mucho la lotería, pero han descubierto cómo vivir con ella. Es un comentario sobre cómo las personas minimizan el mal en sus propias mentes —lo cual es bastante intenso viniendo de una persona que trató de engañar a su novia anoche y luego actuó como si no fuera la gran cosa—. La mayoría de la gente sólo quiere terminar con lo desagradable para volver a su programación regular.

—Pero la parte desagradable *es* normal para ellos —agrego rápidamente, pisoteando la satisfacción que claramente siente por su respuesta—. Está ahí mismo en el párrafo inicial. Hacen esto todos los años. Sacrifican a alguien *cada año*. Como un reloj. Y su pueblo no es el único que lo hace —me hace pensar en cómo Estados Unidos fue el primer país del mundo en intentar estandarizar el tiempo, porque querían que los trenes corrieran de un lugar a otro sin ninguna confusión. Así que todos tenían que coincidir—. Es una historia sobre cómo este país ha… normalizado el mal.

Dash parece enojado, como si hubiera secuestrado su punto. Bien.

Alzo las cejas en un claro gesto de desafío. Los chicos como Dash, los que han convertido la idea de "nerd" en el lado oscuro, odian cuando los exhibes en clase, pero yo ya no tengo la capacidad de preocuparme por sus pobrecitos sentimientos heridos. Él y Kate no están exactamente en mi lista de personas favoritas en este momento.

Me siento mal por Kate —quien todavía se encuentra atrapada, saliendo con una escurridiza excusa de novio—, así que decido dejarle una nota en su casillero hoy, contándole todo lo que sucedió en la cocina de Dash anoche. Pero no le hablo directamente. No me apetece enfrentarme a otro de sus interrogatorios de "¿por qué no eres como yo?".

El señor Hauser me dirige una sonrisa seca.

—Robin, ¿puedes quedarte después de clases?

Hay algunas risitas apenas disimuladas detrás de las manos.

Mis mejillas se enrojecen. Si me apartan o me castigan por algo, tengo derecho a saber por qué.

—¿Dije algo malo? —pregunto.

—Para nada. Pero has estado escribiendo notas en italiano desde que comenzó la clase y si revisas tu horario, creo que notarás que ésta es una clase en nuestro idioma.

Echo un vistazo a mi libreta blanco y negro, donde de hecho he estado garabateando una actualización sobre la Operación *Croissant*. Ahora que me preocupa el secreto y la importancia de ocultar estos planes a mis padres (y a cualquier otra persona que pueda bloquear mi tan necesaria ruta de escape), comencé a escribir en una mezcla de italiano, francés y español. Cualquiera que hable alguno de esos idiomas, no podrá traducir el texto en su totalidad. Necesitarían conocer los tres.

Y si así fuera, quizá les pediría que vinieran conmigo.

Hoy mis notas dicen cosas como: *L'ostello costa cinque lire a notte.*

Paso un brazo protector sobre mis apuntes.

—¿Qué hay de malo en que me guste escribir sobre Shirley Jackson en otros idiomas? —pregunto—. Eso no puede ir en contra de las reglas. De hecho, creo que fomentaría una gran flexibilidad de pensamiento.

—Lo haría, de hecho. Y en ese caso, me encantaría que me tradujeras tus notas. Después de clases.

Las risitas se incrementan.

En cuanto termina la clase, me encuentro frente al escritorio del señor Hauser, esperando mi sentencia.

—Robin, ¿necesitas un lugar seguro para pasar tu tiempo?

—Espere. ¿Qué?

—Antes de la escuela. Al mediodía. Durante los periodos libres. Si alguna vez necesitas estar en algún lugar, puedes venir aquí. No te molestaré. De hecho, apenas hablaría contigo, ya que tengo doscientos ensayos mediocres que calificar cada semana.

Mi cuerpo libera una tonelada métrica de tensión y comprendo lo aliviada que me siento con esta oferta. En realidad, no había sido consciente de lo mucho que me asustaba enfrentarme a la naturaleza salvaje de los pasillos o las interminables indignidades de la cafetería sin el Escuadrón Peculiar respaldándome. Si estoy enojada con Kate y Dash, y no paso tiempo con Milton, ¿a quién más tengo?

Exacto: a nadie.

—Gracias, señor Hauser.

Un recuerdo incómodo irrumpe en mi mente. Dash me dijo que no pasara tiempo con él a solas... porque es espeluznante de alguna manera indefinible.

Pero Dash es el peor.

Y confío en el señor Hauser. Eso es lo que sé. Tal vez haya cosas sobre él más allá de lo que aprenderé en la escuela, pero ése es el trato con los maestros. Existen en la escuela con nosotros y existen en sus vidas personales, pero no hay una superposición real. Es como un diagrama de Venn en el que los círculos no se tocan.

Y, sin embargo, ven gran parte de nuestras pequeñas vidas personales desplegándose en los pasillos como una mala jugada...

Me pregunto qué vio el señor Hauser que le hizo pensar que yo necesito un lugar donde estar, lejos de todos mis compañeros de clase.

—¿Cómo supo que yo...?

—En caso de que no te hayas dado cuenta —dice Hauser, que parece que ya estaba esperando esta pregunta—, eres una de las únicas estudiantes que en verdad se involucra con el material de lectura. Y los jóvenes que hacen eso tienden a estar bajo el constante ataque de las hondas y flechas de adolescentes abusivos.

—Estoy bastante segura de que Shakespeare nunca dijo eso.

—La unidad de *Hamlet* no será sino hasta el último año —dice, colocando sus cejas rubias en una línea firme.

—¿Está seguro?

El señor Hauser vuelve a sus ensayos y marca una C- en uno antes de darle la vuelta y pasar al siguiente.

—¿Qué te pareció la obra? —pregunta. Parece que es multitareas.

—¿*Hamlet*? —pregunto.

—*Nuestro pueblo* —aclara.

Honestamente, no he pensado mucho en eso desde que cayó el telón. No he pensado más que en Tam de pie en esa escalera, dando su gran discurso con el rostro brillando bajo las luces y su voz ansiosa.

—Algunos de los actores ofrecieron... actuaciones realmente sólidas.

—Hubo algunas sorpresas, eso es seguro —dice—. La echaré de menos. No es que haya sido la mayor producción del mundo. Pero me mantuvo ocupado.

—Voy a conseguir un trabajo —se me ocurre decir de pronto.

—Bien por ti —dice—. ¿Sigues soñando con ir a Europa?

—Es más que sólo soñar —abrazo mi libreta.

Asiente enérgicamente.

—Puede que nosotros nunca tengamos un camino fácil hacia lo que anhelamos, Robin. Pero eso no significa que dejemos de buscarlo.

No sé a quién se refiera con *nosotros*. ¿*Nosotros*, en general? ¿Las personas que pensamos demasiado, soñamos demasiado, nos negamos a estandarizarnos, incluso cuando eso significa que podríamos perder la próxima lotería y tener que enfrentarnos a una horda de pueblerinos poderosos que simplemente se entregan a los estragos de la ira y el miedo?

La campana suena. Voy tarde para la siguiente clase, pero no me importa. Además, Barb era la supervisora del pasillo y no la han reemplazado.

Espero que esté muy lejos.

Espero que esté en un lugar increíble, viviendo una vida que nadie en este pueblo podría soñar, lejos de las personas con las que se vio obligada a convivir durante tanto tiempo, las personas a las que llamaba "amigas", aunque al final eran tan parte del monstruo de la preparatoria como cualquiera.

Mientras camino en dirección a la puerta, una pregunta más me detiene de súbito.

—Señor Hauser, ¿por qué hace esto? ¿Dejarme venir a su salón cuando quiera e invadir su tiempo libre?

—Me habría gustado que un maestro lo hubiera hecho por mí.

No levanta la vista de la pila de papeles, sólo califica el que está en la parte superior con mano veloz y sigue adelante.

CAPÍTULO VEINTICUATRO

Tengo que superar una pesadilla más antes de que termine el día.

Sin la vieja bicicleta de mamá o la confiable camioneta de Milton en mi vida, sólo queda una opción para ir y venir de la escuela. Papá me dejó esta mañana de camino al trabajo, pero dejó en claro que eso sólo sucedería de vez en cuando, cuando contara con los diez minutos de sobra (es notorio que siempre sale tarde de la casa por la mañana) o cuando hubiera informe de tormenta de nieve.

En gran medida, he sido condenada a un nuevo destino. O a uno viejo, en realidad.

Subo al autobús.

No he estado en un autobús escolar desde que cursaba el quinto grado. Comencé a andar en bicicleta en sexto, al principio con otros niños y luego sola. Todos mis recuerdos de este proceso están fechados. Están alrededor del autobús de la primaria, que siempre olía a leche.

No soy idiota. Sé que el autobús de la preparatoria no se parece a ése. Son del mismo género, pero especies por completo distintas. Desde que llego al último escalón del autobús, las cosas ya parecen terribles. Por un lado, huele como si estuviera envuelto en llamas.

El caucho negro de las escaleras coincide con el olor a caucho quemado en el aire, que quizá sea de las llantas. La conductora me ve por encima, luego observa a través del parabrisas con una mirada que abarca mil metros.

Ni siquiera sabe dónde vivo. ¿Cómo va a funcionar esto?

—Mmm, Robin Buckley —digo—. ¿Calle Magnolia número cuarenta y dos?

La conductora no da señal alguna de haberme escuchado. Es una mujer que tal vez tenga alrededor de cuarenta años, y lleva una blusa manchada con algo que parece ponche de frutas, pero sus ojos lucen insondablemente viejos. Antiguos, incluso. Como si hubiera estado conduciendo este autobús desde el principio de los tiempos.

El autobús se inclina hacia delante cuando empiezo a caminar hacia la parte trasera, y tropiezo por el pasillo. No hay asientos asignados, ni siquiera un plan sugerido en función de los grados. En otras palabras, es un espacio totalmente libre para todos.

No veo a mi gente.

¿Qué sentido tiene dejar que todo el mundo piense que soy una nerd genérica si esto no ofrece seguridad en números? Incluso sin Dash, Kate y Milton en mi vida, al menos debería tener otros compañeros de banda y tipos relacionados con los que estar cerca. Toco mi permanente, como si se tratara de un talismán. Con cada semana que pasa, odio más este peinado. Pero cuando la gente lo ve, cuando me ven cargar el estuche de mi instrumento por los pasillos, cuando notan la forma en que me visto, saben lo que soy.

Incluso si no saben *quién* soy.

Eso es suficiente para que la mayoría de la gente no quiera mirar más de cerca.

Pero en este autobús, bien podría estar desnuda con una diana pintada en mi espalda.

—¡Buckley! ¡Abróchate el cinturón! —grita un horrible joven de tercer año llamado Roy desde la última fila.

—No hay cinturones de seguridad en este autobús —les recuerdo a todos. Sonoramente.

—Éste no es el tipo de paseo del que estaba hablando —dice Roy, dando un empujón de cadera que me hace sentir náuseas. También en voz alta.

Roy finge tocar una imaginaria guitarra en el aire, victorioso, y regresa al reino del asiento trasero, entre los estudiantes de último año que no se molestan en aprender a conducir porque prefieren reunirse en paz aquí, donde pueden seguir el ritmo del metal con la cabeza y esconder sus drogas en el hueco de los respaldos de los asientos, que han sido rasgados y luego cubiertos con cinta adhesiva marrón. La mitad delantera del autobús está repleta de estudiantes de primer año. Aunque son sólo un año más jóvenes que yo, de alguna manera parecen polluelos recién nacidos. Cabello esponjoso, gestos confiados. Pero pueden ser crueles cuando están en grupo. Una fábrica imparable de bolitas de papel con saliva y una máquina de chismes.

Me acomodo en la tierra de no-niñas, en el medio del autobús, una franja de asientos donde puedo insertarme entre dos respaldos como una rebanada de pan en una tostadora. Me deslizo hacia abajo y ahí me quedo.

Saco un bolígrafo y abro mi libreta para trabajar en algunas frases en español para el viaje.

Sí, yo soy americana.

Sí, mi país es el peor.[3]

Murmuro las palabras en voz alta. Mis padres tienen sus mantras reconfortantes. Yo tengo los míos.

Pero no es suficiente para contrarrestar este viaje en autobús. Para cuando llegamos a la tercera o cuarta parada, tengo muchas bolitas de papel con saliva en el cabello (¿cómo? Los ángulos ni siquiera tienen sentido) y se han gritado en mi dirección unas cuatro docenas de variaciones de la misma broma "¡Buckley! ¡Abróchate el cinturón!".

—¿Hola? —grito a la conductora—. ¿Qué vas a hacer para detener esta locura?

La conductora ni siquiera me dirige una mirada por el espejo retrovisor. Sólo puedo ver la franja de su rostro desde las cejas hasta el labio superior. Permanece impasible. Inmóvil. Así es como sobrevive, supongo. Fingiendo que el autobús está vacío. Actuando como si lo que sucede detrás de ella simplemente no existe.

Aunque todavía estoy a tres kilómetros de casa, me bajo del autobús, envuelvo en mi abrigo los libros que llevo, además de mi preciada libreta, y empiezo la larga caminata de regreso a mi vecindario.

El frío en el aire tiene un efecto acumulativo. Al principio, sólo mis dedos y mi cara están fríos. Pero para cuando he pasado más allá de dos docenas de elegantes casas blancas, hasta mi alma está congelada. Cuando dejas atrás la parte del pueblo donde las casas de los ricos se apiñan, la acera renuncia a la vida. Tengo que caminar el último kilómetro hasta mi

---

[3] Ambas frases en español en el original. [N. del T.]

vecindario en una zanja al costado de la carretera, rebosante de hierbas crujientes que solían ser flores de verano y ahora son lánguidos tallos cafés sin vida.

Media docena de autos han pasado junto a mí; ninguno redujo la velocidad mientras me azotaban con aire frío.

Uno hace sonar la bocina. Una clara voz de chico de preparatoria grita:

—¡Ven a tocarme el pito!

Levanto ambos dedos medios y continúo caminando. No me preocupo por los comentarios ingeniosos y cortantes.

(Pero ¿en serio? ¿Ven a tocarme el pito?)

Tengo que guardar mi voz para una discusión que sí pueda ganar.

Cuando llego a casa, mis padres están en el trabajo. Utilizo un peine viejo para quitarme las bolitas de papel con saliva del cabello. Hago mi tarea. Practico las conjugaciones de verbos italianos. (¿Cómo se dice "apestas" en italiano? Ninguno de mis diccionarios está resultando útil en este punto.) Cuando oscurece, enciendo todas las luces de la casa. Cuando tengo los ojos cansados y la mano acalambrada, y ya no puedo imaginar seguir con esto, preparo la cena.

Cuando mis padres llegan a casa, hay un montón de pasta en la mesa, junto con pan de ajo que preparé en el horno tostador.

—Voy a pedir trabajo esta semana —anuncio—. Necesito mi bicicleta.

—¿Habrá algo abierto esta semana? —pregunta mamá, picoteando su pasta.

Se acerca el Día de Acción de Gracias, una festividad que la mayoría de Hawkins celebra con cantidades masivas de comida y nulo revisionismo histórico. Mi familia se opone a las celebraciones. No salimos. No visitamos a la familia. No animamos a los desfiles ni a los equipos deportivos. Comemos lo menos posible. Tiene mucho más sentido para mí que la alternativa glotona.

Algunas veces puedo burlarme de mis padres, con sus pantalones de campana de corte bajo y sus ideales altos... que recientemente se han visto comprometidos en nombre de mantenerme a salvo. (¿De qué? ¿Cómo puedo estar más segura en ese autobús o caminando a casa al costado de la carretera?) Pero sé que ellos quieren que el mundo sea un mejor lugar.

Nunca puedo ser lo suficientemente cínica para burlarme de eso.

—Las tiendas están abiertas —digo—. Y están contratando en estos momentos. Necesitan ayuda para la temporada navideña. Tengo la intención de presentar mi currículum.

No es que haya algo en mi currículum.

Espero una pelea. O al menos una explicación extensa de por qué quiero unirme a la carrera de ratas en lugar de pasar este tiempo enriqueciéndome. La cosa es que *sí* quiero enriquecerme. Pero necesito dinero para que suceda. Y ellos no parecen aceptar que en los ochenta nada es gratis. Ni siquiera convertirse en una mejor versión de uno mismo.

—Está bien —dice mamá, agitando su tenedor en una especie de bendición.

Salto de la mesa.

—¿Está bien?

Ahora puedo ver la campiña francesa. Y en la ciudad, pequeñas salas de cine escondidas en callejones, donde sólo se proyectan películas francesas. Visiones de *baguettes* y oscuro vino tinto bailan en mi cabeza.

—Al menos no estarás sola en tu habitación todo el tiempo —dice mamá. Ambos se preocupan por mis tendencias antisociales. No parecen entender que el único momento en que me siento en verdad bien y por completo yo misma es cuando estoy sola—. Pero nada de bicicleta. Cuando consigas un trabajo, arreglaremos algún tipo de horario con el auto.

Mi corazón se hunde hasta el fondo y forma charcos en mis pies.

—¿Ustedes pasarán por mí? ¿Como lo hacían cuando estaba en la guardería?

—Quizás aprendas a conducir —dice papá.

—Seguro —me burlo.

Ni siquiera me han dejado tocar el volante. A papá siempre le ha preocupado que cometa algún error y lo rompa. No tenemos dinero para remplazar nuestro viejo Dodge Dart.

Quizá mis padres entienden cuánto cuesta todo.

Quizá soy yo quien apenas está empezando a entenderlo.

CAPÍTULO VEINTICINCO

Al día siguiente, camino hasta el supermercado de Melvald con mi atuendo más adulto: jeans negros (tal vez tendría que haberme puesto unos pantalones más formales, pero no tengo) y una blusa de botones. Mi permanente casera me cataloga como estudiante de preparatoria, porque un verdadero adulto se la habría hecho en una estética. Así que recogí mi cabello en un moño alto, pero resultó peor: ahora parece un pompón rizado pegado a mi cabeza, en lugar del delicado estilo francés que estaba buscando.

Mientras empujo la puerta de vidrio con la espalda y entro a la tienda, miro el currículum en mis manos. Imprimí diez copias en el mejor papel blanco que pude encontrar en el laboratorio de computación de la escuela, sin que nadie notara lo que estaba haciendo.

La verdad es que en la mayoría de los lugares en este pueblo no piden currículum, a menos que sea para un trabajo real, con salario y beneficios. La mayoría de las personas de mi edad simplemente entran al lugar y preguntan si están contratando, y luego se sientan para pasar por un proceso de entrevista casi siempre superficial. Mucho de esto se basa en quién se aparece primero y si se ajusta a las nociones preconcebidas de la persona que está llevando a cabo la contratación. (Kate me dijo una vez que su prima consiguió un trabajo como mesera en Hawkins Diner con sólo desabrocharse un botón de su blusa y desplegar su mejor sonrisa de *Mi objetivo es complacer*. Lo cual constituye la razón por la que Hawkins Diner no esté en mi lista de posibles empleadores.) Pensé que me pondría por delante del grupo proverbial al escribir todas las razones por las que alguien debería contratarme.

Creo que eso también podría haber resultado peor.

Mi currículum está inquietantemente vacío.

Los pasillos están llenos de anaqueles de metal surtidos con una variedad aleatoria de lo que el señor Melvald considera que la gente necesita (muchos productos enlatados y productos de papel, hasta donde puedo ver). La tienda termina en la farmacia, en la parte de atrás, donde probablemente obtienen la mayor parte de sus ganancias. Los farmacéuticos ganan una buena tarifa por hora, pero necesitan ser graduados de bachillerato y recibir una capacitación. Por lo que puedo decir, la gente que trabaja en el mostrador sólo tiene que mantenerse visible, almacenar cosas y no hacer enojar a los potenciales compradores.

De pie en la caja, con una interesante apariencia tan aburrida como ansiosa, está la señora Byers. La madre de Jonathan.

La madre de *Will*.

Lleva el mandil azul y la etiqueta roja con su nombre que conforma el uniforme. Para alguien que ha estado sudando dentro de un uniforme de lana de la banda de música al menos dos veces por semana durante meses, éste luce felizmente casual. En este punto, cualquier cosa sin un sombrero de veinticinco centímetros de alto que termine en un penacho de plumas sería una mejora.

La señora Byers está parada con ambos antebrazos apoyados en el mostrador, mirando hacia la nada. Papá llama a eso "tener los cables sueltos". Pero los cables que andan sueltos en su vida no son los mismos a los que todos los demás están acostumbrados, esas pequeñas frustraciones, preocupaciones, molestias.

Su hijo desapareció. Entonces fue declarado muerto. Luego regresó. Todo en el espacio de una semana. No puedo imaginar cómo se sentiría cualquiera de esas cosas. (Honestamente, ni siquiera puedo imaginarme con un hijo para que todo eso suceda, para empezar. La gente pequeña me confunde.) Pero sé lo que es ser tratado como si fueras el ente más extraño del lugar… como si la extrañeza se aferrara a ti.

Me acerco al mostrador. Saber que la señora Byers es un poco como yo, me tranquiliza. Y cuando me siento a gusto, soy una persona diferente. No tengo los mismos mecanismos de defensa automáticos.

—Hola, señora Byers.

Ella regresa a la realidad en un sobresalto vacilante. La señora Byers no muestra una sonrisa falsa de servicio al cliente, pero hay un fantasma de una real bajo su mirada nerviosa.

—Oh. Lo siento, no te había visto. ¿Hola…? —hay un signo de interrogación en su expresión, que se marca con el tono ascendente de su voz.

—Robin. Robin Buckley.

—Correcto. ¿Cómo puedo ayudarte, Robin? —pregunta, rodeando el mostrador—. ¿Necesitas ayuda para encontrar algo? —ahora que está parada frente a mí, puedo ver qué tan baja es en realidad su estatura. Sólo tengo quince años y medio, y casi la sobrepaso. Creo que ella y Kate podrían empatar en la categoría de Persona Petite del Año, pero Kate aún podría agregar algunos centímetros como estudiante de último año. (Me enfado conmigo por pensar en Kate como si todavía perteneciera a mi limitado repertorio de amigos. Desafortunadamente, no puedo sacarla de mi lista de personas que apestan, después de que me presionó tanto para que saliera con Milton y me trató horriblemente cuando yo no cedí a ello. Sin embargo, espero que encuentre la nota que dejé en su casillero. Espero que comprenda que, incluso si está obsesionada con tener un novio de preparatoria, estaría mejor sin Dash.)

La señora Byers me dedica una mirada un poco triste y agotada. Pero no la aparta. Me toma un segundo comprender que está esperando algún tipo de comentario o pregunta inevitable sobre Will.

Incluso un simple *Estoy tan contenta de que haya regresado*.

Lo estoy, por supuesto que lo estoy, pero ella no necesita escuchar eso del centésimo extraño del día.

—Voy a la escuela con Jonathan —digo.

—¿Ah, en verdad? —pregunta con voz ronca y medio distraída—. Eso es bueno. Quiero decir, supongo que tiene sentido. Todos los adolescentes de este pueblo tienen que ir a la escuela en algún lugar, ¿verdad?

Asiento. Y luego nos quedamos allí, sintiéndonos incómodas, dos bichos raros, absolutamente inseguras de qué podemos decir a continuación. Quizá traer a colación a su hijo mayor tampoco fue la mejor apertura.

La verdad es que no tengo mucho más por decir. Viene a mi memoria esa noche en Hawkins Diner con Milton. Es la única vez que recuerdo haber visto a la señora Byers, salvo por las ocasiones que la he encontrado en el supermercado de Melvald. La verdad es que muchas personas forman parte de tu vida cotidiana en un pueblo pequeño, y puedes verlas cientos de veces sin que en realidad les prestes atención, hasta que algo cambia. No había puesto mi atención en la señora Byers hasta esa noche, y me pregunto si la recordaría ahora si Will se hubiera quedado a salvo en casa.

¿Le prestaría atención a Steve Harrington si *otras* personas no le prestaran tanta?

¿Me habría hecho amiga de Dash y Kate, e incluso de Milton, si no fueran mis compañeros de escuadrón?

Y luego está el hecho de que apenas le presté atención a Tam hasta este año.

Mi cerebro sigue enfocándose en ella, como si fuera alguien a quien se supone que debo conocer mejor. Como si su cabello rojo y sus sonrisas repentinas y su canto desvergonzado fueran cosas que necesito en lo más profundo de mi ser.

La señora Byers me mira con sus grandes ojos oscuros.

—¿Sólo quieres echar un vistazo? ¿O…? —otro signo de interrogación, un poco más pequeño esta vez. ¿Su rostro muestra algún otro signo de puntuación?

He estado dando vueltas alrededor del asunto central, dejándome distraer. La verdad es que temo que esto no funcione y me quede aquí sentada para siempre, pensando en Steve y Tam. Ahora que el Escuadrón Peculiar está relativamente fuera de mi vida, descubrí que Tam ocupa cada vez más de mis pensamientos.

Sin embargo, necesito mantenerme concentrada en estos momentos.

—Estoy aquí para solicitar un trabajo. Vi el letrero de contratación que está afuera.

—¡Oh! —parece sorprendida, como si ella no lo hubiera visto. Tal vez no ha notado muchas de las cosas normales y cotidianas a su alrededor últimamente. ¿Por qué lo haría con todo lo que le sucedió a Will? De repente, me siento mal por molestarla con algo como esto. Pero ella me mira parpadeando con sus ojos cálidos e incómodos y sé que he llegado demasiado lejos para dar marcha atrás.

—Bueno, el señor Melvald toma todas las decisiones finales de contratación, pero puedo echarle un vistazo... ¿Ése es tu currículum?

—Sí —le entrego uno.

—Gracias, señora Byers.

Ella rechaza la formalidad.

—Oh, llámame Joyce.

Parpadeo.

—De acuerdo. Gracias —pero no puedo decirle sólo *Joyce*. Hasta los cinco o seis años, llamé a mis padres por sus nombres (Richard y Melissa). Pero luego comencé a ir a la escuela, donde todos llamaban a sus padres *mamá* y *papá*. O *mami* y *papi*. Fue una de las primeras veces que comprendí cuán diferente era a los otros niños. Fue una de las primeras veces que cambié algo para dejar de ser tan distinta.

—Aquí dice que hablas cuatro idiomas con fluidez —dice la señora Byers con su voz temblorosa. Se siente como si yo pudiera escuchar todo por lo que ella ha pasado, capa tras capa de esas cosas difíciles, si la presiono un poco—. Eso... no es algo que se vea mucho por aquí.

—Mi objetivo es ser memorable —digo, lo más cercano que voy a llegar de: *Mi objetivo es complacer*.

—Y has trabajado en... ¿tocando el corno francés? —pregunta, y me dirige una mirada rápida y curiosa.

Una vez me pagaron por tocar en una banda musical de bodas: veinte dólares por estar toda la noche con una falda negra hasta la rodilla, tocando música formal de boda a todo volumen y robándome algunos refrescos fríos y trozos extra de pastel de bodas entre los descansos.

—Así es.

—Eh. Bueno. ¿Qué tipo de experiencia te proporcionó? —pregunta encogiéndose de hombros, inventando una pregunta de entrevista en el acto.

—La experiencia de pensar que no debería ganarme la vida tocando el corno francés.

Las cejas de la señora Byers emprenden un viaje: al principio, se fruncen como si fuera a reír, luego se hunden con preocupación.

—Puede que seas demasiado inteligente para trabajar aquí, Robin. Está... bien. Es un trabajo. Pero no va a cambiar tu vida, ¿sabes? Definitivamente, no va a representar un desafío para ti.

La señora Byers mira a su alrededor en la tienda como si no estuviera muy segura de cómo terminó aquí, pasando gran parte de su vida reabasteciendo productos de papel. Mira por la ventana al resto de Hawkins. ¿Está imaginando algún tipo de libertad más allá de este lugar? ¿Hawkins también es su prisión personal?

—No necesito un desafío —digo, porque la señora Byers parece el tipo raro de adulto con el que puedes ser honesta—. Necesito un salario.

Ella asiente, como si entendiera por completo mi motivación.

—¿Alguna vez ha pensado en irse de aquí? —pregunto, con una imparable ola de curiosidad.

—¿De la tienda? —pregunta—. Está bien, de verdad...

—Del pueblo —digo—. De Hawkins.

—La gente me ha estado hablando de nuevos comienzos, pero... —su voz se apaga y me siento mal por haberla llevado a ese lugar. Ni siquiera estaba pensando en Will. Estaba pensando en *ella*. Podría imaginar a esta mujer diminuta y formidable haciendo tantas cosas además de trabajar en esta anodina tienda de pueblo pequeño, vistiendo esa blusa azul tan cómoda, pero tan poco memorable.

—¿Quién es? —pregunta el señor Melvald, irrumpiendo desde el almacén.

—Robin Buckley. Señor —añado lo último, aunque no estoy segura de si me hace sonar formal y respetuosa, o como si fuera una niñita de sólo cinco años.

—Creo que deberíamos contratarla —comienza la señora Byers.

Apenas termina la frase cuando Melvald aplasta mis esperanzas.

—No quiero estudiantes de preparatoria.

—¿Qué? —pregunto reflexivamente—. ¿Por qué?

Levanta tres dedos y luego los marca en rápida sucesión.

—No me gustan. No confío en ellos. No los contrato.

—¿Es su mantra personal? —digo en un susurro.

Joyce nos mira ahora con los ojos muy abiertos y una mueca.

—Creo que Robin podría ayudar con los compradores navideños... —dice ella.

—Sucede que —le digo al señor Melvald—, estoy de acuerdo con usted.

Ambos voltean hacia mí, desconcertados.

El señor Melvald claramente está esperando que me explique.

—No me agradan mis compañeros de la escuela, ni confío en ellos. Pero ¿sabe en quién no confían *ellos*? En los adultos.

Y no todo el mundo en este pueblo con necesidades generales tiene más de cuarenta años. Podría ser bueno para su negocio tener a un adolescente trabajando para usted.

Sólo estoy usando un enfoque basado en la lógica, pero el señor Melvald me mira como si le hubiera escupido en la corbata.

—¿Estás intentando forzarme para que contrate a una joven vándala para poder atraer a otros jóvenes vándalos a mi tienda, donde sin duda podrían robar cosas, holgazanear y convertirse en una gran molestia?

—Yo...

—Fuera —dice el señor Melvald, señalando la puerta.

Cuando salgo, completamente derrotada, la señora Byers sale corriendo detrás de mí, haciendo que las campanas emitan su pequeño y nervioso tintineo.

—¡Robin! ¿Por qué no intentas en Radio Shack? —pregunta—. Escuché que están contratando.

Radio Shack está justo al lado y podría llegar ahora mismo, pero debo ir a casa, preparar la cena y lanzar una mirada asesina a la enorme cantidad de tareas pendientes que he estado ignorando. Al menos tengo una pista para mañana. Siento que mis esperanzas crecen de manera significativa.

—Eres la mejor, Joyce.

Sus cejas se elevan.

Signo de exclamación.

CAPÍTULO VEINTISÉIS

Mañana es Día de Acción de Gracias. Todo estará cerrado. El viernes es el último gran partido de la temporada y yo estaré marchando, marchando, marchando (y tratando de evitar cualquier interacción real con las tres personas de mi escuadrón). Después, viene un gran fin de semana de compras. La mayoría de las tiendas estarán demasiado ocupadas para concentrarse en un proceso de contratación. Si quiero encontrar un trabajo antes de la fiebre navideña, es necesario que suceda ahora. Y si me pierdo esta ventana, no habrá forma de que ahorre suficiente dinero para la Operación *Croissant* el próximo verano. Hice los cálculos de diez formas diferentes y simplemente no cuadran.

Respiro hondo y entro en Radio Shack.

Y casi camino de regreso hacia fuera.

Es un lugar extraño, lleno de hombres de rostro pálido examinando aparatos electrónicos. Sus manos acarician los paquetes como si tuvieran algún tipo de propiedad secreta generadora de vida. El aire tiene un fuerte olor a metal y plástico. Es muy *eau* de robot. ¿Será así como olerá el futuro? No estoy segura de que me agrade.

La persona en el mostrador lleva una camiseta gris adornada con una etiqueta rojo encendido con su nombre. ¿Es así como se ve mi futuro? ¿Camisetas y etiquetas de identificación de colores coordinados? No tienen cosas como ésta en Italia y Francia. El servicio al cliente ni siquiera es un *concepto* allá. Estoy ansiando ser ignorada por los trabajadores de las tiendas de todo el continente.

Entrecierro los ojos para leer la etiqueta con su nombre. Bob Newby.

—Hola, Bob —le digo, haciendo el corte directo a la parte donde uso su primer nombre, como lo haría cualquier otro adulto. Quizás eso me ayude a conseguir el trabajo. Tal vez, considerando lo alto e incómodo que es mi estilo de cabello, ni siquiera notará que soy una adolescente.

—¡Hola! —dice Bob. Este hombre exhibe más jovialidad de la habitual. Es bajo, corpulento y prácticamente brilla por la alegría diaria de trabajar en Radio Shack. Sin embargo, no parece que se haya colocado la sonrisa por razones corporativas. Su animada actitud parece genuina.

—¿Puedo hablar con el gerente o el propietario? —pregunto, buscando a mi alrededor a alguien con un desagradable aire de autoridad, tal vez inmerecido. En realidad, no quiero lidiar con la administración, pero esta vez no voy a cometer el mismo error: comenzar lo que parece un arranque prometedor sólo para que la persona a cargo acabe con eso de forma drástica.

—Definitivamente puedes —dice, inclinándose sobre el mostrador con gesto de complicidad—, ¡porque ya lo haces!

Mis ojos se abren con suspicacia. ¿Cómo es posible que una persona como ésta, tan poco contaminado de la mierda del mundo, exista? No sé si se convertiría en mi favorito absoluto o si agotaría mi paciencia por completo en un solo día.

—Estoy buscando trabajo —anuncio—. Me comentó Joyce, del supermercado de Melvald...

—¿Joyce? —Bob tira nerviosamente del cuello de su camiseta—. ¿Ella me mencionó? Oh, eso es... qué linda.

Bueno. No voy a seguir ese curso de pensamiento.

—En realidad, ella sólo comentó que la tienda necesita ayuda adicional. Y me encantaría trabajar... aquí —tengo que forzar la última palabra.

—¿Qué te convierte en la próxima gran Shacker? —pregunta Bob. Luego se apresura a agregar—: Ése no es un nombre oficial para nuestros empleados, sólo es una cosita divertida que se me ocurrió.

—Sé todo sobre la CoCo2, la nueva computadora a color de Radio Shack —miento entre dientes. Literalmente, acabo de decir todo lo que sé sobre el aparato en una oración.

—Oh, nos encanta la CoCo por aquí —confirma Bob, señalando una esquina de la tienda (que parece consistir principalmente en rincones y esquinas de una manera que desafía la geometría euclidiana normal), y una exhibición dedicada por completo a la línea de computadoras CoCo—. Pero somos mucho más que eso. ¿Alguna necesidad de radio o electrónica? Podemos satisfacerla. ¿Mañana, mediodía o noche? Bueno, sólo estamos abiertos hasta las seis, pero ya comprendes a qué me refiero.

—Entiendo. Después de este viernes, puedo trabajar absolutamente cualquier día. Cualquier turno —hago una mueca de dolor anticipando lo siguiente—. Bueno, tengo que ir a la escuela, pero cualquier turno después de eso.

—¡Vaya! Me encanta esa actitud arrojada, pero no tan rápido. ¿Qué componentes necesitas para construir una radio de cristal simple? —dispara la pregunta, de pronto serio y concentrado.

—Ah… mmm… ¿cristal? Y un radio.

—¿Qué marca de *walkie-talkie* recomendarías a un aficionado entusiasta, y cuál a un padre que busca un regalo de cumpleaños para un niño?

—¿El más lindo?

—Si un cliente te pide ayuda y ya estás con otro cliente al teléfono, ¿cuelgas y vuelves a llamar, le pides al cliente en la tienda que espere o le pides apoyo a otro empleado?

—¿Puedo quedarme con la opción D, todo lo anterior? —lo intento, sabiendo ya que he terminado la parte del examen sorpresa de mi entrevista. En este punto, estoy colgando de un delgado hilo de esperanza. Si puedo hacer reír a Bob, tal vez él quiera mantenerme cerca.

—Mmm —un ceño fruncido, que parece completamente nuevo para sus características, se asienta—. Me temo que no tienes los conocimientos básicos adecuados para trabajar aquí. Pero si quieres estudiar sobre los transistores y volver en el futuro, estaré aquí.

No tengo tiempo para eso. Es demasiado tarde para agregar Electrónica a la lista de idiomas que necesito aprender ahora mismo.

—Escucha… ¿cómo dijiste que te llamas? —pregunta Bob.

Me animo, pensando que tal vez se encuentre a punto de cambiar de opinión.

—Robin. Soy Robin.

—Encontrarás tu lugar, Robin —oh. Ya llegamos a la parte de los lugares comunes del proceso. Empiezo a alejarme, pensando que ya ha terminado, pero luego comienza de nuevo y doy media vuelta hacia el mostrador—. Encontrarás tu lugar y las personas que más te necesitan, y cuando los encuentres, simplemente lo sabrás. Llenará este gran agujero dentro de ti, ese gran lugar del que tal vez ni siquiera estás consciente hasta que de pronto ya no existe. Así, sin más —chasquea los dedos en un movimiento dramático. Se siente como si debiera subir el volumen de la música al fondo—. Y entonces tendrás un empleo más que remunerado. Estarás… bueno, en casa.

No puedo imaginar el lugar en el que trabaje en mi adolescencia como algo más que una pequeña escala en el camino hacia un lugar mejor. Y el discurso motivacional de Bob Newby no es exactamente memorable. Quizá me salvé de trabajar aquí.

—Mmm. ¿Gracias?

Salgo a la tarde de finales de noviembre. La acera gris es del mismo color que el cielo. Las hojas muertas se mecen al viento, sobre la calle y hacia las alcantarillas, donde se agitan sin descanso. Observo que mis zapatos de charol negro, algo que no usaría normalmente, se abren paso por el costado de la calle principal.

Mis padres planean recogerme en el otro extremo, junto a Hawkins Diner, en media hora. Las tiendas ya están comenzando a cerrar; sus luces navideñas adornan las ventanas de otra forma sin vida. Hay letreros escritos a mano sobre el cierre por Acción de Gracias en algunas puertas, mientras que otras sólo lo dan por sentado y voltean la señal al rojo que indica *Cerrado*.

Me estoy quedando sin tiempo y en medio del mal clima. Las ráfagas están cayendo, espesas y blancas.

—No estoy preparada para esto —murmuro—. Así que sólo detenlo, ¿de acuerdo?

Pero el cielo me escupe como si hubiera estado esperando esta oportunidad todo el año. No tenía un abrigo que combinara con mi atuendo Muy Adulto de entrevista, sólo el mismo acolchado que he usado desde octavo grado. Pensé que arruinaría el efecto, así que insistí en que no tendría frío. Ahora estoy temblando. Los últimos currículums que tengo en la mano se están mojando con la nieve y la tinta corre por sus páginas como el rímel de Tam por su rostro mientras lloraba pensando en Steve Harrington.

Sin embargo, arreglé eso.

También puedo arreglar esto.

Al otro lado de la calle, los bulbos amarillentos de la marquesina del cine me atraen como la miel a una mosca. Espero a que pase un coche —y a que lance agua helada sobre la ropa que había elegido con tanto esmero— antes de cruzar la calle. La marquesina misma ya me brinda algo de alivio de la nieve, pero por dentro parece mucho más cálido, con los bancos de terciopelo rojo y la máquina humeante de palomitas de maíz.

Irrumpo en el interior y me sacudo la nieve.

—Llegas en medio de las funciones —me dice la veinteañera de la taquilla—. ¿Quieres comprar un boleto para la próxima? Exhibimos *Una historia de Navidad* y *La fuerza del cariño* para la última función.

Miro, sintiéndome desesperada y esperanzada a la vez.

—¿Están contratando personal? —pregunto por mero capricho.

—¿Estás bromeando? Siempre estamos contratando. Uno de los trabajadores de la dulcería acaba de reñir a un cliente por pedir una capa de mantequilla entre cada cucharada de palomitas de maíz. Puedes quedarte con su trabajo. Si eres buena y te quedas más de un mes, podrías ascender hasta limpiar los pisos y recibir los boletos de la entrada.

—Suena glamoroso —digo con voz inexpresiva.

—Eso es Hollywood para ti —responde en el mismo tono—. ¿Quieres empezar?

—¿Ahora mismo? —pregunto, la vaga promesa de un pago finalmente comienza a solidificarse en dólares y centavos.

Se encoge de hombros.

—Como te dije, esta noche tendremos dos funciones más. *La fuerza del cariño* es un gran atractivo para las madres aburridas. *Una historia de Navidad* atrae a las personas que se quedan en casa durante los días festivos, pero no pueden soportar mirar directo a los rostros de sus familiares. Para cada función, hago palomitas de maíz, lleno vasos enormes con refrescos, lidio con niñitos que no pueden decidir si quieren Milk Duds o Jujubes, y me encargo de recoger los boletos, lo que significa muchas actividades simultáneas.

—¿Tienes teléfono? —pregunto.

—Seguro —dice, señalando al otro extremo del vestíbulo.

Camino por el piso de duela, junto a los carteles de *Rebeldes, Reencuentro, Flashdance, De mendigo a millonario, El regreso del Jedi* y *Zona muerta.*

Me emociona un poco la idea de absorber tantas películas por ósmosis con sólo estar aquí todos los días. Es posible que la única sala de cine en Hawkins, con su dependencia de los estrenos de grandes estudios, no reproduzca las películas que más me gustan —clásicas y extranjeras y cine de autor, por las que tenemos que esperar un año más para que las encontremos en video, después de que se estrenan en diminutos cines plagados de moscas en las ciudades principales—, pero el cine me atrae, sea como sea. Es una especie de lenguaje en sí mismo y a mí me encantan los lenguajes. Éste se compone de símbolos visuales y miradas sutiles, opciones de encuadre y pistas musicales, diálogos nítidos y subtexto profundo. Es una orquestación de significado y emoción. Una forma de decir algo que el mundo necesita escuchar. Y aunque estoy acumulando el entusiasmo para viajar en persona, esto me da una manera de dejar Hawkins constantemente y por el resto del año, sin tener que poner un pie sobre la frontera del pueblo.

Coloco una moneda de veinticinco centavos en el teléfono público, levanto la bocina con su blando alambre de metal y llamo a casa. Cuando papá contesta, me encuentro sin aliento diciéndole que encontré un trabajo y que puedo empezar de inmediato.

—¿Puedes recogerme después de la última función?

Lo oigo suspirar.

—Sé que es tarde, pero…

—Estoy orgulloso de ti, Robin —dice de la nada.

—¿Porque me uniré a la carrera de ratas? —digo, con una fuerte dosis de sarcasmo.

—Porque vas a salir.

—Oh —digo, todavía sorprendida por su reacción—. Sí. Se siente bien.

Pero no puedo evitar preguntarme qué dirá cuando *salir* también signifique *subir a un avión*.

Cuando cuelgo, me doy media vuelta y encuentro a la chica del mostrador esperándome, con una casaca rojo brillante en una mano. Con un sobresalto, comprendo que sólo cuenta veinte años y ya está a cargo de contratar (y probablemente despedir) personas. Tal vez realmente *pueda* ascender si persevero.

—Mi nombre es Keri con una *K* al principio, una *R* en el medio y una *I* al final, pero confunde a la gente, así que puse *Carry* en mi placa de identificación. ¿Qué quieres que escriba en la tuya?

CAPÍTULO VEINTISIETE

25 DE NOVIEMBRE DE 1983

Para el viernes, ya trabajé dos turnos con Keri en el cine y me llevé a casa la friolera de cuarenta dólares. (Gano cuatro dólares la hora, que es más que el salario mínimo, pero la necesidad de pagar mis dos casacas y un Milky Way que comí en lugar de la cena de Acción de Gracias devoró mi primer cheque como Pac-Man en su urgente camino hacia un fantasma.) Sin embargo, incluso con tan poco dinero ahorrado, la idea de dejar Hawkins se está volviendo realidad.

Y esto hace que resulte más fácil pasar un último día de marcha entre rondas de chicos de preparatoria golpeándose ritualmente entre sí.

Estoy parada al margen, vistiendo un uniforme que a estas alturas ha acumulado una temporada entera de sudor en sus pliegues. Algunas personas lo llevan a la tintorería cada semana, pero yo no estoy dispuesta a gastar un solo centavo de mi salario recién ganado en esta abominación de borlas y botones. ¿Ya había mencionado el sombrero con penacho? Se llama chacó y me hace lucir como uno de esos caballos que tiran de un carruaje elegante. Honestamente, tal vez esos caballos tengan más dignidad. No puedo esperar a salir de aquí, lejos de todo esto.

Aunque hoy he estado esperando un momento con ansias.

Vamos a estrenar una nueva canción (siempre hacemos un número especial sólo para el juego final de la temporada), y a pesar de mis mejores intentos de no preocuparme por nada de esto, me estremezco de emoción mientras corro sobre la partitura en mi mente una vez más.

Es una gran distracción del omnipresente Escuadrón Peculiar.

—Hola, Robin —dice Kate quizá por cuadragésima vez hoy.

—Lo siento —digo—. Estoy repasando algo.

Kate suspira. Sabe que no quiero hablar con ella. Por lo que puedo ver en sus niveles de coqueteo, sigue saliendo con Dash.

—¿Robin? —tira de mi codo.

—Vaya. Mira esa jugada —digo distraídamente, señalando al partido.

No tengo idea de la jugada que acaban de ejecutar. Pero la multitud está vitoreando y Steve Harrington está en el campo actuando como un imbécil feliz, así que algo debe haber salido bien.

Él parece estar disfrutando de su momento. Se levanta, lanza la pelota, hace una especie de baile poco acertado. Se entrega al deporte como si su vida, o al menos su popularidad, dependiera de ello.

Veo que la multitud lo ama, salvajemente, colectivamente. No puedo evitar odiarlos por eso. Cierro los ojos, murmuro verbos en francés y sueño con ese hermoso día cuando me encuentre en un lugar donde los deportes escolares no tengan el fervor combinado de la batalla y la religión.

—¡Vamos, Hawkins! —la mayoría de la banda grita, agitando sus instrumentos al aire.

—Como sea —murmura Wendy DeWan—. No puedo creer que siguieran con el juego este año.

—Lo sé —dice Milton.

Es una opinión bastante común entre la banda, y estoy de acuerdo. A la luz de lo extraño que fue este otoño, ¿no deberíamos cancelar esta bacanal y pasar nuestro tiempo en casa, contentos de que el pequeño niño que había desaparecido al final haya regresado? ¿Agradecidos de que cualquier oscuro abismo en el que todos estábamos tambaleándonos parece haber retrocedido?

¿No debería ser suficiente?

Pero la gente quiere celebrar el regreso de la normalidad a Hawkins. Quieren organizarle un desfile y espolvorearlo generosamente con confeti. ¿Y qué podría decir "celebrar la normalidad estadounidense" mejor que un equipo deportivo mediocre, una banda medio decente y unas cuantas porristas llenas de energía, como si esto fuera la nueva droga preferida? ¿Qué mejor mascota para lo "normal" se podrían encontrar que Steve Harrington, su sonrisa absurdamente amplia y su melena maltratada por el viento de finales de otoño?

Así las cosas, no quiero volver a la normalidad.

No es que prefiera que suceda algo *malo*, y definitivamente no a niños como Will Byers. Pero no existe versión alguna de Hawkins a la que quiera volver. La normalidad me estaba matando, pero todos aquí quieren estrechar su mano.

Ojalá pudiera compartir con Milton alguno o todos estos pensamientos. Por lo general, me inclinaba y comenzaba a escupir sarcasmo como un grifo roto. También le hablaría de mi trabajo y de todo el dinero que voy a reunir para la Operación *Croissant*. Todos los museos que ese dinero pagará para quitarnos de la boca el sabor de esta parodia de experiencia

223

cultural. Pero Milton y yo no hemos hablado en una semana. Se siente como el silencio al final de un disco. Se siente la estática donde antes estaba mi transmisión favorita.

Se siente como una mierda. Y me estoy cansando.

Pero Milton está en pie junto a Wendy, y de hecho parece que están congeniando. Como por arte de magia, ella se ve bien incluso con su uniforme de la banda... incluso con el chacó tan universalmente poco favorecedor. Milton la está haciendo reír. Él también ríe, su risa baja, para nada espantosa, y recuerdo por qué estamos sufriendo esta estúpida distancia impuesta socialmente. Milton se está enamorando de Wendy. No importa lo cínica que me sienta a veces, no puedo reprocharle eso.

Quiero que Milton sea feliz. Que no se limite a sufrir su adolescencia en Hawkins conmigo.

En serio, muy, muy feliz.

Suena un silbato y los equipos salen del campo, los nuestros a un trote abatido. No importa lo bien que haya resultado esa jugada, estamos perdiendo. Siempre estamos perdiendo.

El trabajo de la banda de música es hacer que la multitud vuelva a emocionarse. Un esfuerzo de Sísifo, si me lo preguntas. Cualquier cantidad de emoción que logremos despertar, se perderá de inmediato en cuanto nuestro equipo no reciba una anotación o un gol de campo.

Pero marchamos de cualquier forma, mientras la tarde gélida nos clava sus puñales una y otra vez. Puedo sentirlos a través de mi traje de lana. El Escuadrón Peculiar ocupa su lugar en el extremo izquierdo del campo para nuestra primera marcha. No puedo recordar cómo se llama oficialmente (todos en la banda la llaman "Sousa es un perdedor"), pero si

Milton pregunta, apostaría diez de los dólares que acabo de ganar a que tiene la palabra "América" en alguna parte del título. Es estridente, nacionalista y espantosa.

A la multitud le encanta.

Tocamos dos canciones y media más como ésa, trazando todo tipo de formaciones complejas sobre el campo. Todo este elaborado proceso, que durante años ha tenido poco o ningún sentido en mi cerebro, de repente me recuerda a las Líneas de Nazca en Perú. Crearon formas enormes en los campos que sólo podían entenderse vistas desde el cielo. Incluso se pueden ver desde el espacio. ¿Cómo deletreo *AYUDA* de una manera que cualquier alienígena amigable que nos observe entienda?

Mis piernas se entumecen. Mi melófono y yo estamos en piloto automático. La verdad es que muchas piezas tienen pausas prolongadas para mi instrumento, así que durante gran parte del espectáculo me limito a mi mejor elevamiento de rodillas en la marcha, y nada más.

El Escuadrón Peculiar se mueve a través de una formación en X en el campo, casi rozando los hombros con el Escuadrón Sexofón. (No es su nombre real, por supuesto, porque la señorita Genovese lo veta todos los años, pero es como se llaman a sí mismos de cualquier forma. A efectos oficiales, se les conoce simplemente como Escuadrón *S*.)

A pesar de mí, empiezo a sentirme emocionada.

En unos segundos, estaremos estrenando nuestra nueva canción.

A mitad de la última marcha programada, rompemos la formación esperada y dejamos atrás el Sousa. En lugar de una vieja y pomposa canción, "*Total Eclipse of the Heart*" resuena en nuestros instrumentos, brotando de nuestros dedos casi congelados y de mi corazón casi descongelado. Todavía no puedo creer que estemos haciendo esto.

Fue mi idea.

La mitad de la banda crea una forma de corazón, mientras que la otra se convierte en una luna creciente, barriendo el campo y empujando el corazón hacia un lado. Funciona perfectamente, tal como lo practicamos.

La gente en la multitud se pone en pie para tener una mejor vista. Incluso puedo ver a la madre de Milton cargando la querida y flamante Sony Betamovie BMC-100 de la familia sobre su hombro. Es grande, tosca y gris, y captura cada segundo de esto para recordarlo para la posteridad. (O al menos, mientras la gente siga usando Betamax.) La madre y la hermanita de Milton saludan al Escuadrón Peculiar, como si todos siguiéramos siendo amigos.

Unido e irrompible. Un átomo, como Kate siempre nos llamó. Se necesita mucho para romper un átomo: se requiere una colisión de partículas a alta velocidad y muchísima energía. Y eso es justo lo que nos pasó. El segundo año (sin mencionar el estúpido y egoísta rostro de Dash tratando de besar el mío) nos destrozó.

—¿Están oyendo eso? —grita Kate durante uno de los raros descansos de las trompetas—. ¡Les encanta!

—Eso es porque siempre les encanta —dice Dash.

La sonrisa de Kate mengua, pero no desaparece del todo. Vuelve a tocar mientras el coro final crece.

Al resto de la banda le encanta casi tanto como a la multitud. El Escuadrón de Tierra, Viento y Fuego está marchando con una energía que no les había visto desde principios de temporada. Mientras nos movemos hacia una nueva formación, alcanzo a ver a Sheena Rollins con sus perfectas zapatillas blancas y cintas blancas en su cola de caballo seccionada. De hecho, está sonriendo, tanto como es posible al tocar un oboe al mismo tiempo.

Incluso la señorita Genovese parece feliz, lo cual es casi inaudito.

Es tradición que la banda de la Preparatoria Hawkins deje a un lado las marchas desgastadas y cansadas en el último juego de la temporada y toque algo nuevo. Cuando la señorita Genovese pidió "algo fresco" para completar nuestro repertorio y echar toda la carne al asador en el último partido de la temporada, sólo había una canción en mi cabeza, porque Tam la había estado cantando esa mañana. Porque Tam la canta siempre.

—¿"*Total Eclipse of the Heart*"? —propuse.

Milton me lanzó una mirada (la primera en mucho tiempo) y recordé haberle dicho que ésta era la canción favorita de Tam.

Pero ¿qué importaba eso? ¿Le preocupaba que me estuviera convirtiendo en la mejor amiga de Tam ahora que no se me permitía pasar las tardes frente a su instalación de Yamaha / MTV, discutiendo sobre los méritos de Kajagoogoo (ninguno, en mi opinión)?

No elegí esta canción porque Tam haya reemplazado a Milton de alguna manera. Dije "*Total Eclipse of the Heart*" en voz alta porque no podía dejar de pensar en la canción. No podía dejar de pensar en Tam. Tocar esta canción todos los días ha sido una forma de canalizar todos esos estúpidos sentimientos de no-amistad.

Una parte microscópica de mí se pregunta si Tam estará en las gradas. Si nos está mirando. Si está emocionada de que estemos tocando su canción favorita. ¿Aprovechó esta oportunidad para comprar un chocolate caliente y papas con queso en el puesto que instaló el Club de Apoyo? ¿Está esperando con impaciencia el momento en que Steve Harrington regrese al campo? ¿Las notas familiares la tomaron desprevenida? ¿Perdió un poco el equilibrio?

E incluso si nos está mirando y ve lo que espero que vea —que estamos tocando esta canción, sólo un poco, por ella—, ¿me reconocería bajo esta abominación de sombrero? Quito la pluma de mi cara, pero sigue cayendo.

Y luego, con un crescendo final, terminamos.

La multitud pierde la cabeza.

Todo el mundo está en pie y admito que se siente bien. Sobre todo porque opacamos al equipo de futbol americano, aunque se supone que existimos sólo para apoyarlo.

Vacío mi válvula de saliva por última vez en esta temporada, la meto en el estuche y deslizo el melófono sobre mi espalda. No es que tenga adónde ir todavía. Hemos sido liberados en el campo para que podamos ver el resto del juego. Por lo general, no me quedaría; me iría en bicicleta directo a casa (en la época dorada de las ruedas y la libertad), o volvería a la casa de Milton y vería las imágenes de Betamax y ayudaría a preparar la mesa para la cena. Ninguna es una opción ahora. Así que me dirijo al puesto de comida, con la esperanza de que tengan algo que me quite la menor cantidad posible de mi dinero para Europa. Estoy al final de una fila abominablemente larga. Por el rabillo del ojo, el cabello rojo de Tam es como un faro. Volteo hacia él, sin pensarlo.

—¡Eso fue increíble! —le está diciendo a Jennifer—. ¿No te encantó?

Jennifer se encoge de hombros, evasiva hasta el final.

Ambas están recogiendo sus órdenes. Craig Whitestone aparece de la nada y realiza un horrible acto de galantería, insistiendo en llevar sus nachos.

—¿Te gustó el pequeño espectáculo que acabamos de montar? —pregunta él.

—Esa última canción —dice Tam—, es la mejor. ¿De quién fue la idea de tocar "*Total Eclipse of the Heart*"?

—Señoritas, no sigan buscando —dice Craig—. La idea fue mía.

Kate avanza desde su lugar en el medio de la fila. Incluso si no nos hablamos, ella no es de las que deja pasar la falsedad.

—En realidad, fue idea de Robin.

—¿En serio? —Tam mira todo el camino hasta el final de la fila, como si supiera exactamente dónde he estado todo el tiempo. Me dirige una sonrisa sesgada—. No creí que fueras del tipo de Bonnie Tyler.

(¿Tam me acorraló? Esto sí es nuevo.)

—No lo soy —admito—. Pero esa canción se queda atrapada en mi cabeza.

No menciono que es a causa de ella. Dejo la fila y me acerco al lugar donde está Tam con sus nachos, que recuperó de Craig. Jennifer retrocede como si yo tuviera algún tipo de enfermedad contagiosa.

El juego comienza de nuevo.

Steve Harrington está ocupado recibiendo una paliza en la cancha.

Yo estoy aquí. Con ella.

Deslizo mi rostro una vez más, para estar absolutamente segura de que no queda algún inspirado escupitajo de la banda. (Seco. Gracias a Dios.)

—¿Has visto el video musical de *"Total Eclipse..."*? —pregunto, pensando en la docena de veces que apareció mientras Milton y yo veíamos MTV—. ¿Con ella en ese vestido blanco vaporoso y los chicos con ojos brillantes y toda esa extraña gimnasia?

Tam ríe.

—¿Sería vergonzoso si te digo que incluso lo grabé? ¿Y que lo veo todo el tiempo?

Jennifer mueve su peso de una pierna a la otra y tira del extremo de su suéter, que trae estúpidamente atado alrededor de su cuello. ¿No ha recibido Jennifer el mensaje de que ya casi estamos en diciembre? ¿O es que ponerse un suéter alrededor de los hombros es un símbolo de estatus tan grandioso que bien vale la congelación?

—En caso de que no te hayas enterado, soy la chica más rara de Hawkins —digo—. Así que eso no debería avergonzarte, en realidad. No cuando yo estoy aquí.

¿De dónde salió eso?

¿Por qué admití lo rara que soy, con tanta audacia y, sin embargo, con la voz más suave, *justo frente a Tam*?

No obstante, esto no parece desanimarla porque está riendo de nuevo. Y no de una manera cruel.

—Siempre estoy cantando cuando entro en clase de la señora Click porque, al bajar de mi auto, todavía está fresco en mi cabeza lo que sea que haya estado escuchando. Es como si no pudiera evitar que salga la música o simplemente... se secaría dentro. Debes haberme oído cantar a Bonnie Tyler antes de clases.

Siento como si ella estuviera gritando algo que sucede todos los días, pero no sé por qué. ¿Está tratando de decir que nota lo consciente que soy de su canto? ¿Lo admito? ¿Qué sucedería si digo la verdad? ¿Y si miento?

—Tienes una gran voz —le digo.

(Elegí D, todo lo anterior.)

—Bueno, no lo suficiente para convertir *Nuestro pueblo* en un musical —dice, fingiendo un puchero.

Vaya. Bueno. También tenemos bromas privadas.

—Sólo la propia Bonnie Tyler sería lo suficientemente poderosa para hacer eso.

Tam niega con la cabeza.

—Todavía no puedo creer que hayas tocado mi canción.

Parpadea un par de veces, incrédula. Sus ojos son de un castaño brillante. Sus labios son de un púrpura apagado, un color más suave y bonito que el fucsia con el que todas en la banda están obsesionadas, y justo cuando comprendo que no debería estar mirando su boca por más de un segundo para ubicar el tono del lápiz labial (porque es raro), ella comienza a tararear. Las notas estallan en letras y Tam ya está cantando su canción favorita. Para mí. En público. Tam me está *eclipsando* por completo justo frente a la cafetería.

Y luego, se acabó, y Jennifer se lleva a Tam a las gradas y habla de lo desafortunado que se ve mi cabello porque ha estado bajo el chacó todo el día. Tam no ríe. No se suma a la burla.

Simplemente me mira y se encoge de hombros.

Como si tampoco estuviera segura de qué hacer con toda esta *normalidad*.

CAPÍTULO VEINTIOCHO

Casi un mes después, estoy en el salón de clases de la señora Click esperando que llegue a mi escritorio un examen sobre la Revolución Industrial, aunque mi mente está vagando por la Riviera francesa.

E imagino a Tam a mi lado.

El señor Hauser me ha preguntado más de una vez si tengo algún compañero de viaje en mente para la Operación *Croissant*. Ahora voy a su salón casi todos los días, ya sea durante el almuerzo o en una hora libre. Sobre todo, leo mientras él califica los exámenes, pero a veces hablamos. Al final, nuestras conversaciones terminan donde siempre va mi mente en estos días. Europa.

O Tam.

O ambos.

Mi plan original era esperar a Milton, pero entre más tiempo pasa sin que me hable (o invite a salir a Wendy DeWan), más me pregunto si debería rendirme y seguir adelante. Y cuanto más nos acercamos al nuevo año, más quiero que esto se resuelva. No es exactamente algo con lo que puedas sorprender a alguien en mayo y esperar que deje Hawkins en junio. Este tipo de planificación requiere tiempo y cierta visión emocional. Pero Kate y Dash hicieron un lío con todo, y semanas después todavía estoy luchando por limpiarlo.

Sin embargo, tal vez ésta sea una buena noticia disfrazada. Nunca hubiera pensado en Tam como mi primera opción, pero con todo el Escuadrón Peculiar fuera de la carrera, de repente ella encabeza mi lista.

Y desde que Tam abrió sus labios púrpuras y cantó frente a mí como si fuéramos las únicas dos personas que importaban, me he estado preguntando si tal vez ella es como yo. Un bicho raro que ha mantenido un perfil bajo —con ocasionales estallidos en los que rompe a cantar—, a la espera de una oportunidad de escape.

¿Y si yo puedo darle eso?

He ahorrado más de quinientos dólares desde que empecé a trabajar en el Cine Hawkins. Voy a cubrir dobles turnos durante las vacaciones. Para cuando la escuela comience en enero, debería estar tentadoramente cerca de la cantidad que necesito para mi boleto de avión. Entonces, podré empezar a ahorrar para el segundo.

La chica que tengo enfrente me entrega el examen de la Revolución Industrial y lo lleno tan rápido que me queda demasiado tiempo libre. Mis ojos se dirigen a Tam. Viste una minifalda blanca y un suéter amarillo, y es bastante fácil imaginarla vestida exactamente igual, mientras se acomoda para un largo vuelo conmigo. Caminando por el Bargello. Cantando en cada *piazza* por la que pasamos. (Quizá no recorriendo en bicicleta la campiña italiana, pero estoy segura de que ella también podría empacar algunos pantalones.)

Tam sigue contestando su examen, lenta y meticulosamente. Cuando termina, lo lleva a la señora Click y lo coloca en la pila con los otros, luego voltea hacia el grupo, con los ojos fijos en Steve Harrington.

Él observa la hoja de su examen con los ojos entrecerrados como si estuviera escrito con tinta invisible.

Es ridículo, de verdad, pensar que una chica tan inteligente, ambiciosa y talentosa como ella esté desperdiciando todas sus miradas en *él*. (Sobre todo, después de que lloró por el chico en el baño y juró que ésas serían las últimas en derramar por Harrington.) Pero ¿y si sólo lo mira fijamente porque cree que se *supone* que debe hacerlo? ¿Y si es parte de su disfraz, de la misma manera en que ser una perfecta nerd de la banda es parte del mío?

Abro la libreta de Operación *Croissant* y busco una página en blanco.

Y, en francés, me permito soñar.

Escribo todo lo que nos puedo imaginar haciendo juntas. Traduzco cada esperanza salvaje, cada sueño tonto.

Cuando suena la campana, Steve Harrington todavía está luchando con la Revolución Industrial. Y yo me siento tan estúpida por lo que acabo de escribir que arranco la hoja de mi libreta; el papel se rasga en el medio. Esto no es parte de mis planes para la Operación *Croissant*. Tam nunca iría a Europa conmigo.

(La verdad es que nunca me atrevería a proponérselo. Tendría demasiado miedo de que se negara.)

(También temería un poco que aceptara.)

Arrugo el papel y lo dejo caer en la papelera al salir. Steve todavía está concentrado en su examen, y Tam y sus amigas están rezagadas, tal vez con la esperanza de que ella pueda quedarse a solas con él por un instante.

A pesar de que Steve sigue saliendo con Nancy Wheeler. Vaya, me odio por preocuparme por todo esto.

Me detengo afuera del salón para tomar agua del bebedero que sólo esporádicamente funciona. Mi rostro se enrojece con el tipo de vergüenza que sólo puede provenir de querer hacerme amiga de una chica que se encuentra muy por encima de mi posición social.

Así deben haberse sentido los victorianos todo el tiempo.

Bebo un sorbo del miserable chorro de agua y humedezco un poco mi cara. Cuando me enderezo, puedo ver a Tam y a sus amigas reunidas justo afuera del salón de clases de la señora Click. Todas están inclinadas alrededor de algo. Un pedazo de papel. Ya antes las he visto hacer este tipo de ritual colectivo de lectura de notas. Me toma un segundo notar que Jessica sostiene el papel que tiré, ahora entero y sin arrugar.

Lo aprieta contra su pecho como si fuera un desfibrilador. Como si ese pedazo de papel pudiera reiniciar su corazón marchito.

—¿Quién crees que lo haya enviado? —pregunta—. ¿Viste a alguien dejarlo caer cerca de mi escritorio? —su escritorio está justo al lado de la papelera. Perfectamente colocado para un trozo de papel que falló su objetivo y rebotó en el suelo.

Hago un análisis rápido y vital de mi memoria. No escribí el nombre de Tam en ninguna parte del relato, ¿verdad?

No. Jessica cree que la nota era para ella. Y su madre es de Montreal, por lo que Jessica *puede* leer francés. *Oh, merde.*

—Es *très* romántico —dice con una voz noventa por ciento aliento—. Me pregunto qué chico de nuestra clase sabe francés.

¿Chico? ¿De qué está hablando?

¿Romántico? *¿De qué está hablando?*

Mi cerebro se estrella contra las implicaciones de esas palabras. No soy un chico y no estaba describiendo un romance.

Ésos eran sólo sueños en la vigilia. Ésos eran *mis* sueños despierta, y Tam nunca debería haberlos visto.

Estudio su rostro.

Analizo su reacción.

Ella no parece estar muy interesada en la nota. Rebota sobre sus pies.

—Tengo que ir a mi próxima clase, ¿de acuerdo?

Deja a Jessica allí para que siga leyendo detenidamente el escrito.

Mi corazón se hunde cuando Tam se marcha. ¿Por qué quería que se sonrojara como una frambuesa al escuchar esas palabras? ¿Por qué una parte de mí esperaba que entendiera que la nota era sobre ella, de la misma manera en que quería que adivinara que cuando tocaba *"Total Eclipse of the Heart"* en la banda de música también estaba inspirada en ella?

Su cabello rojo se agita mientras desaparece por el pasillo.

Jessica vuelve a leer la nota, esta vez en voz alta, traduciendo para sus amigas a medida que avanza.

La escucho.

Y *escucho* las palabras no desde mi perspectiva esta vez, sino como una espectadora. Escribí sobre caminar de la mano con Tam por los Campos Elíseos, sobre escoger libros la una para la otra en Shakespeare and Company, sobre cenar juntas y compartir el postre (porque una de nosotras pide *soufflé* de chocolate y la otra recibe una tarta Tatin, así que *por supuesto* tenemos que intercambiar unas cucharadas). Sobre cómo apoya la cabeza en mi hombro mientras paseamos al anochecer, porque yo soy más alta y ambas estamos cansadas. Luego, nos refugiamos en una buhardilla alquilada y observamos cómo se encienden las luces de la ciudad, mientras iluminamos el interior con la idea de hacerlo todo de nuevo al día siguiente. Y finalmente, caemos juntas en la pequeña cama de la buhardilla, porque, bueno, es una buhardilla, gente, no el Ritz.

Además. Acurrucarse juntas en una cama diminuta es, objetivamente, un gesto romántico.

De repente, me alegro de que Tam se haya marchado a su clase, porque mi cara está ardiendo con el fuego de mil sonrojos reprimidos.

Milton me dijo que soy buena resolviendo acertijos, pero de alguna manera no vi este rompecabezas por lo que era hasta que dejé caer la pieza que faltaba y alguien más la recogió.

Y puedo ser buena en idiomas, pero he estado usando el equivocado para intentar descifrar lo que siento por Tam. Mi mundo está lleno del supuesto, adondequiera que mire, de que a las chicas les gustan los chicos. Que las chicas salen con chicos. Que los *gays* son sólo un rumor sobre algo que sucede en pueblos muy lejos de Hawkins, un segmento en las noticias. No tenía contexto para asumir que, cuando miraba a Tam, estaba sintiendo algo más que amistad. Fueron necesarias Jessica y su útil Piedra Rosetta de enamoramientos chico-chica para hacerme ver esto como realmente es.

Estoy enamorada de Tam.

Creo que he estado enamorada de ella desde que entró en la clase de la señora Click, el primer día de clases.

CAPÍTULO VEINTINUEVE

Paso el resto del día —el último antes de las vacaciones de invierno—, en medio de una completa neblina, y cuando salgo, estoy al otro lado del gran bosque *gay*.

Me gusta Tam.

Me gustan las *chicas*.

Curiosamente, lo que sigue molestándome es que no haya podido verlo antes. No podía verlo en absoluto. Se supone que soy inteligente y, sin embargo, no estaba haciendo la operación matemática más básica posible. Robin + Tam + mirada fija + sentimientos = profundo enamoramiento.

No era tan difícil, ¿cierto?

Pero, de alguna manera, lo fue.

Por supuesto, está el factor "No tenía contexto para entender mis sentimientos por lo que realmente son". Pero en un examen más detenido, hay algo más en juego. De hecho, podrían revocar mi tarjeta de nerd por ésta. Durante todo el año he estado tan segura de entender a todos los que me rodean, pero no había estado sometiendo mis propios sentimientos a algún tipo de escrutinio real. ¿Saber cosas no presupone que sabes cosas sobre *ti*? O en algún momento, ¿compilar información se convierte en una excusa? Es como escribir tu propio justificante emocional: si puedo aprender tres idiomas nuevos, no tengo que aprender lo que esté pasando dentro de mi propia cabeza.

Ahora, gracias a las Jessicas del mundo y al hecho de que no puedo dejar de soñar despierta con Tam —y luego, descartar esos sueños porque son imposibles—, estoy atrapada en esta revelación.

No ayuda que también esté atrapada en el autobús, que huele a tubo de escape, guantes mojados y jóvenes estudiantes de primer año. Están llenos del entusiasmo navideño; básicamente, siguen siendo niños esperando a ver qué les traerá Santa, sólo que ahora saben que Santa es su padre oficinista sobregirando su tarjeta de crédito.

Mientras tanto, los metaleros en la parte trasera del autobús están sacando la marihuana de sus escondites: esos agujeros con cinta marrón en la parte trasera de los asientos. Quizá la necesitan para ayudarse a superar las vacaciones.

La verdad es que no puedo culparlos.

De repente, la idea de pasar diez días sin ver a Tam se siente insoportable. Al mismo tiempo, no estoy segura de cómo sobreviviré hasta nuestro próximo encuentro. Si el monstruo que es la Preparatoria Hawkins ya era *antes* una preocupación, sólo puedo imaginar cómo reaccionaría ante esto: una chica enamorada de otra chica que sólo tiene ojos para Steve Harrington.

Cuando el autobús se detiene —se siente como un pequeño choque cada vez—, bajo junto con un grupo de estudiantes de primer año que se dispersa rápidamente a sus casas. No puedo soportar estar en este espacio confinado ni un segundo más. La conductora del autobús no parece notar, o no le importa, que siempre bajo en las paradas de otras personas.

Mientras todos hayan descendido al final de su recorrido y nadie esté muerto, ella ha cumplido con su trabajo.

Diciembre es una especie de frío espinoso, pero no me importa. El impacto del viento se siente como la verdad que sigue golpeándome: vigorizante y necesario. Camino por el costado de la carretera y, donde termina la acera, avanzo penosamente hacia la estrecha zanja.

Unos segundos más tarde, un automóvil se detiene a mi lado. Puedo escucharlo desacelerar, desacelerar, detenerse. La ventanilla baja.

Ya he terminado con esta interacción incluso antes de que comience. Cualquiera que sea el lacayo que el monstruo de la Preparatoria Hawkins haya enviado para meterse conmigo esta vez, no pienso jugar limpio.

Tengo mis dedos medios amartillados y listos, y me giro para encontrarme con el jefe de policía.

—Hola, señorita —sólo había visto al jefe Hopper en el centro del pueblo y nunca tan de cerca. Viste su uniforme caqui con la insignia dorada en la pechera, y una chamarra azul para resguardarse del clima invernal. Es un tipo grande con el cabello castaño suelto con raya en el medio y un rostro patentado de Señor Cara de Papa. Tiene incluso el mismo bigote y todo. Es asombroso.

—No deberías caminar al costado de una calle tan transitada como ésta —dice—. Y definitivamente no deberías señalar con *ese* dedo a las personas que están tratando de ayudarte. ¿Necesitas que te lleve a casa?

—No —digo automáticamente.

—¿Algún problema? —pregunta, mirando a un lado y otro del tramo de carretera que si no fuera por él, estaría desierto.

—No —digo, esta vez más desafiante.

No pasa nada y no hay ningún problema conmigo.

No es que la mayoría de la gente de Hawkins esté de acuerdo con esa evaluación.

He escuchado a la gente de este pueblo hablar de "los *gays*". Escuché a los padres de Kate hablar sobre los peligros de "un homosexual acechando en una comunidad". Ésa es una conversación superficial durante la cena en su casa, y no son los únicos en nuestro pueblo que se sienten así. Por supuesto, hablan de los hombres homosexuales. Actúan como si las mujeres homosexuales ni siquiera existieran. ¿Cómo podrían existir? Las mujeres *necesitan* a los hombres, ¿cierto?

—¿Vas a ver a un chico? —pregunta Hopper—. ¿Vas a la casa de un chico? —mira alrededor como si mi amante pudiera estar esperando para salir desde detrás de un árbol.

—¿La casa de un chico? —no puedo evitarlo y se me escapa una risa un poco histérica. Me llevo la mano a la boca y aprieto los labios.

El jefe me lanza una mirada severa. Tal vez debería evocar sentimientos de padre sustituto, pero es más del tipo de un tío incómodo.

—Escucha, eres una niña. Una *adolescente*. Es... Hay muchas cosas que yo no entiendo. Y lo sé. ¿De acuerdo? Sé de eso más de lo que quizá tú puedas entender.

Debajo de su torpeza, empiezo a sentir que está hablando de algo importante. Pero hasta donde sé, no tiene hijos. Así que. Esto es raro.

—Pero si estás aquí porque un chico te dijo que lo visitaras —continúa—, ya casi ha oscurecido y este lugar puede ser sorprendentemente peligroso. Deberías dejar que te lleve de vuelta a casa.

—Puedo decir que definitivamente no estoy aquí por un chico.

Hopper asiente. Pero su coche no se mueve.

Además de la incomodidad inherente de subir al auto de un extraño, no quiero aceptar el viaje y que mis padres de casualidad hayan vuelto temprano a casa sólo para ver cómo su hija es escoltada por el jefe de policía. La escena no aumentaría exactamente sus niveles de confianza actuales. Creen que he estado tomando el autobús todo este tiempo, cuando en realidad he estado caminando al menos la mitad del trayecto a casa la mayoría de los días.

—Debes tener algo mejor que hacer que llevar a casa a una adolescente a la que le disgusta el olor del autobús —aunque su coche, incluso desde donde estoy parada, no huele mucho mejor. Hay un meloso olor dulce y ligeramente crujiente, como el fantasma de un centenar de *waffles* tostados. Me gustan los *waffles* tanto como a cualquiera, pero esto parece excesivo—. Sé que Hawkins es un lugar aburrido, pero…

—¿Este pueblo? ¿Aburrido? —baja un poco sus lentes de aviador. Se verían bien en literalmente cualquier otra persona—. Cariño, no tienes *idea*.

Se marcha lanzando un chorro de grava innecesario.

Y de repente me encuentro ahí, para enfrentar mis vacaciones de invierno, sola.

CAPÍTULO TREINTA

Mis padres y yo pasamos una Navidad tranquila. Nuestro árbol era pequeño y escuálido, más una planta en maceta que una enorme conífera. Siempre elegimos el que parece que necesita más amor en el lote de árboles de Navidad (también conocido como el estacionamiento fuera de la pizzería, adornado con luces festivas y cubierto de agujas de pino sueltas).

Me dieron unos buenos y gruesos calcetines de invierno y un nuevo reproductor de cintas.

Les di unas pijamas y el regalo de no hacer público lo seco que estaba el pavo de nuestra cena. Me concentré en las guarniciones.

Y en Tam.

No podía dejar de pensar en ella. Ahí donde los dulces de ciruela deberían haber estado danzando, las visiones de chicas besándose con lápiz labial púrpura giraban en mi cabeza.

Ahora estamos en otro día festivo.

Durante toda la mañana, el camino de entrada de la casa se llena de autos, incluidos varios Volkswagen viejos, que son bastante poco comunes en Hawkins, un pueblo obsesionado con los autos nuevos. La casa se inunda de gente vestida con sus mejores faldas largas y chalecos tejidos.

Es la Navidad hippie.

Cuando era pequeña, éste era mi día favorito del año. La gente me cargaba sobre sus hombros, rompía guitarras gastadas y cantaba canciones populares a intervalos extraños. Los mejores amigos de mis padres de hace años, Miles y Janine, ahora son viajeros del mundo y siempre me traían pequeños recuerdos de dondequiera que hubieran estado. A medida que fui creciendo, me fui relegando a los márgenes de la sala, desde donde observaba a los adultos beber un ponche de huevo que huele sospechosamente alcohólico y recordar en tonos cada vez más altos (con cada vez menos inhibiciones sobre aquello que estaban admitiendo), mientras yo vigilaba a la manada de niños salvajes que habían dejado desatados en este pequeño pueblo de Indiana. Algunos de ellos viajaban desde lugares como Maine, California y Arizona. Mis padres tienen el honor de ser anfitriones todos los años porque vivimos relativamente en el medio de todos.

Este año empieza igual que siempre, pero después de la cena, Miles y Janine me llaman y me dan un vaso de ponche de huevo. (Que sabe tan alcohólico como huele. Creo que podría retirar el esmalte de uñas con esta cosa.) Empiezan a pedir mi opinión sobre algunos temas. Y cuando hablo, todos escuchan. Incluso mis padres.

Casi me tratan como a un adulto.

Miles y Janine me preguntan sobre el futuro, pero no centrados de manera obsesionada en la universidad, como siempre hacen los adultos locales. Preguntas como: "Robin, ¿qué quieres hacer cuando finalmente salgas de esa prisión a la que llaman escuela?" o "Robin, ¿acaso serás tan salvaje como tus padres?".

Lo único que quiero es hablar por fin de planes para la Operación *Croissant*.

Necesito empezar a decirle a la gente la verdad. Ya no puedo guardarlo todo dentro de mí. Puedo sentir todo lo que he estado luchando por reprimir: lo rara que soy. Cuánto anhelo. Lo mucho que aborrezco de este pueblo.

—Veré el mundo —digo—. Igual que ustedes.

Miles sonríe, su sonrisa se ve reforzada por las luces navideñas. Janine asiente profundamente.

—Es bueno ver más —dice ella.

Y parece que no sólo habla de viajar. Se siente como si estuviera hablando de todo.

Me encantaría darle los detalles de mis planes de viaje. Odio reprimirme tanto. En realidad, no está en mi naturaleza, y estoy empezando a comprenderlo. Quiero verter el contenido de mi alma, pero hay demasiadas razones para cubrirla detrás del sarcasmo y el cinismo.

Por ejemplo, si hablo de la Operación *Croissant*, mis padres se verían obligados a aceptarla o revelarían su nueva naturaleza suburbana a sus viejos amigos. Tal vez fingirían que son ligeros frente a su compañía mucho más ligera, sólo para volver a imponer su paternidad tradicional cuando todos se fueran a casa.

No quiero lidiar con esas eventualidades. Tal vez ésta sea la verdadera maldición de ser inteligente: no se trata de ser una marginada social, sino de saber todas las formas en las que tu valentía puede contrariarte.

Me quedo callada y bebo mi ponche de huevo.

Mi mente vuelve a Tam.

¿Qué está haciendo en estos momentos? ¿Pasó una buena Navidad? ¿Su familia tiene fiestas y tradiciones en las que se siente tan absurdamente amada como infinitamente fuera de lugar?

Ahora que me detengo a observar con atención, no puedo evitar notar que todos aquí, incluso en la tierra del *amor libre*, están emparejados hombre-mujer.

Pero a veces mis padres cuentan historias sobre personas que conocían. Hombres que amaban a otros hombres. Mujeres que amaban a otras mujeres. Personas que amaban a personas, ni siquiera remotamente en función de si eran hombres o mujeres o cómo se interpretaran.

Podría haber sido Kate, atrapada con padres que desaprueban virulentamente lo que ellos llaman "el estilo de vida homosexual". Podría haber sido Dash, con una familia a la que no parece importarle un demonio cualquier cosa que no sea acumular dinero, reconocimiento social y de otro tipo. En cuanto a ser lesbiana en Hawkins, básicamente gané la lotería filial.

No temo que mis padres reaccionen mal cuando encuentre el momento adecuado para contárselos. Pero ¿qué pasará con todos los demás? ¿Qué hay de mi pueblo, con su obsesión por la normalidad, donde nunca he escuchado a una sola persona decir la palabra *gay* en voz alta, como si fuera una maldición? Necesito hablar con alguien que sepa cómo se siente esto. Y por mucho que me guste la Navidad hippie, nadie en esta fiesta se quedará lo suficiente.

Me llevo el resto de mi ponche de huevo a mi habitación y me recuesto en la cama.

Y de la misma repentina manera en que descubro la verdad sobre cómo me siento, comprendo quién me ha estado esperando todo el año para que lo descubriera.

CAPÍTULO TREINTA Y UNO

3 DE ENERO DE 1984

—¡Señor Hauser! —casi grito desde la puerta de su salón de clases.

Corrí hasta aquí. Sólo tomé el autobús hasta la mitad del camino a la escuela y luego no pude seguir soportando ver cómo los demás escribían insultos homofóbicos en las empañadas ventanas invernales. Esas cosas siempre me han molestado, pero ahora se sienten como navajas clavadas directamente en mis globos oculares. Así que bajé cuando la puerta se desplegó en acordeón y me abrí paso a empujones de hombros entre el grupo de metaleros que se acercaba, ignorando el ladrido confuso de la conductora, y corrí el resto del camino sobre el aguanieve. Mi permanente, ahora a medio crecer y medio lacia, parece un centenar de carámbanos.

Pero logré llegar incluso antes que el autobús. Logré llegar diez minutos antes de que suene la primera campana, y cada uno de esos minutos vale la pena el hecho de que ahora me encuentre aquí, doblada sobre mí, jadeando. He estado esperando hablar con el señor Hauser durante una semana, trabajando con impaciencia todos mis turnos en la sala de cine, avanzando poco a poco, hasta que por fin estoy de regreso en este salón.

—Señor Hauser, quería hablar con usted...

Mi voz se ahoga en una muerte horrible, enroscada en mi garganta.

El señor Hauser está vaciando su escritorio.

—¿Qué está pasando? —pregunto con demasiada esperanza en mi voz—. ¿Le cambiaron su salón de clases? —no suelen hacerlo a mitad de año, pero es la única explicación que tiene sentido. La única que posiblemente podría resultar bien.

—Oh, Robin —dice el señor Hauser.

—Nada de *Oh, Robin* para mí —digo—. Eso es lo que dicen los adultos cuando piensan que los niños nada saben de la vida, y no quiero eso. En primer lugar, no soy una niña. Segundo, cualquier cosa de la que no haya sido consciente antes de hoy, bueno... ya no está ahí.

Parece nervioso por la posibilidad de que alguien esté escuchando en el pasillo. Entro al salón y cierro la puerta. Estas cosas no aíslan por completo el sonido, pero son pesadas. Y sólo tienen una pequeña ventana, con pequeños cuadrados grabados sobre el vidrio.

—Entonces, ya sabes que soy *gay* —dice en voz baja.

—Sé que *yo* soy *gay* —digo sin ningún tipo de control en el volumen—. Y tras aplicar ingeniería inversa, supe que tal vez usted también lo es.

El punto había estado justo ahí, en el hecho de que él se había conectado conmigo en algún nivel que yo no había podido ver del todo. En la forma en que me ofreció su salón de clases como un lugar seguro para los días en que no pudiera soportar que mis compañeros me abrumaran. Incluso en la forma en que Dash pensaba que era espeluznante.

A pesar de toda su retórica de los Nerds Dominarán el Mundo, en realidad Dash no habla del levantamiento de los raros y los verdaderamente excluidos. Se refiere a tipos como él, que tienen la intención de usar su cerebro para ganar mujeres y dinero y todas las otras cosas a las que se sienten que tienen derecho. Sólo quieren invertir la pirámide de los deportistas. Si Dash supiera que soy *gay*, sería el primero en reírse de mí, en azuzar al monstruo de esta escuela tras de mí.

No puedo creer que me haya sentado a su lado en la clase del señor Hauser durante la mitad del año y haya hablado con él como si fuéramos amigos. No puedo creer que haya escuchado a Kate hablar sobre lo genial que es con su voz dulce y pegajosa, sin señalar que en realidad, la mayor parte del tiempo, él no es ni remotamente una buena persona.

No puedo creer que le haya contado sobre la Operación *Croissant*.

—Bueno, Robin —dice el señor Hauser—. Tenías razón. Sobre los dos. Quizá 1984 sea un año mejor para los *gays* de Hawkins.

Mis ojos se abren tanto que puedo sentirlos estirando sus límites externos. El hecho de que estemos hablando de eso, de que estemos en este espectáculo de terror de una escuela preparatoria, de estar en verdad pronunciando estas palabras en voz alta (incluso si son sólo entre nosotros) tiene que ser una buena señal, ¿verdad?

Pero luego niega con la cabeza con tanta amargura que sé que estoy equivocada.

Él sólo está siendo así de obvio, explicándome la situación en estos términos tan sencillos, porque ya no importa.

—No es que vaya a estar en Hawkins mucho tiempo más —dice—. En verdad, me habría gustado que tuviéramos más tiempo.

—No —digo—. Esto no está pasando. Acabo de llegar a este punto. Yo apenas descubrí esto y… no puede irse.

—Me temo que me veo obligado.

Me coloco entre el señor Hauser y la puerta, con los brazos cruzados. No permitiré que se vaya sin haberme dado más. No permitiré que se vaya, *punto.*

—Usted es el mejor profesor de esta escuela. Y cuando digo que es el mejor, me refiero a que es el único que *enseña.*

Suelta una risa, pero incluso eso suena agridulce. El señor Hauser rodea el escritorio y noto que no viste su habitual traje café. Está usando unos jeans y una playera blanca. Su vestuario resalta lo joven que es en realidad. El señor Hauser es un adulto, sí, pero está más cerca de mi edad que la de mis padres.

Ha estado usando el *tweed* como su propio camuflaje.

Sé lo que se siente ahora. La desesperada mezcla. La esperanza de que si te mantienes a raya, nadie notará que no eres parte de lo ordinario. Lo he estado haciendo desde que llegué a la preparatoria, sin que supiera bien por qué.

—¿Qué está pasando, señor Hauser? —pregunto.

—También podrías llamarme Tom —dice.

—Mmm. No. Gracias a su clase, sé lo suficiente sobre presagios para ser consciente de que llamarlo Tom significa que las cosas están a punto de cambiar de una manera que no me gustarán. Me quedaré con Señor Hauser.

—Robin, tú ya sabías sobre los presagios desde que estabas en cuarto grado. Eres mi mejor alumna.

—No leí *Fiesta* —admito—. Ni siquiera abrí el libro.

El señor Hauser levanta una ceja rubia.

—Todas las verdades están saliendo a la luz ahora —por un segundo vuelve a ser ese tipo áspero. Así es como se supone que debe ser. Se supone que yo debo admitir cosas, y se supone que él debe hacerme sentir que todo va a estar bien.

Se supone que debe decirme que no estoy sola.

En cambio, se sienta en el borde de su escritorio desocupado y se pasa ambas manos por el cabello, arruinando la pulcra apariencia docente.

—Robin, no vamos a llegar juntos a la unidad de Shakespeare, pero sabes lo que es una *hamartia*, ¿cierto?

Después de un segundo de farfullar, mi cerebro tose la respuesta.

—Un defecto trágico.

—Bueno, creo que mi único gran defecto es... —me temo que va a decir que es *gay*. O no poder *dejar* de ser *gay*. Hago una mueca ante lo que creo que viene— que amo mi trabajo.

—¿Cómo es posible que eso sea un defecto? —pregunto.

Señala uno de los pupitres. Estoy sentada encima de él, en una posición espejo de cómo él está en su escritorio.

Dará una lección, a una única alumna.

—El año pasado fue el primero que trabajé en la Preparatoria Hawkins, pero no fue mi primero como profesor. He trabajado en tres preparatorias diferentes desde que comencé mi carrera. Tres escuelas en diez años. Cada vez que empiezo en un lugar nuevo, agacho la cabeza y enseño. Hago lo mejor que puedo con los libros que me asignan y los estudiantes que se presentan, y espero... que sea suficiente. Pero, casi como un reloj, me enteraba de que un maestro en un distrito cercano, a veces en mi propia escuela, era despedido... por ser como nosotros.

La injusticia me atraviesa, me mantiene fría a pesar de los ruidosos calentadores que nos brindan su calor.

—Así que sigo adelante. En silencio. Me aseguro de que mi vida personal permanezca fuera del radar público.

Lo cual, de nuevo, me pone furiosa e incluso comienzo a temblar. El señor Hauser no debería tener que esconderse así. Nadie debería tener que hacerlo. Rodeo mi cintura con mis brazos y trato de fingir que es sólo porque todavía estoy cubierta de aguanieve.

—¿Eso es lo que está pasando ahora? —pregunto—. ¿Lo despidieron? ¿Por ser...?

—No precisamente —dice—. Piensa en esto más como ver el futuro y actuar en consecuencia. Como Cassandra, la profeta griega condenada, excepto que ya sé que nadie va a escuchar ni a importarle. He tenido cuidado en mis situaciones anteriores, Robin. Podría haber estirado las cosas durante unos años más antes de tener que moverme. Esperaba poder hacer eso en Hawkins, quizá quedarme aquí cinco años, incluso diez. Pero... me enamoré de alguien.

—¿En *Hawkins*? —no puedo evitarlo, ésa es la primera pregunta que irrumpe en mi cabeza.

—Hay *gays* en todas partes, Robin —el señor Hauser no parece decidir si se divierte conmigo. Una sonrisa se cierne sobre su rostro, luego mengua—. Durante las vacaciones, alguien nos vio juntos. No estábamos siendo lo suficientemente cuidadosos. Salimos muy tarde, caminando por el tranquilo pueblo bajo las luces navideñas, tomados de la mano —hace una pausa, al parecer inseguro de admitir el resto—. Nos besamos una o dos veces. La felicidad se me subió a la cabeza, supongo —intento imaginar al rudo señor Hauser, vertiginosamente enamorado—. Encontramos después una nota anónima en mi auto. Alguien debió haberme reconocido. Podría ser un padre, un estudiante... No importa, en realidad. Amenazaron con decírselo a la junta escolar.

Un escalofrío me parte por la mitad.

—Debe haber alguna forma de encontrar a quien lo vio —digo—. Para evitar que hable.

El señor Hauser termina de llenar la caja de su escritorio con una rapidez renovada.

—Por mucho que aprecio la oferta de una investigadora aficionada… debo hacer esto rápido. En cuanto alguien diga una sola palabra de esto a la junta, en un trabajo en el que me encuentro con jóvenes todos los días… mi carrera habrá terminado.

Pienso en mis padres, en cómo me enseñaron a levantarme y gritar cuando algo está mal. (Juro que nunca volveré a burlarme de su pasado hippie.)

—Iremos a la junta escolar y nosotros se lo diremos primero. Pelearemos…

—No hay duda del resultado, desafortunadamente. No ahora. No aquí. Y una vez que esté en mi historial, no habría muchas posibilidades de que consiga empleo. Tendría que dejar el trabajo que amo por alguna razón indefinible. Tendría que renunciar a estudiantes como tú.

—Pero me está *abandonando* —digo.

Y en el momento en que más lo necesito. Me está abandonando en este lugar.

—Estarás bien —revisa el pensamiento rápidamente—. Todavía mejor. Serás *Robin*.

—¿La chica más rara de Hawkins, Indiana? —lo intento, con una débil sonrisa.

Ahora hay gente afuera, en el pasillo, moviéndose en masa. He conocido a la mayoría de estas personas durante la mayor parte de mi vida. Pero ahora, sabiendo que cualquiera de ellos podría haber dejado esa nota en el auto del señor Hauser, cada rostro me llena de un nuevo pavor.

Suena la primera campana.

El señor Hauser toma la caja que estaba llenando con sus libros, su taza de café, las pocas cosas lamentables que se lleva consigo.

Me quedo donde estoy, atascada en el pupitre, incapaz de moverme.

Mi voz vuela para atraparlo en la puerta.

—Una vez me dijo que cuando uno no está escapando... lleva a alguien consigo.

Toda la compostura desaparece del rostro del señor Hauser. Desearía no haber dicho eso, porque sé la respuesta antes de que él admita:

—Yo tengo razones para irme. Él tiene razones para quedarse.

Abre la puerta con el hombro y me deja en su salón vacío, con un último asentimiento brusco. Si me deja ver algo más de su reacción emocional, la relación alumno-maestro se desintegrará por completo. Los maestros pueden ser honestos frente a los estudiantes en circunstancias extremas, pero no pueden *llorar*.

El señor Hauser me deja sola con el calentador en marcha y el maestro sustituto entrando, como si nada hubiera pasado.

Puede que nunca sepa exactamente quién dejó esa nota anónima en su auto, pero sé exactamente a quién culpar. Me acerco tranquilamente al pizarrón, tomo un pequeño trozo de gis blanco y escribo con letras altas:

La preparatoria Hawkins es un monstruo.

Tema de discusión.

TERCERA PARTE

CAPÍTULO TREINTA Y DOS

La expareja del señor Hauser podrá haber tenido sus razones para quedarse en Hawkins, pero yo estoy más convencida que nunca.

Necesito salir de aquí.

Mis noches en el cine se han convertido en un escape de mis días en la escuela, pero no son suficientes. Por un lado, tengo que ver las mismas películas una y otra y otra y otra vez, y cuando una película no es muy buena para empezar, la monotonía es suficiente para sentir un gran deseo de gritar. Uno de esos gritos de película de terror clase B, horrible y conmovedor. Sobre todo cuando la cara de Tom Cruise está involucrada.

Luego, está el hecho de que no importa cuántas películas vea, no hay nadie como yo en la pantalla. Ni siquiera un indicio de alguna persona *gay*. Tal vez los cines de arte en algún lugar estén repletos de lesbianas, pero esas películas no se hacen en Hollywood y no se proyectan en Hawkins. Y la televisión definitivamente tampoco ayuda a mejorar la situación. Si la gente de este pueblo quiere actuar como si no existiéramos, o si no existimos *aquí*, se les está dando una muy buena excusa.

Por otro lado, el cine es el lugar de los rituales de citas más obvio del pueblo. Si tengo que ver a una pareja más acariciándose en la fila de boletos o actuando como si nadie pudiera verlos cuando están a sólo un paso de reproducirse, en la última fila del cine, podría implosionar.

Intento concentrarme en las pequeñas cosas.

Recibir los boletos. Rasgar los boletos. Hacer bromas con Keri sobre lo absurdo de *Footlose: Todos a bailar*. (Créeme, un pueblo como ése no se puede cambiar con unos pocos números musicales.) Sonreír a Sheena Rollins, que viene al menos una vez a la semana con una bolsa llena de tejidos y trabaja en silencio en sus suéteres blancos extragrandes mientras observa sola una película, rompiendo la regla no dicha de que las salas de cine son sólo para parejas y grupos de amigos. Alumbrar intencionalmente con mi linterna a los ojos de las personas que están rompiendo las reglas, incluidos los que intentan hacer un bebé en la última fila. Servir las palomitas de maíz con una pala.

Ganar dinero.

Ahora tengo más que suficiente para mi boleto de avión, y me faltan doscientos billetes para el segundo. Todavía sueño con preguntarle a Tam, pero sólo es eso: un sueño. Ya ni siquiera un sueño en la vigilia, porque tengo demasiado miedo para mantenerlo en el aire durante las horas del día. Pienso en eso a altas horas de la noche, pero cada vez me alejo más de hablar con ella en la escuela. Me aterroriza la idea de resbalarme y, de alguna manera, terminar diciendo algo.

Sobre el hecho de que me gustan las chicas.

Sobre el hecho de que me gusta *ella*.

En este punto, la idea de ir a Europa con Milton el próximo verano es lo único que me salva de un colapso total. Las entradas para el baile de graduación saldrán a la venta al final de la semana, y si para entonces no le ha pedido a Wendy DeWan que vaya con él, tendré que intervenir. Nuestra amistad ha estado en suspenso durante el tiempo suficiente.

Esta noche el cine está proyectando *Se busca novio*, lo cual no sería particularmente emocionante, salvo porque Keri me dijo que nuestro proyeccionista habitual (un tipo de veintitantos años llamado Russ que reprobó la escuela de cine y regresó a Hawkins) pronto necesitará algo de tiempo libre y, por lo tanto, comenzará a entrenarme.

Pronto estaré a cargo del destino de la audiencia.

Además, me pagarán el doble por los turnos de proyeccionista.

Eso pagará *tantos* pastelillos de desayuno.

En Francia, los *croissants* de chocolate son *de rigueur*. En Italia, tienen su propia versión, llamada *cornetti*, ya sea simple o llena de perfectas nubes de espesa crema pastelera. Y en España hay muchas otras opciones tentadoras: magdalenas de limón, torrijas bañadas en canela o miel, panes dulces como las ensaimadas, que quedarían perfectas con una pequeña *taza de café*.[4] No es que beba café. Pero *podría*.

Me pregunto qué más aprenderé a hacer cuando me haya ido. Me pregunto quién seré cuando regrese.

(Sin embargo, entre más pienso en eso, más difícil me resulta imaginar la parte del regreso. Desde que el señor Hauser se marchó, desde que este lugar lo ahuyentó, mi cerebro se ha vuelto muy bueno para bloquear el viaje de regreso.)

—Robin, ¿estás escuchando? —pregunta Russ, frustrado.

---

4 En español en el original. [N. del T.]

—Por supuesto —digo, sólo la mitad de mí está en este estrecho y pequeño espacio sobre el cine, con Russ.

La otra mitad está caminando por grandes avenidas y callejones empedrados, vagando de museo en museo, vistiendo pantalones anchos y camisas a rayas y tal vez incluso un alegre sombrero, quién sabe. Sonriendo a una chica bonita, esperando que ella le devuelva la sonrisa. Preguntándole a *ella* qué tipo de pan prefiere para desayunar.

Éstos son mis nuevos sueños. Los únicos que importan. Puedo imaginarme siendo yo misma, toda yo, pero sólo en otro lugar.

—Robin. En serio. Tenemos que empezar la película, y tú estás ahí parada sosteniendo el primer carrete.

—Oh. Claro.

Russ me muestra cómo enhebrarlo y hacer que la imagen cobre vida. Parece bastante simple.

En cuanto comienza la película, mis ojos se desenfocan. Ya la he visto tres veces y hay algunos problemas importantes. Uno: Shermer, Illinois, podrá ser un lugar inventado, pero John Hughes es demasiado preciso sobre lo horrible que es ser un adolescente del Medio Oeste. El vaporoso vestido rosa al final no puede cancelar toda la tortura social que lo precedió (sin mencionar que otra chica fue entregada a un nerd como si fuera un premio ganado en la sala de *arcades*). Dos: todo se trata de ser una chica exactamente de mi edad que, por supuesto, anhela al chico perfecto, como si una chica de dieciséis años no pudiera desear algo más.

Tres: el cabello rojo corto y despeinado de Molly Ringwald nunca dejará de recordarme a Tam.

—Vuelve en un momento y cambia los carretes —dice Russ.

—¿No debería quedarme aquí?

—No puedo verte mientras ves esta película. Tu cara está reflejando demasiados sentimientos. Y me estresa.

—Vaya. Gracias.

Corro hacia la barra de la dulcería, que está relativamente desierta porque ya se está proyectando la película. Sólo está Keri, comiendo Junior Mints y leyendo la última *Redbook*.

—¿No quieres ver la película? —pregunto mientras me sirvo mi cena habitual de palomitas de maíz y refresco. Keri no me cobra, porque los llama "recursos renovables" de la industria del cine.

—No quiero ver ésta —dice ella—. Sólo me entristecería que mi novio no se parece en nada a Jake. Él ni siquiera es la mitad de un Jake. Tal vez sea un cuarto de Jake —Keri habla mucho de su novio, pero nunca *me* presiona para que yo hable de chicos—. Todo es una gran fantasía inútil.

—Demasiado bonita para ser verdad —digo, mirando a nuestro deprimente pueblo, donde un vestido para la fiesta de graduación es lo único que la mayoría de la gente espera con ansias.

—¿Estás bromeando? —se burla Keri—. Esa película es más fantasía que *El regreso del Jedi*, que tiene espadas mágicas brillantes y ositos de peluche guerreros.

—Espera —digo, lanzando palomitas de maíz al aire, en un arco hacia mi boca—. ¿Por qué Molly Ringwald está feliz al final?

—Porque ella piensa que conseguir al chico *significa* ser feliz. Yo tengo al chico y, sinceramente, no es la gran cosa.

Vaya. Yo solía desdeñar las citas en todas sus formas, pero sólo porque no podía ver con quién quería salir en realidad. Ahora no puedo imaginarme pensando en las citas como *no la gran cosa* nunca más.

—Toma —dice Keri—. Te invito un Milky Way si haces mis rondas por la sala.

No es un *croissant* de chocolate, pero nunca le diría que no a un Milky Way.

—Hecho.

Tomo su linterna y la llevo a la sala oscura, merodeando por todos los rincones y asegurándome de que nadie tenga los pies sobre los respaldos de los sillones. Una parte de mí tiene la esperanza de que algún día encontraré a dos chicas tomadas de la mano en la oscuridad. Quiero saber que están aquí. El señor Hauser dijo que hay *gays* en todas partes, y sé que es verdad, pero necesito verlo.

Lo único que veo son estudiantes de secundaria lamiendo Milk Duds y lanzándoselos al cabello unos a otros. Doy vuelta en la esquina en la parte delantera de la sala y empiezo a subir por el segundo pasillo. Desde la pantalla llega el sonido de la falsa música "china".

Oh. Cierto. Aquí hay un cuarto problema con esta película. El único personaje asiático se usa como una broma de larga duración. Puede que me moleste que Hollywood ignore intencionalmente a personas como yo, pero convertir la existencia de alguien en una broma es horrible en otro nivel. Pienso en Milton angustiado. Me angustio por él.

—¡Esta película es un desastre! —grito—. ¡Por si no se habían dado cuenta! —la mayoría de las personas están demasiado ocupadas arrojándose palomitas de maíz unos a otros como para preocuparse de que una empleada se haya rebelado en el pasillo.

Y entonces, un nuevo problema me desconcierta.

Hay un par en la última fila. Puedo ver la silueta del cabello desde aquí: Steve Harrington. Sólo puedo ver la forma de una chica apoyada contra su pecho en la oscuridad, pero es pequeña como Tam, y de repente se siente como si caminara hacia algo que en verdad no quiero ver.

Y entonces, comienzan a besarse. Allí mismo, en la sala del cine, justo como se supone que no deben hacerlo.

¿Los interrumpo? ¿Me protejo de tener que ver lo que está sucediendo en detalle?

Empuño mi linterna y me dirijo allá, lista para lanzarme sobre el exhibicionista de Steve Harrington. Pero antes de que llegue al pasillo, la chica sale corriendo del cine como si tuviera una misión urgente.

Quizá tenga que orinar. Tal vez está huyendo del escenario de una mala cita.

Sea lo que sea, la sigo por el pasillo, pero antes enciendo por un instante mi luz directo a los ojos de Steve cuando paso junto a él.

—¡Hey! ¡Cuidado con esa cosa! —grita Steve.

—Cuidado tú, AquaNet —espeto.

Se pasa una mano por el cabello con aire cohibido, y no puedo evitar sentirme un poco victoriosa.

Al otro lado de la puerta del vestíbulo, el sonido de la película se amortigua al instante. Keri está sumergida en su *Redbook*, y la puerta del baño de mujeres se está cerrando. Corro y empujo hacia dentro. En realidad, no sé por qué lo estoy haciendo. Sólo sé que si es Tam, necesito estar ahí para ella.

Incluso si nunca le gustaré.

Pero la chica que está en el baño, mirándose en el espejo como si hubiera olvidado por completo cómo luce, no es Tam.

Es Nancy Wheeler.

Tiene una cara en forma de corazón y aprieta la barbilla con fuerza. Está tan pálida que uno pensaría que está viendo una película mucho más aterradora. Viste una falda hasta los tobillos y perlas como Dios manda. Mi primer instinto es preguntarle cómo logró que Steve Harrington aceptara venir a ver esta película, para empezar. El segundo es decir algo divertido sobre sus perlas.

Pero no lo hago porque ella está llorando: sollozos entrecortados y fuertes, con muy poco control.

Y aunque apenas la conozco, debo hacer algo.

¿Éste es mi trabajo ahora? ¿Defender a las chicas de este pueblo de los chicos que no las merecen? Nadie más parece dispuesto a hacerlo.

—Hey, ¿tu novio salió con algo tonto allá dentro? —pregunto, cruzando los brazos sobre mi casaca oficial de trabajo—. Porque con todo gusto podría echarlo a patadas.

Toma una toalla de papel marrón áspera y se limpia la nariz.

—¿Qué? ¿Steve? No —dice su nombre como si Steve fuera lo último que está en su mente. Como si él fuera el menor de sus problemas.

Lo cual... no es lo que esperaba.

—¿Qué ocurre? —pregunto. Quizá no debería entrometerme, pero ya estoy aquí, y ella todavía está molesta, incluso si sus lágrimas se han secado.

—Sólo estoy preocupada —dice Nancy—. Por mi mejor amiga.

—¿Te refieres a Barb Holland? —pregunto, mi adorada Barb de principios de este año, repentinamente vuelve a mí—. ¿Has sabido algo de ella?

La boca de Nancy se tuerce con fuerza, pero parpadea lo suficientemente fuerte para contener las lágrimas.

—No.

—¿Ella está bien?

—No lo creo —dice, con la voz hueca y los ojos fijos en el espejo. Luego se gira hacia mí—. Olvídalo. Olvida que dije algo.

Y se marcha.

Si Nancy no ha sabido nada de ella, ¿por qué parece tan segura de que Barb *no está bien*? ¿Es el silencio de una mejor amiga un signo en sí mismo, una razón para pensar que podría haber sucedido algo terrible? Por primera vez desde que Barb desapareció, siento verdadero miedo por ella.

Pienso, en contra de todas las autorregulaciones, en Kate. Nuestro silencio se ha extendido cada vez más, sobre todo porque yo no quiero lidiar con Dash, y Kate no rompió de inmediato con él después de que dejé esa nota en su casillero. Intentó hablar conmigo un par de veces, me dejó sus propias notas, llamó a casa y luego se rindió, cuando comprendió que yo no estaba leyendo las notas ni devolviendo las llamadas. En realidad, no me importan sus excusas. Ella sabe la verdad sobre lo horrible que fue Dash esa noche. Y tomó su decisión. Eligió a su novio sobre su mejor "amiga".

(Bien, *ahora* entiendo por qué esa palabra me molesta.[5] Porque Kate es una chica y solía ser mi amiga, pero ése era un sentimiento muy diferente al que experimento cada vez que veo a Tam. O que pienso en Tam.)

—Vamos, Buckley —me digo en el espejo del baño.

Regreso al vestíbulo justo cuando los gritos brotan de la sala de cine.

La audiencia comienza a salir por las puertas dobles, todos gritando y quejándose unos de otros, en un tumulto de voces

---

[5] En inglés, amiga se dice *girlfriend*, la misma palabra puede usarse también para decir "novia". [N. del T.]

descontentas. Keri está parada en la taquilla tratando de calmar a todos. Echo un vistazo a través de las puertas abiertas hacia la sala, donde la película se ha convertido en un negro crujiente y la película ha desaparecido.

—¡No regresaste! —grita Russ desde la puerta abierta de la sala de proyección.

—¿No podías haber cambiado los carretes tú por esta vez? —grito incrédula.

—Se supone que tú te estabas entrenando. Es *tu* trabajo.

—Ya no —dice Keri—. Lo siento, Robin. Derretir la película es una especie de falta imperdonable. Estás fuera.

Me entrega un Milky Way como premio de consolación.

No puedo decir que lamento haber arruinado esta película. Así que me quito la casaca de trabajo, contenta de llevar otra debajo, y la arrojo al suelo mientras salgo.

Estaba tan cerca de tener todo el dinero que necesito para la Operación *Croissant*, pero no puedo seguir esperando. Cuando salgo de la caverna intemporal del cine, casi puedo saborear el verano en el aire.

Ya es mayo.

Es hora de ver si cuento con Milton.

CAPÍTULO TREINTA Y TRES

No debería sentirme tan nerviosa mientras estoy parada frente a la puerta de la casa de Milton Bledsoe.

Pero necesito que sepa sobre el plan. Necesitaba que supiera sobre el plan desde hace seis meses. Así que cuando bajé del autobús a mitad del camino a casa, en lugar de caminar hacia mi vecindario, me dirigí a casa de Milton, una calle que medio troté torpemente sin detenerme. Si ésta fuera una gran película de Hollywood como las que pasamos en el cine, la gente que me estuviera viendo temblar y sacudirme cuando llamo al timbre quizá se preguntaría si estoy a punto de proponerle matrimonio.

Milton abre la puerta, con aspecto confundido. Y un poco sin aliento. Y sin nervios. Vaya, incluso extraño cómo su ansiedad contrae su rostro.

—Hey —le digo—, ¿podemos hablar?

—¡Robin Buckley! —grita, su voz amplificada como si estuviera informando a un tercero que he llegado. Al principio, creo que sus padres o su hermanita se acercarán a la puerta, pero luego aparece Wendy DeWan. Como por arte de magia. Ella también está sin aliento, usa pantaloncillos cortos rosas y bebe una de esas cervezas de raíz Snapple Tru que el padre de Milton tiene guardadas en el refrigerador todo el tiempo.

—¡Hey, Robin! —repite ella—. ¿Quieres pasar un rato con nosotros?

—¡Oh! ¡No! Quiero decir, no quería interrumpir... —le dirijo a Milton una mirada inquisitiva. Porque... ¡¿qué está pasando?!

—Entonces, esperaré en la sala —ella le dirige a Milton su propia mirada, que completa con una sonrisa ardiente. Mi rostro se enciende de calor. No sé si es porque Milton se está sonrojando y yo me sonrojo por propiedad asociativa, o porque Wendy es en verdad hermosa y no puedo evitarlo.

—¡Lo hiciste! —susurro-grito en cuanto ella se va.

Milton se mete las manos en los bolsillos y se encoge de hombros.

Inspecciono sus labios: hinchados. Y su respiración comienza apenas a regresar a la normalidad.

—¿Se estaban besando cuando timbré? —Milton parece estar a punto de derretirse en una viscosa sustancia avergonzada y derramarse por todos los escalones de la entrada—. De acuerdo, tomaré esa reacción como un sí.

Sacude la cabeza, pero está sonriendo.

—¿Y ella aceptó? —pregunto—. Me refiero al baile de graduación.

—Ella rechazó mi invitación para el baile de graduación, pero vino a besarse conmigo de cualquier forma —dice Milton inexpresivo.

Grito en la casa:

—¡Por favor, denme una almohada para que se la pueda arrojar!

La verdad es que estoy orgullosa de él. Hizo lo que quería, incluso si le resultaba extremadamente difícil trabajar en ello, incluso si tuvo que desterrar mil ansiedades. La otra verdad es que estoy celosa exactamente por las mismas razones.

—¡Espera! —dice—. Tengo algo para ti.

Desaparece por un segundo y luego regresa con una tarjeta blanca cargada de escritura cursiva. Muy elegante.

—Es un boleto para el baile de graduación. Con mi nombre. Me acabas de decir que Wendy...

—Ella sí quiere ser mi pareja para el baile. *Es* mi pareja. Y tal vez, posiblemente, mi novia —se sonroja de nuevo, pero continúa con valentía—. Puede que haya admitido que dejé de pasar el rato contigo porque la gente se estaba poniendo rara con eso, y entonces ella se enojó un poco de que me hubiera deshecho de una amiga así, sin más, sobre todo en su nombre. Entonces se me ocurrió un plan. Wendy consiguió un boleto con su amigo James. Y tengo éste para ti. Una vez que lleguemos, Wendy será mi pareja. Y tú también puedes venir y puedo disculparme por todo este asunto —sostiene el boleto con el brazo extendido—. Tómalo. Por favor.

—No tengo ningún interés en el baile de graduación —digo, honestamente— Tengo incluso un antiinterés en el baile de graduación.

Literalmente, nunca pensé en ir. Incluso cuando esté en el último grado, tengo firmes planes de escapar del baile.

—Pero tocarán pésima música —dice Milton—. ¿Quién más se va a burlar de eso conmigo? Además, si dices que no, siempre te preguntarás cómo habría sido. ¡Las decoraciones absurdas! ¡Los vestidos de tafetán!

—Sí, pero si yo fuera, tendría que *usar* uno de esos vestidos —básicamente, son un uniforme. Todo el mundo usa uno, es sólo cuestión de qué tan esponjadas están las mangas—. Tú al menos puedes ponerte un simple traje.

—El viejo esmoquin azul pálido de mi hermano —dice—. No te puedes perder eso. ¿Cierto?

Tiene una sonrisa esperanzada en el rostro. Y creo que me extrañó tanto como yo a él durante los últimos seis meses. Pero no puedo ir al baile de graduación por Milton. No puedo someterme a ese tipo de tortura adolescente por nadie.

—Confía en mí —digo con mi mano sobre mi pecho, haciendo un juramento muy sincero—. No voy a tener un agujero con forma de baile en mi corazón.

Suspira y finalmente se guarda el boleto en el bolsillo.

—Bien, pero si cambias de opinión, tu nombre está en la lista como mi pareja, así que…

—Tengo otras cosas que planear, en realidad —respiro hondo y me sumerjo de lleno—. Me iré a Europa este verano.

—¡Vaya! Eso es absolutamente genial. ¿Te van a llevar tus padres?

Niego con la cabeza. Aquí va.

—Esperaba que tú vinieras conmigo.

—Oh…

Ese pequeño sonido es suficiente para hacer que mis esperanzas se sumerjan de lleno en el abismo.

—Me encantaría hacerlo, Robin. En verdad, me encantaría. Pero les prometí a mis padres que ayudaría con Ellie este verano. Y Wendy… Quiero decir, ella se irá a la universidad en otoño… No tenemos mucho tiempo…

—Necesitas estar aquí. Aunque lo odies.

—Sí.

Intento no dejar que la amargura infecte mi voz.

—De acuerdo. Sí, por supuesto. Encontraré a alguien más.

Pero, literalmente, no puedo imaginar a quién más podría estarle preguntando en este momento. No a Kate o a Dash, siendo Kate y Dash. No a Tam, cuando pensar en ella de cualquier forma, y más si incluye una escapada a Europa, me pone tan nerviosa que ni siquiera consigo respirar bien. Intento concentrarme en la parte de esto que sí está *funcionando*... la parte que puedo controlar.

—Ya tengo suficiente dinero para mi boleto de avión. Pero luego me despidieron del cine por haber *quemado* la película. Literalmente.

—Vaya, en verdad que me he perdido de mucho —dice Milton.

Pienso en Tam. En todo lo que he descubierto.

En verdad, se ha perdido tanto.

CAPÍTULO TREINTA Y CUATRO

¿Recuerdas que le dije a Milton que nunca me pondría un vestido de tafetán e iría al baile de graduación? Resulta que sólo tenía la mitad de razón.

Es viernes por la noche y Hawkins está en las garras sudorosas de la fiebre del baile de graduación. Los estudiantes en la escuela han pasado toda la semana creando espectaculares fuegos artificiales sobre cada detalle —traslados, peinados, ramilletes— y contando cada minuto que falta. Apenas los he visto mientras zumbaban a mi alrededor. He estado demasiado ocupada con algunos planes de última hora.

Ayer, fui a la única tienda de segunda mano de Hawkins y encontré un vestido de segunda mano que me quedaba bien. (No como un guante. Más como una envoltura de salchicha.) Es de color violeta eléctrico y tan brillante que básicamente funciona como espejo. Gasté once preciosos dólares de mis fondos de la Operación *Croissant* en esta cosa horrible.

Estoy metida en un uniforme de graduación, pese a que nunca pensé que usaría uno.

Pero todo está al servicio de mi plan.

Me agacho frente al espejo en mi escritorio, tratando de que todo mi cuerpo se refleje dentro del pequeño cuadrado, revisando mi cabello (peinado), mi lápiz labial (también violeta brillante) y mi expresión (una mezcla de alegría y de terror).

Mis padres piensan que me veo así porque voy a tener mi primera cita. No es que les haya mentido, sólo les dije que iría al baile de graduación con Milton. Pero tampoco negué las conclusiones que de ahí sacaron. Me limité a los hechos. Él me compró un boleto. Él quiere que vaya.

(Nadie preguntó, por una vez, dónde quiero estar *yo*.)

Hay un pequeño bolso, ya empacado, bajo mi cama. El reto será meterlo a escondidas en el auto sin que mis padres lo noten. Ahora tengo mi permiso de aprendiz de conductora y papá me dio algunas lecciones justo después de mi decimosexto cumpleaños, pero no voy a dejar su auto e irme a Chicago. Es demasiado parecido a lo que pasó con Barb: su coche abandonado afuera de esa fiesta.

Tengo que creer que ella lo logró. Que está viviendo una vida increíblemente grandiosa lejos, muy lejos de aquí. La alternativa es demasiado inquietante. Si Barb no escapó, eso significa que Hawkins simplemente... se la tragó de alguna manera. Que el monstruo con el que he estado luchando todo el año se apoderó de ella y no la soltó.

Me sacudo un escalofrío.

Para adaptarme a la narrativa que planteé, dejaré que mis padres me lleven al baile de graduación (lo cual sería una humillación para cualquiera a quien en verdad le importara el baile, pero en mi caso, es una mera elección práctica). Esperaré hasta que hayan salido del estacionamiento, cambiaré mis tacones altos por zapatos deportivos, caminaré hasta la estación de tren, que está a un kilómetro de distancia, y ahí tomaré el último tren a Chicago. Se supone que debo llegar al aeropuerto justo a tiempo para comprar un boleto para el vuelo que sale a medianoche. El Medio Oeste se verá oscuro y dócil a medida que me eleve por encima de él, dejando finalmente este lugar atrás.

Ocho horas después, estaré aterrizando en París.

Es salvaje, en realidad. Si lo puedes pagar, puedes deshacerte de toda tu existencia como si se tratara de un simple suéter viejo. Puedes cambiar tu vida en una sola noche.

Decidí cambiar mis planes justo después de que me enteré de lo de Milton y Wendy, o sea, en cuanto comprendí que estaba realmente sola. Por un lado, no tenía a nadie a quien llevar, después de todo el tiempo que había pasado esperando a que Milton pudiera hablar conmigo de nuevo. Por otro, ya había reunido mucho dinero y podía viajar sola.

La libertad se sentía vertiginosa y ligeramente aterradora. Me pregunto si esto es lo que sentiré cuando despegue en el avión esta noche.

Sé que el señor Hauser quería que viajara con un amigo, que cree que debería compartir esta experiencia con alguien. Él no quiere que me sienta sola, pero debería entenderlo más que nadie: a veces tienes que salir del pueblo en tus propios términos. Lo mejor que puedo hacer es marcharme antes de que este sentimiento empeore. Todos los días, desde el momento en que las amigas de Tam encontraron esa carta, el deseo de irme se ha vuelto cada vez más intenso, y poco a poco se apodera de cada centímetro de mi piel.

De cualquier manera, no es que me vaya a perder de mucho si me voy antes. Las últimas dos semanas de escuela son una broma de mal gusto sin final feliz, que se extiende cada vez más, mientras no aprendemos nada de nuestros maestros y el horno de ladrillos del edificio se calienta en incrementos de cinco grados.

Y sólo soy una estudiante de segundo año, lo cual es una buena noticia por una vez. Me meteré en problemas por perderme esas dos semanas, tal vez, pero no importará a la larga.

Sin embargo, en el instante en que pienso en Hawkins *a la larga*, me siento mal.

Quizá no vuelva a casa.

No quiero que mis padres se preocupen demasiado. Los llamaré desde el aeropuerto y les enviaré una postal desde todos los lugares a los que vaya. Quizá también envíe una a Milton y Wendy.

Reviso mi bolso de nuevo. Pasaporte, dos mudas de ropa, unas barras de granola, un libro para el avión. La Polaroid que compré el día que decidí ir a Europa. (Me veo mucho mayor ahora. ¿Eran ésas en verdad mis mejillas de ardilla?) Mi libreta con todos los planes que he fantaseado en el transcurso de un año, con una página arrancada. Una página que lo cambió todo.

Cuando salgo de mi habitación, mis padres se arrojan sobre mí, algo que en verdad no esperaba. Papá incluso sacó su propia cámara, la Kodak, y me está tomando fotos mientras camino por ahí con mi vestido.

—Te ves hermosa —canta mamá—. Simplemente hermosa, Robin —no puede gustarle en realidad este atuendo justo a ella, ¿cierto?—. Tu alma está brillando tanto en este momento.

¡Ah! Eso tiene sentido. Pensar en irme es suficiente para que mi alma de felices volteretas.

Papá suspira. Aguanto la respiración, temerosa de que diga algo sobre lo rápido que he crecido. No estoy segura de poder con algo así en este momento. Si se conmueven, yo me conmoveré, incluso si sus emociones se basan en algo por completo falso (como mi cita de graduación) o por completo extraño (como este vestido). Aun así, temo que si todos empezamos a llorar ahora, romperé algunas puntadas, literal o metafóricamente, y todo lo que no les he dicho saldrá a la luz.

Pero papá sólo lloriquea un poco y dice:

—¿Lista, Robin?

—He estado lista desde el primer día de clases —digo—. Espera, sólo necesito agarrar algo —no creo que pueda escapar sin que ellos vean mi bolso, así que tengo que comprometerme con mi primera mentira real—. Es para después del baile de graduación, sólo una muda de ropa para pasar el rato en la casa de Milton.

Levanto el bolso, corriendo como un rayo de luz violeta a través de la casa, hacia la cochera.

—¡Todo bien! ¡Estoy lista!

El timbre suena de pronto. ¿Quién es?

—Oh, hola... —escucho la voz de mamá fluir desde la sala.

¿Qué está pasando? ¿Alguien notó lo que estoy haciendo y vino aquí para detenerme? ¿Se apoderaron de mi libreta, de alguna manera, y la leyeron? No, está guardada a salvo en mi bolso. Revisé el contenido tres veces. Pero tal vez alguien la tomó y la leyó y ahora está aquí...

Voy hacia la sala, sólo para encontrarme con Milton y Wendy enmarcados en la puerta principal; la noche azul, casi de verano, luce como un telón detrás de ellos. Ambos están muy bien vestidos. Nunca hubiera imaginado que alguien podría verse *bien* con un esmoquin azul claro, pero Milton lo está logrando. En lugar de su cabello normal de nerd, lo lleva recogido en una especie de pared, como una escultura abstracta, similar a algunos de sus artistas favoritos de New Wave, pero también muy suyo. El vestido de Wendy es plateado y brillante, con una falda amplia y mangas cortas. Su cabello rizado está recogido y coronado con una diadema de encaje plateado que haría llorar a Madonna.

Milton se aclara la garganta.

—Estoy aquí para recogerte. Ponte algo bonito y... —en ese momento, parece reparar en mí por primera vez desde que entré en la sala—. Vaya.

—Vaya —coincide Wendy.

Incluso su amigo James, que camina de un lado a otro en los escalones detrás de ellos, agrega su débil "vaya" en el fondo.

No estoy segura de si es una reacción favorable o simplemente sorprendida. Sé que éste es el estilo que parece gustarle a todo el mundo, pero no puedo evitar sentir que parezco un helado de uva con grandes sueños.

Milton niega con la cabeza, como si yo fuera un espejismo.

—Pensé que habías dicho que no vendrías.

—Nos dijiste que Milton no podía recogerte —dice mamá, entrecerrando los ojos como si me estuviera viendo a través de una neblina, como si no pudiera tener una imagen clara.

—Yo me ofrecí —comienza Milton—, pero Robin me dijo...

Le dirijo una mirada que significa *Deja de hablar, estás a punto de arruinar el plan secreto en el que he estado trabajando durante un año.*

Papá viene de la cochera con mi bolso abierto. Lo deja sobre la mesa, mis cosas se derraman.

—Jovencita, ¿de qué se trata todo esto? —pregunta.

En toda mi vida, nunca había sido una *jovencita*. Hace que mi garganta se cierre. Mis padres están sobre mí.

Mamá examina el contenido del bolso. Ropa, comida, pasaporte.

—Esto no se parece a lo que alguien llevaría para pasar la noche en la fiesta de graduación de un amigo. Milton, ¿tus padres están organizando una fiesta?

—No —dice, mientras Wendy le da un codazo en el costado.

Ella vio la mirada.

—¿Vas a ir a algún lado después del baile de graduación? ¿Un hotel? ¿Por qué necesitas un pasaporte? —las preguntas de mamá aumentan en velocidad e intensidad.

Papá da la vuelta al bolso y arroja el resto sobre la mesa. El fajo de dinero que metí en el fondo cae. Sobre la mesa de la cocina, luce enorme.

—¿Para qué demonios necesitas tanto dinero, Robin? —pregunta mamá.

—¿Tiene que ver con drogas? —papá hace un seguimiento rápido.

—¿Estás bromeando? —pregunto—. ¡Paso la mitad de mi tiempo en la habitación contigua a la tuya y la otra mitad en la escuela! ¡Ya te habrías enterado si consumiera drogas!

—No lo sé, Robin —murmura mamá, mirando el contenido derramado de mi bolso—. Parece que hay muchas cosas que no nos has contado…

Está bien, eso es justo.

—¿Estás metiendo a mi hija en problemas? —papá se lanza sobre Milton.

Ahora río sin control, mis emociones brincan sin parar. Porque, en serio, ¿Milton?

—Mi novio podría meter a alguien en problemas si quisiera —anuncia Wendy en su apoyo.

—¿Tu novio? —repite papá, todavía tratando de resolver esto, cuando las piezas del rompecabezas se han mezclado de manera irremediable—. ¿Así que ustedes dos no son...?

—Debe ser *otro* chico con el que se va a reunir con esa maleta preparada —dice mamá—. Un chico que ella está ocultando por alguna razón —entra entonces en una especie de estado nervioso de fuga parental. Pasea por toda la sala llevada por un frenesí, mientras pasa sin cesar las manos por su largo cabello—. Sabía que lo heredaría de mí. Lo sabía. Hice toda clase de cosas estúpidas cuando era joven, y me metí en problemas con toda clase de chicos y...

—En verdad, necesito que todos dejen de asumir que esto tiene que ver con un chico —digo en voz baja.

—Tendrás que darnos otra explicación, entonces —dice papá sentándose, como si eso de alguna manera marcara su punto final.

No es así como les diré que me gustan las chicas. Absolutamente no. Incluso en medio de un desastre, no voy a mancillar ese sentimiento.

Así que desgarro el resto de mis secretos y los vuelco sobre todo lo que acaban de encontrar.

—Creen que me voy con un chico en secreto para pagar una montaña de drogas, y luego... ¿pasarlos por la frontera con mi pasaporte de la secundaria? ¡Estoy planeando ir a *Europa*! ¡Sin ninguno de ustedes!

Cuando el polvo se asienta, hay una gruesa capa de incómodo silencio.

—Creo que deberíamos irnos —dice Milton—. Vamos a llegar tarde...

Baja los escalones de la entrada hacia las sombras. Wendy pronuncia las palabras *lo siento* y luego da media vuelta para seguirlo.

La puerta se cierra de súbito, dejándome sola con mis padres. Levanto mi bolso y lo aprieto contra mí como si pudiera de alguna manera salvar mis planes. Pero están esparcidos alrededor, junto con todo lo que empaqué tan meticulosamente.

—Cualquiera que sea la verdad, la resolveremos. Hasta entonces, no saldrás de casa —dice papá. Sostiene el grueso fajo de billetes, los que yo reuní con tanto esmero, turno por turno—. Y confiscaremos esto hasta que sepamos qué está pasando.

—Ustedes no creen en los castigos —les recuerdo.

Mamá y papá intercambian una mirada de preocupante solidaridad. Mamá señala mi habitación.

—Cuando empieces a actuar como Robin Buckley otra vez —dice papá—, ya no estarás castigada.

CAPÍTULO TREINTA Y CINCO

Esas palabras perduran mucho tiempo después de que cerré la puerta de mi habitación.

Cuando empiece a actuar como Robin Buckley de nuevo, puedo irme.

¿Y eso qué significa?

Arrojo mi bolso de viaje vacío sobre la cama y se voltea, liberando algo que sobrevivió a la Gran Purga de los Sueños de Robin.

Mi Polaroid está ahora sobre la cama.

La chica de esa foto tiene un brillo en sus ojos. Quiere ser rebelde y cree que está lista. Cree que es tan simple como subirse a un avión y despertar en un lugar nuevo. Ahora, con ese plan hecho jirones, puedo ver que incluso su supuesta rebelión es sólo otra mentira parcial.

Ella se esconde de la verdad. Siempre se esconde.

Porque sabe que irse por unas semanas y volver no va a cambiar todo. Pero se ha vuelto tan buena en —convenientemente— ignorar las partes de ella que podrían ser un inconveniente para los demás. Y está tan abrumada por todo el camuflaje que creo que ya no puede ver nada de eso.

Algo en mi cerebro se ha roto y puedo ver cada pequeño fragmento.

Las cosas que hice para mantenerme más segura, más pequeña, más callada. Porque sé lo diferente que soy en realidad. Sé que dejarlo salir es comprometerme con una vida en la que lucharé contra los monstruos de la normalidad todos los días.

Y hacerlo sola.

Resulta que mi rebelión no será tan fácil como ahorrar algo de dinero y hacer una maleta.

Empezará por eliminar todo el autoengaño y afrontar la verdad:

No estoy segura de haber sido completamente yo durante años.

Me siento en mi escritorio y busco la cinta de Italiano 4, lado 1, "Paisajes y vistas", de mi nuevo Walkman. Examino mi lamentable colección de música. La única cinta que compré este año es de Queen, lo cual es gracioso, porque no me gustaba particularmente Queen hasta que escuché una nueva canción en la tienda de discos hace unos meses.

Gasté algunos de mis preciosos dólares europeos en esta cinta por mero capricho.

Todo porque había escuchado la voz de Milton en mi cabeza: *¿Qué te gusta?*

Lo introduzco y avanzo rápido, el reproductor hace ese sonido agudo, hasta que llego a la canción por la que compré la cinta.

"I Want to Break Free" llena el espacio entre mis oídos, inunda mi cerebro con el himno que necesito.

He estado actuando como si la única rebelión verdadera fuera liberarme de Hawkins, pero ¿y si eso significa liberarme de todo este escondite? ¿Qué pasaría si la gente tuviera que lidiar con lo que realmente soy a diario? Tal vez no sea seguro para mí levantarme en medio de la cafetería y declarar que quiero besar a las chicas (empezando por Tam). Pero eso no significa que deba reprimir toda mi personalidad. No será fácil ser la rara en público y estar completamente sola, pero es mucho más difícil seguir así. Tal vez no pueda ser honesta sobre quién me gusta, pero lo seré sobre absolutamente todo lo demás.

Empezando por este vestido.

Saco las tijeras del cajón de mi escritorio y corto toda la cola, hasta mis muslos. Corto las mangas ajustadas (y, sin embargo, de alguna manera infladas) hasta que sólo queda un salvaje fleco de tela violeta. Formo estrellas con los restos de la tela púrpura brillante, luego corto la blusa negra que usé en todas mis entrevistas de trabajo y creo un fondo para que las estrellas destaquen. Las pego directamente sobre el vestido puesto.

Se siente tan bien que continúo. Vuelvo a tomar las tijeras, tomo un rizo de mi cabello y empiezo a cortar la permanente que me ha estado atormentando durante todo el año. Hay tantos folículos muertos que debo acercarme cada vez más al cuero cabelludo. El cabello cortado me pica la piel y sigo quitándomelo. Cuando termino, me quedan unos ocho centímetros de cabello rubio oscuro, una melena corta que me hace parecer un león indómito. La alfombra está cubierta con los últimos tristes vestigios de mi intento de encajar, de engañar al monstruo de la Preparatoria Hawkins para que me ignore. Ya veremos si intenta meterse conmigo ahora.

Casi no puedo esperar a volver a la escuela para ver la conmoción en las caras de todos. No puedo esperar para pasar junto a ellos sin que me importe ni un poco siquiera.

Esto ya no es la Operación *Croissant*. Es la Operación Robin.

Y hay más trabajo por hacer. Me limpio el maquillaje con un trozo del vestido hecho jirones y veo cómo desaparecen la sombra de ojos azul, las mejillas rosadas y los labios púrpuras. Los reemplazo con una tormenta de sombra de ojos gris y delineador negro. Busco en mi escritorio y encuentro frascos de esmalte de uñas, la mayoría de ellos regalos de Kate, que no podía decidirse sobre lo que ella pensaba que se me vería bien. Lanzo el turquesa, el magenta y el rosa caramelo por encima del hombro; aterrizan en la alfombra peluda con golpes y estallan como si se tratara de pequeñas bombas. No veo nada lo suficientemente oscuro, hasta que descubro un marcador Sharpie.

Con las uñas garabateadas en negro, apilo algunos brazaletes que no hacen juego en mis muñecas.

Estoy bien vestida con un lugar bastante obvio para ir.

Me calzo un par de zapatillas negras y el saco del traje de hombre que todavía cuelga en mi armario, de mi disfraz de Annie Lennox.

Me miro en el espejo una vez más. Parezco una nerd y una rebelde, una especie de híbrido que Hawkins nunca antes ha visto. Ésta no era la rebelión que planeaba, pero tal vez sea la correcta. Resulta que no necesitaba ir a Europa para ser lo suficientemente valiente para dejar de tener miedo de lo que piensan los demás. Ese poder me había estado esperando todo el tiempo.

Mi nueva apariencia todavía no se siente completa. Algo falta, algo…

Exacto.

Mis dedos medios se levantan.

—El accesorio que toda chica necesita de verdad —digo.

Tomo la cámara Polaroid y me saco una nueva foto. La dejo sobre mi almohada para que mis padres la encuentren cuando vengan a revisarme. La sacudo unas cuantas veces, pero no espero a que se revele por completo.

Porque ya me he ido.

CAPÍTULO TREINTA Y SEIS

8 DE JUNIO DE 1984

Salir de casa cuando mis padres no tienen una verdadera idea de cómo tomar medidas enérgicas contra una adolescente salvaje es más fácil de lo que debería.

Me siento mal por ellos.

(No *tan* mal. Quiero decir, estaba planeando tomar un tren con rumbo a Chicago en este momento, y luego un avión directo a París, y lo único que estoy haciendo ahora es atravesar Hawkins. Ni siquiera estoy desobedeciendo las órdenes que se establecieron antes. En realidad, no. Papá dijo que cuando actuara como Robin de nuevo, sería libre de irme, y nunca me he sentido más Robin de lo que me siento en este momento.)

La ventana de mi dormitorio del primer piso se abre al patio trasero. Lo único que debo hacer es retirar silenciosamente el mosquitero, saltar sin rasgar mi vestido recién cortado por la mitad, correr en cuclillas hacia la cochera, abrir la puerta por la manija de metal. Lo hago lento y en silencio, sólo se escucha un suave golpe cuando la puerta alcanza la parte superior.

—Demonios —hago una pausa, pero lo único que escucho son los grillos volviéndose locos, tratando de encontrarse en la oscuridad. Al parecer, ellos también saben que es la noche de graduación.

Me arrastro dentro mientras mis ojos se adaptan a la penumbra de la cochera. Incluso meses después del regreso del Hawkins aburrido y seguro, donde ningún niño o adolescente desaparece misteriosamente, mi bicicleta todavía está atada con un candado. Después de tres intentos inútiles de adivinar la combinación (y un destello incómodo de cómo se sentiría montar en bicicleta con este minivestido), descubro las llaves del auto de papá colgadas en el perchero, justo a la mano.

—Supongo que es hora de conducir.

Saco las llaves del gancho, entro en el coche y echo el asiento hacia atrás para que me resulte algo más cómodo. Mis piernas no parecen ser compatibles con la cantidad de espacio disponible, pero pongo mis tenis sobre los pedales y decido que las rodillas apretadas simplemente tendrán que estar bien. Nunca antes había hecho esto por mi cuenta, pero de las pocas lecciones breves que me dio papá, al menos conozco los pasos de rutina.

Aprieto la llave y la giro, haciendo una mueca cuando el motor tose y despierta tan audiblemente como papá un lunes por la mañana.

Luego me arrastro en reversa, vacilante, y cuando llego al final del camino de entrada, respiro hondo. Ésta es la parte complicada. Tengo que pasar justo frente a nuestra casa y esperar que mis padres estén demasiado ocupados discutiendo sobre mí como para notar que estoy escabulléndome por la calle, justo en frente de la ventana de la sala.

Suelto el aliento cuando llego al final de la calle. Ahora, incluso si notan que me he ido, no podrán dar conmigo fácilmente. Éste es su único auto, y la verdad es que no logro imaginarlos corriendo hasta la Preparatoria Hawkins.

Aprieto la palanca de velocidades mientras dejo mi vecindario atrás, acelerando para llegar al baile de graduación antes de que todos hayan consumido demasiado ponche en la fiesta como para notar que estoy allí. No voy a perder esta noche con insulsos deportistas.

Quiero que todos vean que todavía estoy aquí, que siempre he estado aquí, y siempre he sido rara. Que no voy a esconderlo para la comodidad de nadie nunca más.

Pero primero tengo que sobrevivir a mi primer viaje sola. El Dodge Dart no es exactamente un auto de lujo, pero siento que estamos juntos en esto mientras nos deslizamos por los tranquilos vecindarios de Hawkins. Todo el mundo se está preparando para ir a la cama… o esperando con una luz encendida en la sala hasta que un adolescente errante regrese del baile de graduación y de una noche de elecciones estúpidas en su mayoría sancionadas.

El alcohol y el sexo en la noche del baile de graduación pueden parecer actos de rebeldía para algunos chicos en Hawkins, pero a mí honestamente me parecen poco imaginativos cuando me dirijo a los terrenos de la escuela con mi vestido de graduación alterado, lista para abrirme camino en el vientre de la bestia de la preparatoria y sacudirlo todo.

Quién sabe.

Tal vez incluso le pida a Tam que bailemos.

Cuando entro en el estacionamiento, se siente oficial.

—Lo logré —susurro—. En verdad, lo logré.

Hay tal sensación de libertad y alivio que no estoy segura de que ni siquiera aterrizar en París pudiera haberla igualado. Río y levanto un puño en señal de victoria… y en ese momento pierdo el control del pesado volante. Gira repentinamente hacia la izquierda y me estrello contra un auto estacionado. Y también contra uno muy bonito: un Maserati rojo. Manejo en reversa, pero es bastante simple ahora ver qué piezas están destruidas.

El Dodge Dart está echando humo debajo del cofre, y lo único que puedo hacer es intentar acercarlo hasta un espacio de estacionamiento vacío, cerca de la parte trasera del lote. Por supuesto, no había aprendido a estacionarme, y ahora la confianza que había estado sintiendo se encuentra tan destrozada como el único auto de mis padres. Golpeo la defensa de una camioneta cuando avanzo hacia el espacio vacío, luego corrijo demasiado y rayo el costado de mi auto contra un cupé deportivo.

—Esas cosas son tontas de cualquier forma —murmuro para mí cuando por fin consigo acomodarme en el lugar de estacionamiento en una rígida diagonal.

Salgo del auto, jalo el dobladillo inferior de mi vestido y luego los puños del saco. Estoy aquí ahora y, literalmente, no hay vuelta atrás, porque mi auto de escape es un pedazo humeante de inútil metal.

Debería estar nerviosa, pero dejo escapar una risita de sorpresa.

Lo curioso es que nada puede trocar la alegría que me atraviesa en este momento. Alegría, y un poco de incredulidad salvaje tipo *En verdad estoy haciendo esto*.

Camino hacia la escuela.

Es hora de presentar en sociedad a Robin, la rebelde.

CAPÍTULO TREINTA Y SIETE

8 DE JUNIO DE 1984

Mi primera interacción con el comité del baile de graduación no es prometedora.

—No puedes entrar —insiste una rubia estudiante de segundo año, llamada Claire. Usa un carro alegórico verde esmeralda como vestido y parece bastante molesta por estar atrapada en el escritorio conmigo en lugar de adentro, bailando toda la noche.

Nunca pensé que querría estar aquí esta noche, pero *tengo* una invitación oficial. Vi el boleto. Ya no estoy ignorando el regalo de Wendy, que quiere arreglar las cosas, y de Milton, que pagó treinta dólares para que pudiera cruzar esa puerta.

—Estoy en la lista —digo con firmeza.

Ella lo comprueba. Puedo ver mi nombre al revés, listado como la pareja de Milton Bledsoe.

—¿Lo ves? —pregunto, con un tono un poco demasiado engreído.

—Lo que veo es alguien que está rompiendo el código de vestimenta en setenta puntos diferentes —replica.

—Además —dice su compañera de mesa, Shannon, cuyo vestido de satén color melocotón es aún más brillante que su aparatosa ortodoncia. (Hablando de camuflaje. Shannon no es ajena a la supervivencia en los crueles pasillos de la Preparatoria Hawkins, y siento una pizca de lástima por ella)—, Milton llegó hace una hora y tú no estabas con él, por lo que en realidad no calificas como su pareja.

Está bien, lástima revocada.

Claire le dirige una mirada a Shannon, como si no pudiera decidir si le molesta que su cierre fuera interrumpido o, a regañadientes, está contenta de que Shannon tenga un argumento válido.

—Bien. De cualquier forma, nunca quise una pareja. El boleto está pagado y el comité tiene mi nombre allí —toco la lista para que no puedan fingir que no lo ven—. Así que…

—No puedes entrar *sola* —dice Claire con un grito ahogado de horror—. Es la regla número uno del baile de graduación —no me sorprendería que en este momento se agarrara el pecho, se desmayara y sólo pudiera revivir oliendo sales. A estas alturas, cualquier tipo de retroceso social tendría sentido para mí. A veces parece que las reglas para este tipo de eventos se escribieron en la Edad de Piedra, ¡están tan desactualizadas! Me pregunto si a los adolescentes dentro de veinte años se les seguirá excluyendo de sus bailes de graduación porque no tienen una pareja del sexo opuesto para que su presencia sea aceptable.

Me pregunto si alguna vez evolucionaremos.

—Pensé que la regla número uno era que se debe atesorar esta noche por el resto de tu vida —digo—. Espero que tú atesores el recuerdo de esa mesa. Pero yo voy a entrar.

Intento pasar junto a ellas y algunos adultos se materializan de la nada.

Chaperones.

Oh, demonios. Éstos son los padres y maestros de Hawkins que no tienen algo mejor que hacer que sacrificar un fin de semana completo de sus vidas adultas en el altar de la socialización de los adolescentes. Es mucho más probable que ellos me detengan que Shannon y Claire, cuyo poder para admitir o rechazar a alguien era principalmente simbólico.

Y uno de ellos es el profesor de deportes, así que no podría dejarlo atrás, incluso si él calza zapatos formales y yo, unas zapatillas gastadas.

Dios, incluso trae el silbato sobre el traje.

Uno de los padres se cruza de brazos y no puedo evitar sentir que ha estado esperando desde *su* baile de graduación para dominar el de alguien más.

—Sin pareja, tarde... vestimenta inapropiada...

—Tendrás que ir a casa, cariño —dice el profesor de deportes.

—¿Cariño? —repito en un murmullo, hirviendo con la aspereza de todo aquello.

—Vamos —añade la madre chaperona—. Ahora.

—No puedo —digo, honestamente. El Dodge Dart sigue emitiendo una tenue columna de humo en la oscuridad del estacionamiento. Y en verdad, no creo que pueda caminar hasta casa con este vestido.

El profesor de deportes me mira de reojo como si fuera la línea más pequeña en el cuadro de examen de la vista de la enfermería de la escuela.

—Es eso... ¿*Buckley*?

Alzo las cejas en un silencioso desafío.

—Sí.

—¿Qué estás haciendo aquí? —pregunta.

—Vine al baile de graduación.

Estudiantes, profesores, chaperones, todos me miran sin comprender.

—La fiesta de graduación viene de aquellos bailes donde todos caminaban, pareja por pareja, para mostrar lo elegantes que podían ser ante quien fuera el más importante en el salón, consolidando aún más el estatus y creando un sistema de clases estratificado que persiste hasta el día de hoy; sólo elegimos a nuestro rey y nuestra reina basándonos en la designación del atractivo, en lugar del derecho divino a gobernar. ¿Nadie más piensa que es extraño que nuestro país abandonara la monarquía sólo para seguir recreándola, pero ahora en un gimnasio sudoroso?

Siguen mirándome. Si es posible, sus expresiones se tornan más pálidas.

—¿Has estado bebiendo? —pregunta finalmente la engreída mamá chaperona—. No podemos admitir a alguien que haya estado bebiendo.

—Otro punto en contra —agrega Claire, como si mantenerme fuera del baile de graduación fuera el nuevo y ferviente propósito de su vida.

—El alcohol no te hace mejor en Historia —señalo mientras uno de los acompañantes me huele el aliento.

—Apareces luciendo como una pervertida sacada directamente de un video musical impío y hablando como si yo no sé qué... —se detiene cuando aparece otro adolescente con un chaleco reflectante, me dedica una mirada recelosa y luego susurra directamente al oído de la madre chaperona. Se siente como si estuviéramos de vuelta en segundo grado y alguien me estuviera delatando—. El vigilante del estacionamiento dice que algunos autos han sido golpeados por un recién llegado.

—¿Vigilante del estacionamiento? —casi resoplo.

—¿Conduces un Dodge Dart? —pregunta el chico.

—Ése no es mi auto —digo, lo cual es técnicamente cierto. Es de mis padres.

La mamá chaperona me mira con los ojos entrecerrados, poco convencida.

—Tenemos comunicación con la policía de Hawkins esta noche, y se supone que debemos llamar si alguien se sale de la línea.

—Estás a un centímetro de distancia, Buckley —agrega el profesor de deportes, como si no fuera suficiente hablar así durante la semana escolar.

Aprieto los dientes y evalúo mis elecciones.

Puedo escuchar la estática en la línea mientras la madre chaperona enciende el *walkie-talkie* que, si debo creerle, hará que el jefe Hopper me eche del baile de graduación (y me conceda ese incómodo viaje a casa que ya evité una vez).

—Gracias —les digo, dándoles la espalda.

—¡Espera! —grita Shannon, sonando repentinamente desesperada por mi validación ahora que me han rechazado—. ¿De qué?

—Por recordarme lo mucho que apesta este lugar.

Me alejo. Pero eso no significa que aquí haya terminado.

Después de chocar contra tres autos estacionados y de no lograr colarse en el baile de graduación, la mayoría de la gente se rendiría. Pero no es una verdadera rebelión si das la vuelta y regresas a casa a la primera (o segunda o tercera) señal de problemas.

No me retiro.

Me arriesgo.

Camino por un costado del edificio, me dirijo hacia el salón de la banda. Tal vez parezca que voy a lamerme las heridas, pero tengo una idea. Hay tres salones de práctica insonorizados para que los estudiantes puedan soplar y golpear sus respectivos instrumentos sin que los oídos de nadie tengan que padecerlo. (Además, para que la gente pueda besarse después de la escuela sin que los ojos de nadie tengan que padecerlo.) Durante el horario escolar, la señorita Genovese mantiene una de las ventanas siempre abierta para que, en caso de una absoluta emergencia de nicotina, pueda fumar en el tercer salón y dispersar la evidencia antes de que active las alarmas detectoras de humo.

Y, porque tengo suerte o porque los conserjes holgazanean hacia el final del año escolar o por ambas razones, la ventana está abierta.

La empujo hacia arriba, un centímetro a la vez, luego engancho mi pierna sobre el costado de la ventana y ejecuto un giro de cuerpo completo, para aterrizar en el duro piso. Huele a partituras y cigarrillos viejos. Me doy media vuelta. Siento cómo el costado de mi cuerpo comienza a convertirse en un extenso hematoma.

—Siempre das una cálida bienvenida, Preparatoria Hawkins

CAPÍTULO TREINTA Y OCHO

Me yergo frente a la puerta del salón de música, tratando de determinar cuál es el mejor camino hacia el gimnasio. ¿A través del ajetreado pasillo de los estudiantes del último año, que me llevaría directamente? ¿O por el salón de segundo año, que debería estar mucho más tranquilo, pero agregaría tiempo y distancia a mi carrera? Podría haberlo logrado dentro de las paredes de la escuela, pero debo ir al baile de graduación y mostrarle al monstruo de la Preparatoria Hawkins que no viviré con miedo para siempre, o toda mi rebelión hasta ahora no habrá sido más que un montón de ruido y furia y elecciones de moda que nada importan. (Está bien, eso no es cierto. Mi anticambio de imagen me hizo sentir mucho mejor, así que hubiera valido la pena incluso si me hubiera quedado en casa para siempre.)

Avanzo. Está el hecho innegable de que Tam se encuentra en ese gimnasio y quiero verla. Quiero que *ella me* vea, sin todo mi camuflaje.

Mientras calculo la ruta, comprendo que la puerta de la antigua aula del señor Hauser está abierta, al final del pasillo, y por un segundo olvido que él ya no está aquí.

Que no volverá.

¿Estaría orgulloso de lo que estoy haciendo esta noche? ¿Me advertiría que no lo hiciera, me diría que debo pasar desapercibida hasta la graduación y luego hacer una pausa y encontrar pastos más verdes, con mentes más abiertas, donde pueda ser yo misma sin tener que enfrentarme a todos estos problemas?

Pienso en todas las cosas que él intentó enseñarme este año. Pienso en "La lotería" y *El señor de las moscas*.

Pero en lo que finalmente aterrizo es en mi fallida audición para *Nuestro pueblo*.

Las palabras que no pude decir sin perder el aliento, porque eran tan ciertas que se alojaron en mi pecho. Eran tan ciertas que dolían.

—*Oh, tierra, eres demasiado maravillosa para que nadie te aprecie* —digo en un susurro. Como un mantra. Nunca lo diré en un escenario frente a toda la escuela como quería el señor Hauser, pero lo entiendo mejor de lo que él haya podido imaginar.

Quería dejar este lugar para ver el mundo y experimentar cada cosa extraña y maravillosa que tiene para ofrecer. *Todavía* lo quiero. Pero me quedé tan atrapada en la idea de otro lugar que dejó de ser una forma de mejorar las cosas y se convirtió en una excusa para ignorar por completo mi realidad.

Emily flotaba por su vida —más como un fantasma cuando estaba viva, que después de su muerte—, cuando despertó a todo lo que se había perdido.

No voy a permitir que eso suceda.

No voy a caminar como una sonámbula hasta el momento en que deje Hawkins. Me voy a lanzar a las cosas de cabeza. Voy a llegar a ese gimnasio y reclamar mi lugar, sin importar a quién no le agrade.

Los acordes de una nueva canción se escuchan desde el gimnasio, un ritmo de los ochenta, cargado de sintetizadores, un canto de sirena que me atrae.

Es momento de enfrentar el peligro.

Al principio, avanzo lentamente por el pasillo de los estudiantes de último año, manteniéndome en las sombras. Pero algunas de esas sombras están llenas de gente: chicas llorando, amigos borrachos exprimiendo hasta la última gota de una botella, parejas infelices, parejas *demasiado* felices. Y en la diminuta ventana de la puerta de un salón, dos chicos parados uno al lado del otro, tan cerca que parece que están bailando, aunque dejan un poco de espacio. Veo sus manos entrelazadas.

Estamos aquí. Estamos en todas partes.

—¿Robin? —grita alguien mientras incremento la velocidad. Me han visto y lo único que puedo hacer ahora es correr—. ¿Qué estás haciendo aquí?

—Robin, ¿*qué llevas puesto?*

La gente ríe. Puedo sentir al monstruo respirando en mi nuca, pisándome los talones.

—¡Alto ahí, señorita Buckley! —grita aquella madre chaperona.

—¡Hey! ¡Regresa aquí! ¡Ahora! —esa orden con voz áspera fue definitivamente emitida por el alguacil Hopper.

Doy vuelta a la esquina y paso junto a los puestos de comida que bordean el pasillo fuera del gimnasio. Alrededor de una docena de personas charlan entre sí, pastan como vacas frente a las bandejas de galletas y papas a la francesa, e intentan averiguar exactamente qué tan alcoholizado está el ponche.

—¡Robin! —el sonido de mi nombre resuena por el pasillo. Dash es quien lo grita ahora.

Necesito frenarlos a él y a todos mis detractores. Así que doy un *diminuto* rodeo y me arrojo hacia la mesa que contiene alrededor de trescientos litros de ponche (a juzgar por el olor, extremadamente intenso). Se desborda en cascada y salto hacia delante, evitando lo peor del derrame mientras todos los demás gritan y observan cómo sus atuendos de graduación quedan cubiertos de la pegajosa azúcar química.

Las grandes puertas dobles del gimnasio están a la vista ahora. ¿Tammy Thompson ya está bailando? ¿Qué pensará cuando me vea irrumpir, salvaje e imprudente, perseguida por la policía local?

¿Qué dirá cuando le cuente cómo me siento?

No hay tiempo para hipótesis.

Empujo las puertas dobles. El baile de graduación me recibe con los sintetizadores salvajes y la pesadilla exacta de papel crepé y luces láser que ya había anticipado. Estoy en un pequeño balcón sobre la pista de baile (léase: la pista del gimnasio), lo que significa que debajo de mí hay un mar de estudiantes con sus mejores trajes y los vestidos más voluminosos.

—Hey, Tam —digo en un susurro, practicando para el gran momento—. ¿Quieres bailar?

—Estás en *mi* tarjeta de baile de esta noche, Buckley —dice Dash, sujetándome por el codo. Parece que aspira a convertirse en rey del baile a juzgar por su traje obscenamente costoso, a pesar de que es sólo un voluntario del comité de graduación de segundo año.

—Suéltame, Dash —grito.

—Los adultos están dando vueltas por el camino largo, lo que significa que yo mismo puedo hacer los honores —dice. Me jala hacia la puerta.

—Deja tus manos sobre mí un solo segundo más y anunciaré a gritos que sólo eres un imbécil infiel para que se enteren todas las chicas de la escuela —digo con frialdad. Retrocede, con las manos en el aire.

—Veo que sigues usando ese cerebro tuyo —dice con una sonrisa burlona.

—¿Qué, pensaste que perdería puntos de coeficiente intelectual cuando rechacé tu estúpida propuesta?

—Creo que los nerds nunca gobernarán el mundo si actuamos como tú —se burla—. *Podrías* ser genial, pero prefieres perder el tiempo en ser extraña y diferente, como si eso te hiciera especial.

Niego con la cabeza y se siente increíble, francamente, que la permanente no siga mis movimientos como una nube maloliente.

—*Soy* diferente, Dash —aclaro, y lo digo en serio de la mejor manera posible—. Al igual que el señor Hauser es diferente —el rostro de Dash se pone más pálido de lo habitual—. No me importa qué tan inteligente creas que eres, tú no puedes decidir quién pertenece a Hawkins y quién no. Podría estar tratando de irme y, cuando lo haga, será en mis propios términos —lo miro de arriba abajo, descifrándolo de una vez por todas—. Crees que eres mucho mejor que los deportistas y los chicos populares, pero lo único que te interesa es invertir la pirámide social. Como si de alguna manera fuera mejor usar tu cerebro para conseguir el dinero, las chicas, la gran victoria. Toda esa charla sobre los nerds que gobiernan el mundo nunca fue porque quisieras que cambiáramos las cosas en realidad. Tú sólo quieres llegar a la cima *y* lucir como el desvalido de siempre mientras lo haces.

Ahora tenemos una pequeña audiencia: los estudiantes en el balcón que han escuchado mi voz elevarse en tono e intensidad mientras lanzo una verdad tras otra.

—Eso es… —dice Dash, sujetándome del brazo de nuevo.

Justo cuando me alejo, Dash deja escapar un aullido horrible y se repliega.

Me toma un instante comprender que Kate se ha abalanzado sobre él en un torbellino de tafetán azul medianoche y está encajando con fuerza el tacón de punta de sus zapatos de baile blancos directo sobre sus suaves mocasines de cuero.

Ella lo vuelve a hacer. Y otra vez.

—¡Basta! —grita Dash.

—No hasta que te alejes de Robin… —lo pisa fuerte de nuevo—. ¡Y mantente alejado!

Otra ráfaga de pisotones.

Dash retrocede hacia las puertas dobles por las que entró.

—¿Qué clase de demonio te poseyó, Kate?

—Uno con el sentido común que había estado ignorando por completo durante todo el año —gruñe.

Dash niega con la cabeza como si estuviera desechando toda esta situación.

—Las chaperonas y Hopper se ocuparán de ustedes dos.

—¿En serio, sigues hablando? —pregunta Kate, quitándose el zapato y blandiéndolo en su mano como si fuera un arma.

Dash da media vuelta y sale corriendo por las puertas, directamente hacia la explosión del ponche. Se resbala y cae con un estruendo.

Escucho a la gente reír cuando las puertas de pronto se cierran.

No tengo mucho tiempo antes de que alguien más me alcance, pero tengo que preguntar a Kate algo importante.

—¿En serio acabas de aplastar el pie de tu pareja del baile de graduación por mí?

—¿Pareja? —murmura Kate mientras salta sobre un pie en pantimedias para calzarse el zapato de nuevo—. Rompí con Dash hace *meses* —me mira con los ojos muy abiertos y sinceros—. Traté de decírtelo, Robin. Esa nota que dejaste cayó hasta el fondo de mi casillero... pero cuando finalmente la encontré, lo confronté. Ese imbécil admitió que me había estado engañando no con una, sino con dos subordinadas del consejo estudiantil. Sin embargo, dijo que la verdad es que ni siquiera le importaban, ¡así que podíamos seguir juntos! ¿Y quieres saber la peor parte?

—¿Ésa no es la peor parte? —pregunto, con las cejas en alto.

—Se mantuvo citando a selectos filósofos famosos para que todo sonara excusable. "Quien concibe grandes pensamientos suele cometer grandes errores." Éso es Heidegger —Kate se estremece—. Obviamente, le pateé el trasero.

—Aquí hay una cita especial sólo para Dash: "Quien con monstruos lucha, cuide de no convertirse a su vez en monstruo" —sonrío en dirección a su salida tan dramática como vacilante—. Éso lo dijo Nietzsche.

—Robin, he querido decir esto desde siempre... ¿Puedo decirlo ahora? —Kate me mira, sus ansiosos ojos oscuros parecen seguros de que voy a rehusarme.

—Sí. Por supuesto.

—Lamento mucho haberte presionado. Para que salieras con Milton. Para que salieras con alguien. Fue injusto y egoísta y... simplemente apestaba. Y juro que esto no es una excusa, pero me preocupaba perderte como amiga si nuestras vidas comenzaban a llevarnos en diferentes direcciones. Pero luego me adelanté y te perdí de cualquier forma.

—Vaya. Gracias por decir todo eso —ella me abraza y yo le doy unas palmaditas en la cabeza... a su cabello wafleado. Me hace extrañar todo el tiempo que pasamos juntas. Pero eso no significa que volvamos a ser quienes éramos.

—Espera, ¿aceptas mi disculpa? —pregunta, dando un paso atrás. Sigue necesitando recopilar todos los datos.

—Así es. Y yo también debería disculparme. Todo el año he estado actuando como si los enamorados fueran estúpidos y yo estuviera por encima de eso. Digamos que sé lo que es... tener sentimientos abrumadores.

Me preocupa que Kate vaya a presionar de inmediato para obtener detalles que no estoy lista para brindarle, pero sólo dice:

—Hablando de eso... —y me arrastra para llevarme con su pareja de esta noche, un estudiante de tercer año que forma parte de su equipo de debate. Una sola mirada es suficiente para notar que le gusta más de lo que le gustaba Dash.

Y de repente, mi cabeza se llena de visiones de Tam.

Dash podrá estar equivocado en muchas cosas, pero las chaperonas y el jefe Hopper me alcanzarán en cualquier momento. No se necesita *tanto* tiempo para correr alrededor del gimnasio hasta la entrada por el lado opuesto.

Tengo que encontrarla. Ahora.

CAPÍTULO TREINTA Y NUEVE

Me separo del nuevo grupo social de Kate y echo un vistazo abajo, al baile. Estoy buscando el cabello rojo, cualquier señal que me permita saber dónde está Tam. No puedo verla desde aquí... llegó la hora de lanzarme a la refriega.

Corro por las escaleras desde el balcón hasta la pista de baile. Ahora estoy en el centro de la fiesta, rodeada de grupos de baile y parejas. Veo a Jessica y a Jennifer con vestidos azul cielo casi a juego, pero no a Tam. Me pregunto si estará rondando cerca de Steve Harrington o parada sola, esperando a que alguien la invite a bailar...

Y entonces, Cyndi Lauper comienza a cantar.

No uno de los sencillos obvios, *"Time After Time"* o *"Girls Just Want to Have Fun"*, sino otra canción que reconozco desde sus primeros acordes chispeantes.

"All Through the Night".

En mi siguiente escaneo del lugar, mis ojos se fijan en Milton, que está junto a la enorme pila de bocinas del DJ. Me está sonriendo. Y en sólo un instante, lo perdono por haber ido a mi casa esta noche. Por haber estropeado la Operación *Croissant*. Él no sabía que estaba planeando fugarme hoy mismo.

Debería haberle contado más. Debería haberle dicho que era mi mejor amigo... cuando eso era cierto.

En este momento, sólo somos un par de examigos que se sonríen como bobos mientras Milton finge tocar la parte del sintetizador de la canción en un Yamaha ficticio.

—¿Tú pediste esto? —grito a través de la pista de baile.

—Te dije que sería un buen compañero para el baile de graduación —grita en respuesta.

—La verdad es que no eres de mi tipo —le digo arrugando la nariz—. Pero quiero que pasemos tiempo juntos de nuevo. Ya sabes, si puedes hacerme un espacio en tu agenda.

—¿MTV y caramelos *buckeye*? —pregunta, levantando las cejas con esperanza.

—Sólo si me dejas tocar el theremín.

Ladea la cabeza, fingiendo que lo está pensando.

—Creo que podemos llegar a algún acuerdo.

Y luego la multitud se separa alrededor de una pareja, y percibo el brillo cobrizo de su cabello. La espuma rosada de su vestido.

Tam se convirtió por completo en Molly Ringwald para la noche de graduación.

Mi corazón da un único y débil salto cuando veo sus brazos rodeando el cuello de un chico.

—Oh —digo, y mi corazón se hunde hasta el fondo, en mis inapropiadas zapatillas deportivas de acuerdo con el código de vestimenta.

Tam ya está ahí fuera. No estaba esperando a que yo apareciera y la invitara a bailar. No albergó la muda esperanza dentro de ella durante todo el año.

—Oh —exclamo de nuevo.

Como si hubiera una falla en el continuo espacio-tiempo. Como si no supiera cómo superar este momento.

Mis labios se aprietan, mis ojos se llenan de estúpidas lágrimas.

—¿Con Craig Whitestone? —pregunto al comprender de súbito con quién está bailando. Nuestro mísero baterista, el que mintió y dijo que había elegido la canción favorita de Tam para el último número de la temporada de la banda. A pesar de todo lo que ella sentía, el chico con el que está en la noche de graduación ni siquiera es Steve Harrington.

Supongo que Tam y yo estábamos desesperadas por vivir un enamoramiento. Quizás eso es lo más grande que tenemos en común.

Y como no puedo seguir mirándola sin que las lágrimas me inunden, miro alrededor y encuentro a Steve Harrington y Nancy Wheeler sentados en las gradas, ignorándose el uno al otro y a sus vasos de ponche. Ambos se ven extrañamente solos y un poco asustados.

Como si también supieran que hay monstruos en Hawkins.

Me deshago de ese pensamiento y vuelvo con Tam.

Tammy. Ella nunca fue Tam, salvo en mi cabeza.

Está absolutamente radiante. Lo cual es un poco extraño porque, bueno, está bailando con *Craig Whitestone*. Pero parece realmente feliz. Él tiene las manos extendidas con torpeza alrededor de su cintura, y la mirada fija en sus labios como si fuera un rayo láser. El labial de Tam es rosa oscuro y contrasta mucho con su cabello, recién recortado y más rojo que nunca, más escarlata que un corazón roto.

La pista se llena de parejas cuando la canción alcanza el primer estribillo.

Tengo que reír, porque toda la noche me he estado diciendo que soy tremendamente diferente a todos en este salón, pero la verdad es que me encantaría tener a alguien con quien bailar. Daría cualquier cosa por un grupo de amigos con los que pudiera encajar… lo cual probablemente será mucho más difícil de encontrar ahora, que no volveré a obligarme a encajar. Pero sigo queriendo que me vean, que me acepten y que les agrade.

Resulta que hay algo normal acechando en mi alma, después de todo.

—Mmm, ¿de qué te ríes, Robin? —pregunta Wendy mientras ella y Milton bailan a mi lado, balanceándose pronunciadamente.

—¿Aceptarás la Ironía Viciosa y Deliciosa? —pregunto.

Milton inclina la cabeza, considerándolo.

—Buen nombre de banda.

Miro a la puerta. Nadie viene por mí… todavía.

Pero ésta podría ser mi última oportunidad.

—Quiero bailar —admito.

—Ésta *es* tu canción —coincide Milton sobre los dulces tonos de Cyndi Lauper.

Es hora de reclamar mi corona como la chica más rara de Hawkins, Indiana.

Me sentí insegura cuando el señor Hauser me otorgó por primera vez un título tan dudoso, pero ahora estoy lista para reclamarlo. Sin embargo, ¿cómo te coronas tú sola? ¿Cuando no eres la reina del baile, sino un bicho raro que se coló en el gimnasio con la mitad del comité del baile tras sus espaldas?

Me quito los zapatos y entro a la pista de baile, dejo que la música me inunde y me encierre en un mundo en el que no importa si la gente me mira de forma extraña porque estoy girando sola, cerrando los ojos, moviéndome de una manera que nadie más aquí se atrevería mientras siguen los aburridos pasos ya establecidos, y yo esculpo mi propio espacio en el suelo.

O quizá sí importa. Acepto con orgullo esas miradas.

—Hey, Robin —dice una voz detrás de mí. Una voz que no reconozco, pero que de alguna manera me resulta familiar.

Volteo y encuentro a Sheena Rollins parada frente a mí con un vestido blanco (en realidad, *vestido de fiesta* estaría más cerca de la descripción correcta) que la hace parecer una princesa en el sentido más medieval de la palabra. Hay enredaderas subiendo y bajando por un corsé con cordones, y una falda fluye detrás de ella por más de un metro. Estoy segura de que ella misma lo cosió, y es perfectamente diferente y absolutamente genial. Su cabello rubio blanco cae lacio —sin permanente— por su espalda, y lleva una diadema de oro. Olvídate de la reina del baile: Sheena trajo su propia corona.

—¿Quieres bailar? —su voz es más grave de lo que esperaba, pero no débil ni susurrante. Sheena Rollins parece saber con certeza lo que está diciendo y lo que busca.

—Mmm. Sí, absolutamente, quiero.

Toma mi mano y nos adentramos en la pista de baile. Recibimos algunas miradas, pero no me importa. Sé que no podemos acercarnos como todas las parejas de chico-chica fusionadas. Eso haría que todas las chaperonas nos echaran de ahí a patadas, es decir, todas las que todavía no me están persiguiendo. Pero este baile no parece muy emocionante, de cualquier forma. En cambio, tomo las manos de Sheena y volamos por toda la pista de baile, zigzagueando entre las otras parejas, imparables. Bailamos como las chicas en la pista de patinaje. Como si nos estuviéramos divirtiendo demasiado para quedarnos quietas.

Llegamos al centro de la pista de baile.

—Nunca pensé que vendrías al baile de graduación —admito mientras nos rodeamos una a la otra, damos vueltas, reímos.

—Eso está bien —dice Sheena con una secreta sonrisa de satisfacción—. No permito que lo que la gente piensa se interponga en mi camino.

Ella me hace girar y yo la hago girar. Mi mano se precipita sobre su cintura mientras la acerco de nuevo. Luego se hunde en mí, lo cual es bastante gracioso porque soy al menos diez centímetros más alta. Me mira y sonríe. No sé qué significa este baile para ella —si es sólo un capricho de la noche de graduación o algo más—, pero sé lo que significa para mí.

Es mi primer baile con una chica. Y no será el último.

Sheena y yo juntamos nuestras manos y las ponemos palma contra palma entre nosotras cuando termina la canción. Justo antes de que todo el comité del baile de graduación, la mitad de las chaperonas y un jefe Hopper con la cara enrojecida y uniforme color beige atraviesen las puertas del gimnasio.

Tomo mis zapatos —no hay tiempo para volver a ponérmelos—, y corro descalza hacia los vestidores y la puerta trasera.

—¿Robin? —grita Milton—. ¿Ya te vas?

—¡Tengo que correr! —grito justo antes de llegar a la puerta del vestidor, recibida por el siempre persistente olor a calcetas deportivas. El letrero rojo de Salida se ilumina, indicándome que siga. Tras deslizarme por el suelo de baldosas, hago un descanso para tomar aire fresco y emprender mi escape final.

Irrumpí en el baile de graduación. Ahora es el momento de liberarse.

EPÍLOGO

7 DE JUNIO DE 1985

Si me hubieras dicho hace un año que aceptaría un trabajo de verano en una heladería en Hawkins en lugar de emprender un viaje por el mundo, mi corazón se habría desplomado directo hasta el centro de la tierra.

Pero todo el dinero que había ahorrado para la Operación *Croissant* apenas alcanzó para cubrir los gastos de reparación de los autos (no uno, ni dos, ni tres, sino *cuatro*) que arruiné la noche del baile de graduación, incluida la compra en el lote de autos usados de otro Dodge Dart para reemplazar el que destrocé. Mis padres finalmente me perdonaron, pero no creo que me enseñen a conducir pronto.

El lado positivo fue que mis padres dijeron que podía volver a tener una bicicleta, e incluso me regalaron una sin calcomanías de flores ni restos de serpentinas para mi decimoséptimo cumpleaños. Sí, ya crucé el límite de los diecisiete.

No, mi vida no es tan épica como lo hace parecer esa canción.

Pero apenas estoy comenzando.

Pasé el tercer año de la preparatoria haciendo que todos en la escuela se sintieran incómodos con mi sarcasmo y mis elecciones de vestuario. Ni siquiera los nerds de la banda sabían qué hacer conmigo. El Escuadrón Peculiar es oficialmente una cosa del pasado. La señorita Genovese decidió disolverlo y mezclarnos con otros integrantes de la banda, y a mí me agrupó con tres nuevos trompetistas. Pero Milton y yo nos reunimos de vez en cuando y vemos MTV mientras él toca su Yamaha y me cuenta cómo le está yendo a Wendy en la universidad. Kate todavía está con su novio del club de debates; su relación parece a la vez conflictiva y adorable. Sheena Rollins y yo hablamos un par de veces después del baile de graduación. Resulta que no es particularmente tímida, pero pocas personas en la Preparatoria Hawkins merecen sus valiosas palabras. Sin embargo, no tuvimos la oportunidad de acercarnos mucho; se graduó anticipadamente, entró en un prestigioso programa de diseño de moda y dejó Hawkins sin mirar atrás. No puedo culparla. Tammy Thompson y Craig Whitestone no duraron juntos (impactante, lo sé), pero nunca esperé que ella pudiera correr, con el corazón roto, directo a mis brazos.

Así que eso es un progreso.

Ah, presenté mi audición para la obra de otoño, una producción de *Macbeth* dirigida por estudiantes, y subí al escenario con una capa para interpretar a una bruja en un páramo devastado, en un movimiento que se sentía sospechosamente cercano a un encasillamiento de roles. (La broma es para ellos: a mí me encantó cada minuto que pasé riendo.) La noche de clausura, el señor Hauser estaba allí, en medio de la audiencia, sentado junto a un hombre muy atractivo a quien presentó después del espectáculo como Charles. Él consiguió un nuevo trabajo como profesor en un pequeño pueblo de Illinois, y a mí sólo me queda un año más antes de hacer mis maletas y dejar este lugar para siempre.

Necesitaré una nueva fuente de ingresos para eso.

Ahora que me he enfrentado al monstruo de la Preparatoria Hawkins y sobreviví para ver la luz de un nuevo día, un trabajo en el servicio de alimentos parece bastante benigno. Incluso si está en ese santuario de la novedad y el dinero que es el centro comercial Starcourt.

Me presento en mi primer día de entrenamiento, cuando el centro comercial acaba de abrir. Sus blancos vestíbulos ya están llenos de personas ansiosas por gastar su tiempo y sus salarios aquí. El área de comida bombea el olor de *hot dogs* por todas partes. Todo es brillante, sintético y extraño, un sobreiluminado universo alterno.

Allí mismo, más allá de Claire's y Waldenbooks y Sam Goody, esperando en todo su esplendor azucarado, está Scoops Ahoy. Es un poco temprano para el helado, así que espero entrar y encontrar el lugar vacío, a excepción del gerente que me contrató.

Pero hay otra persona sentada. Veo su cabello elevándose por encima antes de ver el resto de la persona.

—*No* —digo en un susurro—. No puede ser.

Sigo caminando y encuentro a Steve Harrington con el brazo sobre el respaldo de vinilo de un asiento.

—¿Qué está haciendo él aquí? —pregunto al resto de las personas que *no* están en Scoops Ahoy. Supongo que tendré que preguntárselo a Steve directamente—. ¿Qué estás haciendo aquí?

—Es un país libre —dice, casi derribándome con la fuerza del cliché. Luego me examina de arriba abajo con una especie de consideración perezosa—. Hey, ¿te conozco de la escuela o algo así?

—Oh, Dios mío —murmuro—. Las profundidades de tu ignorancia son insondables.

Camino detrás del mostrador de helados y atravieso la sala de personal que está detrás, hasta el baño exclusivo para empleados, donde me pongo mi uniforme Scoops Ahoy por primera vez. El cuello blanco y las mangas abullonadas de la blusa a rayas son un poco exageradas, pero debo admitir que me gusta el chaleco y los pantaloncillos cortos de cintura alta. El sombrero... bueno... el sombrero es una afrenta a la que mi cabeza se tendrá que acostumbrar.

Coloco la etiqueta roja con mi nombre en el chaleco.

Soy Robin.

Tal vez pueda conseguirte un cono de galleta con dobles chispas de chocolate, pero no tengo por qué estar feliz por eso.

Así fue como terminé en Scoops: cuando llegué al centro comercial, la mayoría de mis entrevistas fueron todavía más desastrosas que las que sostuve en la calle principal, en la tienda de Melvald y en Radio Shack. (Descanse en paz, Bob Newby.)

A pesar de mi experiencia laboral en el cine, mi nueva insistencia en ser una versión irredenta y honesta de mí misma todo el tiempo no fue tan bien recibida en la tienda Gap (yo no estaba lo suficientemente entusiasmada con doblar camisetas), el área de comida (no estaba dispuesta a sonreír por obligación), y el nuevo estudio fotográfico donde la gente posa para imágenes con efecto *soft-focus* (no estaba dispuesta a hacer sonreír a *otras* personas por obligación). Aquí, en Scoops Ahoy, sólo parecía importarles que viniera de manera consistente y que me encargara de limpiar la cuchara del helado entre cada cliente.

Hecho y hecho.

Me miro en el pequeño espejo, el maquillaje oscuro en los ojos, las uñas negras y las pulseras disparejas que ahora son parte de mi *look* cotidiano, desentonan con el disfraz de Scoops Ahoy de una manera que encuentro más que placentera. Salgo del baño de empleados para encontrar que la sala de personal ya no está vacía.

—Robin, tenemos un posible nuevo empleado y me encantaría tener tu opinión —dice mi gerente, un tipo de treinta y tantos años llamado Ned, que se escapa del uniforme de marinero, pero aún así debe usar pantalones azul marino con ribetes blancos y una corbata con helado. Repasa algunas hojas en su portapapeles—. Su nombre es Steve... Harrin...

—Aquí hay varias razones por las que *no* —escupo—. No es confiable; es egocéntrico; llega tarde a literalmente todo y luego actúa como si les estuviera haciendo un favor a todos cuando finalmente atraviesa la puerta con su pinta de deportista; va a coquetear con todas las chicas que entren hasta se pongan del color de la frambuesa, y comerá helado mañana, tarde y noche.

—Comprendo lo que me dices —dice Ned—. Pero me pregunto si aun así vale la pena contratarlo por sus... activos.

Cruzo mis brazos, por si acaso, poco impresionada.

—¿Está hablando de su cabello?

Ned niega con la cabeza como si no estuviera orgulloso de sí mismo, pero no cambia de rumbo.

—¿Sabes cuántas chicas vendrán y pedirán helado sólo para estar cerca de un cabello así? Créeme, yo no tenía el cabello así cuando era más joven, así que puedo hacer los cálculos.

—Espere, ¿también me contrató por mi cabello? —pregunto sarcásticamente, retorciendo los extremos como si estuviera mostrando mis bucles. Ha crecido desde que lo corté sin pensarlo en la noche de graduación. Ahora llega a mis hombros, naturalmente ondulado, rubio oscuro o castaño claro, dependiendo de a quién le preguntes. No está ni cerca de la altura a la moda. Es un no-estilo y un color intermedio. Es mío y me encanta.

Ned se burla y esconde la cara en su portapapeles.

—A ti te contraté porque eres una adulta joven responsable. Por eso estará a tu cargo.

Mmm. A primera vista, trabajar con Steve Harrington todo el verano parece un castigo por un crimen horrible en una vida pasada. ¿Pero que Steve Harrington esté a mi cargo todo el verano?

Eso es algo a lo que podría acostumbrarme.

—De acuerdo —digo—. Contrátelo. Se aburrirá y renunciará antes del 4 de julio.

—¡Bienvenido a bordo del barco Scoops Ahoy, Steve! —dice Ned mientras desfila fuera de la sala de personal.

Lo sigo con los brazos cruzados, todavía con cierta cautela.

¿Qué acabo de aceptar?

—¿Tengo que usar *esto*? —pregunta Steve, señalando mi alegre, aunque completamente cursi, vestimenta.

He pasado por mucho desde el comienzo de segundo año. Aunque escuché que él y Nancy Wheeler se separaron de la manera más amarga, tengo la sensación de que Steve Harrington todavía necesita ser educado para cuando las cosas *no* salen como él quiere. Quizá yo podría darle un curso intensivo.

Hago un ruido de asco desde el fondo de mi garganta.

—¿Vas a comportarte como una *prima donna* todo el tiempo? —pregunto—. Porque este lugar se llena mucho, en verdad.

—No me parezco en nada a Madonna, así que eso ni siquiera tiene sentido —dice frunciendo el ceño de repente.

Oh. Me encanta hacer que frunza el ceño.

—¿Vas a estar bien con la monotonía de servir helado para adultos soberbios y niños chillones y pegajosos durante todo el verano? ¿Qué sucederá cuando entre una de tus muchas amigas y admiradoras y desees estar divirtiéndote en lugar de estar aquí sirviendo otro buque de caramelo con mantequilla?

Su ceño se transforma ligeramente en una mirada obstinada.

—Puedo con eso.

—Seguro que puedes, *rocket man* —contraataco.

Se pasa una mano por el cabello, pero no para acicalarse. Éste es un movimiento puramente defensivo.

—Te conozco, ¿cierto? —dice, entrecerrando los ojos mientras Ned llena el resto del papeleo para hacer oficial este escenario.

—No —digo—. En realidad, no.

Steve Harrington apenas me reconoce, a pesar de que pasé un año entero de mi vida pensando en él (y en Tammy Thompson). Pero incluso si me reconociera de la escuela, soy mucho más de lo que nadie en la Preparatoria Hawkins imagina.

—¡En la clase de Click! —grita, y luego hace una V de la victoria sobre su cabeza—. Estábamos en la misma clase de Historia. ¿O no te acuerdas *tú*?

—Lo recuerdo todo, Steve —añado con tono brusco. Quiero que se mantenga en alerta.

—Está bien, ustedes dos. ¡Éste va a ser un dulce, dulce verano! —dice Ned, sacándose otro eslogan corporativo del trasero—. Steve, vamos a incluirte en el equipo Scoops de inmediato.

—Yupi —murmura, mientras Ned desaparece en la parte de atrás. Luego, voltea hacia mí—: Hey, mira, si vamos a trabajar juntos este verano, hagamos una tregua, ¿de acuerdo?

—extiende una mano hacia mí—. No sé por qué no te agrado, pero soy un tipo bastante relajado.

Pasa por mi cabeza la idea de que es posible —infinitesimalmente posible— que haya más en Steve Harrington de lo que sé. Que la mirada que vi en su rostro en la noche de graduación era algo más que una nube pasajera en su soleada y perfecta vida.

Luego, me dirige la sonrisa más atrevida que jamás haya visto. ¿Es *así* como encanta a la gente? Parece incluso peor de cerca.

—Steve —digo con dulzura.

Se acerca unos centímetros, tan acostumbrado al afecto instantáneo de las chicas que es ridículamente fácil de atraer. No tiene idea de en qué se está metiendo. Le estrecho la mano y añado en un susurro:

—Puede que seamos compañeros de trabajo, pero no existe un universo en el que tú y yo podamos ser amigos.

Frunce el ceño de nuevo, más profundo esta vez.

—Bueno, esto va a ser divertido.

Ned reaparece con otro uniforme de empleado. Dos minutos más tarde, Steve está en pie frente a mí, con su nueva imagen. Es el desfile de modas de la vida, en serio. Sus pantaloncillos cortos de marinero le quedan demasiado ajustados y el sombrero encima de su cabello luce como un pequeño bote salvavidas a punto de naufragar. (Retiro lo que había dicho. Me encantan estos sombreros.)

Río tan fuerte que casi lloro.

—Esto es… sólo… Vaya.

—Gracias por aumentar mi autoestima.

—¿Puedes darte una vuelta? —pregunto, acurrucándome en posición fetal, sin parar de reír.

Steve tira el sombrero al suelo.

Ned parece nervioso; recoge el sombrero y le sacude el polvo.

—Empecemos con la construcción de un *sundae*, ¿de acuerdo? —propone.

Una parte de mí está casi contenta de haberme quedado en Hawkins el tiempo suficiente para ver al gran Steve Harrington trabajando en Scoops Ahoy. Tal vez las cosas estén dando la vuelta otra vez y el mundo comience a enderezarse lentamente. Quizá la vida pronto será diferente. Ahora que he sido completamente yo durante un año, sé que no hay vuelta atrás. Resulta que ser una persona solitaria me sienta de maravilla. Pero hay momentos en los que me estrello con fuerza contra la esperanza de encontrar a mi gente. Amigos que se queden conmigo siempre y a pesar de todo. Una chica con quien vivir un enamoramiento *menos* desesperanzado.

Hay aventuras esperándome. Lo sé.

Pero primero, tengo que atravesar un verano muy extraño.

Saco lo último de mi bolso —mi cámara Polaroid—, y tomo otra foto para mi colección. El *flash* parpadea, luego hace ese clic intenso cuando el papel blanco se extiende al frente. Steve se lanza para tomar la foto, pero yo la agarro primero y empiezo a agitarla vigorosamente. A medida que la imagen comienza a aparecer lentamente, mi sonrisa se extiende.

Estoy enmarcada al frente, sonriendo, mientras Steve se ve detrás de mí, enfurruñado, con su traje de marinero.

—Oh, es perfecta.

—No —dice—. Destruye eso, ahora mismo.

—Lo siento —le digo, guardando la foto en mis enormes pantaloncillos—. Necesito estos recuerdos.

Pone los ojos en blanco y se cruza de brazos, actuando como el gran niño que es.

—¿Vas a comportarte así durante todo el verano… —mira mi placa con los ojos entrecerrados— *Robin*?

—Oh, Steve —digo con la voz más dulce—, y apenas comienza.

AGRADECIMIENTOS

Sara Crowe, sin esa conversación que tuvimos en la cafetería, este libro no existiría.

Ann Dávila Cardinal, sin esa conversación que tuvimos afuera de otra cafetería, esta historia podría no haber encontrado su rumbo.

Kristen Simmons, tus notas al margen y tu experiencia en la banda de música lo son todo. Hopper y yo te amamos.

Cory, gracias por ver *Stranger Things* conmigo. (Incluso las partes más aterradoras.)

¡Mav, te prometo que podremos verla juntos! ¡Pronto!

Sasha Henriques, trabajar contigo es un placer absoluto. Guiaste esta historia de la mejor manera.

Netflix y el equipo de *Stranger Things*, me dieron la oportunidad de contar la historia de una nerd inolvidable que apareció con un sombrero de marinera y capturó nuestros corazones, y nunca lo olvidaré.

Maya Hawke, eres un ícono. Gracias por Robin.

Winona Ryder, gracias por cada pedacito de grandeza de chica-extraña que has traído a cada etapa de mi vida.

Por último, pero no menos importante, gracias a los extraños entusiastas que me vieron en la Comic Con de Nueva

York en 2016 y gritaron "¡Once!", a pesar de que todavía no había visto la serie y no llevaba un disfraz. (Al parecer, me veía como una versión adulta de Once en la temporada uno.) Sin ustedes, podría no haber comenzado este viaje. Además, Once es absolutamente ruda, así que lo tomo como el mayor cumplido.

LA HISTORIA DE ROBIN CONTINÚA EN EL PODCAST ORIGINAL,

ROBIN, LA REBELDE SOBREVIVIENDO A HAWKINS

Escrito y dirigido por la galardonada creadora de podcasts Lauren Shippen (*The Bright Sessions*) ¡Escúchalo ahora, donde sea que consigas tus podcasts!

SI DISFRUTASTE LEYENDO
LA HISTORIA DE ROBIN, DEBES CONOCER
A OTRO DE LOS PERSONAJES FAVORITOS
DE STRANGER THINGS EN

¡Disponible ahora!
¡Da vuelta a la página para leer un fragmento!

PRÓLOGO

El piso de la estación de autobuses de San Diego estaba prácticamente invadido por colillas de cigarrillos. Quizás hacía un millón de años el edificio pudo haber sido elegante, como la estación Grand Central o esos lugares enormes que se ven en las películas. Pero ahora sólo lucía un pálido color gris, como un almacén lleno de volantes arrugados y errabundos.

Aunque ya era casi medianoche, el vestíbulo estaba repleto. Tenía a mi lado una pared de casilleros, uno de ellos chorreaba un poco, como si algo se hubiera derramado dentro, y goteaba hasta el piso. Lo que fuera se había adherido ya a mis zapatos.

Había máquinas expendedoras del otro lado del vestíbulo y un bar en la esquina, donde un grupo de hombres delgados y sin afeitar se encontraban sentados, fumando frente a los ceniceros, encorvados como duendes sobre sus cervezas. El humo le confería al aire un aspecto nebuloso y extraño.

Caminé rápido, cerca de los casilleros, manteniendo mi mentón bajo e intentando no parecer obvia. Cuando lo planeé en casa estaba bastante segura de que sería capaz de perderme entre la multitud, pero en realidad estaba resultando más difícil de lo que había imaginado. Había contado con el caos y el tamaño del recinto para ocultarme, era una estación de autobuses, después de todo. Pero no imaginé que sería la única en este lugar que todavía era demasiado joven para tener una licencia de conducir.

En mi calle o en la escuela, era fácil ser ignorada: estatura promedio, silueta promedio, rostro y vestimenta promedios. Todo ordinario, menos mi cabello: largo y rojo, lo más brillante de mí. Lo jalé hacia atrás formando una coleta y traté de caminar con naturalidad, como siguiendo una ruta muchas veces trazada. Debería haber traído un sombrero.

En las taquillas, un par de chicas mayores con los ojos maquillados en tonos verduzcos y minifaldas plásticas discutían con el tipo detrás del cristal. El peinado de ambas era tan alto que parecía algodón de azúcar.

—Vamos, hombre —dijo una de ellas. Estaba sacudiendo su bolso boca abajo en el borde de la ventana, contando las monedas—. ¿No puedes hacerme una rebaja? Ya casi completé, sólo falta un dólar con cincuenta.

El chico, en su raída camisa hawaiana, parecía sarcástico y aburrido.

—¿Te parece que esto es una beneficencia? Sin dinero no hay boleto.

Metí la mano en el bolsillo de mi chamarra y pasé los dedos sobre mi boleto. Clase económica de San Diego a Los Ángeles. Lo había pagado con un billete de veinte dólares que saqué del joyero de mamá y el chico apenas me había dirigido la mirada.

Caminé más rápido, junto a la pared, con mi patineta bajo el brazo. Por un segundo pensé en lo genial que sería bajarla y pasar zumbando entre las bancas. Pero no lo hice. Un movimiento equivocado y hasta el montón de degenerados nocturnos se darían cuenta de que yo no debería estar aquí.

Ya me encontraba casi al final del vestíbulo cuando un murmullo nervioso atravesó la multitud detrás de mí. Me di la vuelta. Dos tipos de uniformes marrones estaban parados junto a las máquinas expendedoras mirando hacia el mar de rostros. Incluso desde el extremo opuesto de la estación podía captar el brillo de sus insignias. Oficiales de policía.

El alto tenía rápidos ojos pálidos y brazos largos y delgados como las patas de una araña. Iba y venía entre las bancas, de esa manera en que los policías lo hacen siempre. Es un andar lento y señorial que dice: *Podré parecer un bueno para nada, pero soy yo quien tiene una insignia y el arma.* Me recordó a mi padrastro.

Si lograba llegar al final del vestíbulo, podría escabullirme hasta la terminal donde los autobuses aguardaban a los pasajeros. Me perdería entre la multitud y desaparecería.

Los mugrientos tipos en el bar se encorvaron más sobre sus cervezas. Uno de ellos aplastó su cigarrillo, luego les dedicó a los policías una larga y desagradable mirada y escupió en el suelo, entre sus pies. Las chicas en la ventanilla habían dejado de discutir con el cajero y actuaban como si en verdad estuvieran interesadas en sus uñas postizas, pero parecían bastante nerviosas por la presencia del oficial Bueno para Nada. Tal vez también tenían un padrastro como el mío.

Los policías se adentraron en el centro del vestíbulo y entrecerraron los ojos alrededor de la estación de autobuses como si estuvieran buscando algo. Una niña perdida, tal vez. Una banda de delincuentes causando problemas.

O una fugitiva.

Agaché la cabeza y me preparé para perderme entre la gente. Estaba a punto de entrar al área de abordaje cuando alguien se aclaró la garganta y una mano grande y pesada se cerró alrededor de mi brazo. Di media vuelta y levanté la mirada ante el amenazante rostro de un tercer uniformado.

Él sonrió. Era una sonrisa aburrida, plana, llena de dientes.

—¿Maxine Mayfield? Voy a necesitar que vengas conmigo —su rostro era duro y arrugado, y parecía que le había dicho lo mismo a diferentes niños más de cien veces—. Hay gente en casa que está preocupada por ti.

CAPÍTULO UNO

El cielo estaba tan bajo que parecía estar posado justo encima del centro de Hawkins. El mundo pasó rápidamente mientras repiqueteaba por la acera. Avancé más rápido en la patineta; escuché el susurro de las ruedas sobre el concreto y su golpeteo en las grietas. Era una tarde helada y el frío hacía que me dolieran los oídos. Había estado así a diario desde que llegamos al pueblo, hacía tres días.

Seguí mirando hacia arriba, esperando ver el cielo brillante de San Diego. Pero aquí todo se veía pálido y gris; incluso cuando no estaba nublado, el cielo parecía descolorido. Hawkins, Indiana, hogar de nubes grises, chamarras acolchadas e invierno.

Mi nuevo... hogar.

La calle principal estaba adornada para Halloween, con escaparates llenos de calabazas sonrientes. Telarañas falsas y esqueletos de papel habían sido adheridos a las ventanas del supermercado. En toda la cuadra, las farolas estaban envueltas en serpentinas negras y naranjas que ondeaban con el viento.

Pasé la tarde en el Palace Arcade, jugando *Dig Dug* hasta que me quedé sin monedas. Como a mamá no le gustaba que malgastara el dinero en videojuegos, antes sólo podía jugar cuando estaba con papá. Él me llevaba al boliche o, a veces, a la lavandería, donde tenían gabinetes con *Pac-Man* y *Galaga*. Y en ocasiones pasaba el rato en el Joy Town Arcade del centro comercial, a pesar de que era una completa basura y era muy frecuentado por metaleros con jeans raídos y chamarras de cuero. Sin embargo, ahí tenían una máquina con *Pole Position*, que era mejor que cualquier otro juego de carreras, incluso contaba con un volante para que sintieras que conducías en verdad.

La sala de *arcades* de Hawkins era un edificio grande y de techo bajo con letreros de neón en las ventanas y un toldo amarillo brillante, pero tras las luces de colores y la pintura, sólo eran muros de aluminio. Ahí tenían *Dragon's Lair*, *Donkey Kong* y *Dig Dug*, que era *mi* juego, en el que alcanzaba el puntaje más elevado.

Había estado allí toda la tarde, aumentando mi puntuación en *Dig Dug*, pero después de llevar mi nombre hasta el puesto número uno me quedé sin monedas y comencé a sentirme ansiosa, como si necesitara moverme, así que salí del lugar, me subí a la patineta y me dirigí al centro para hacer un recorrido por Hawkins.

Me impulsé para ir más rápido, mientras traqueteaba más allá de un restaurante, una ferretería, un RadioShack, un cine. El cine era pequeño, como si tuviera una sola sala con pantalla, pero su frente era ostentoso y anticuado, con una gran marquesina que sobresalía como un acorazado cubierto de luces.

Las únicas veces que en verdad me gustaba quedarme quieta era en el cine. El cartel más reciente en el frente anunciaba *Terminator*, pero ya la había visto. La historia era bastante buena. Un robot asesino con la apariencia de Arnold Schwarzenegger viaja en el tiempo desde el futuro para matar a una simple camarera llamada Sarah Connor. Al principio ella parece una chica normal, pero resulta ser una rudísima patea traseros. Me gustó, aunque no era en realidad una película de monstruos. La película, sin embargo, me hizo sentir extrañamente decepcionada: ninguna de las mujeres que conocía era como Sarah Connor.

Estaba flotando por delante de la casa de empeños, más allá de una tienda de muebles y una pizzería con un toldo a rayas rojas y verdes, cuando algo pequeño y oscuro cruzó la acera frente a mí. A la luz gris de la tarde, parecía un gato, y sólo tuve tiempo de pensar qué extraño era y cuán imposible sería ver a un gato en el centro de San Diego, cuando mis pies perdieron su centro.

Estaba acostumbrada, pero aun así, esa fracción de segundo antes de cada caída siempre resulta desorientadora. Cuando perdí el equilibrio sentí como si todo el mundo se hubiera volteado de cabeza. Besé el suelo con tanta fuerza que sentí el rebote en la mandíbula.

He estado sobre una patineta desde siempre, desde que mi mejor amigo, Nate Walker, y su hermano, Silas, hicieron un viaje a Venice Beach con sus padres, cuando estábamos en tercer grado, y regresaron absolutamente entusiasmados con historias sobre los Z-Boys y las tiendas de patinetas en Dogtown. Había estado en la patineta desde el día que descubrí la cinta de agarre y las tablas Madrid, y entonces recorrí Sunset Hill por primera vez y aprendí lo que era ir tan rápido que tu corazón se aceleraba y te lloraban los ojos.

La acera estaba fría. Por un segundo, me quedé recostada sobre mi vientre, mientras sentía un hueco sordo en mi pecho y un dolor vibrando en mis brazos. Mi codo había atravesado la manga de mi suéter y las palmas de mis manos se sentían apelmazadas y vibrantes. El gato hacía tiempo que se había ido.

Me giré sobre mi espalda y estaba tratando de sentarme cuando una mujer delgada y de cabello oscuro salió corriendo desde una de las tiendas. Resultaba casi tan sorprendente como hallar un gato en el distrito financiero. Nadie en California habría salido corriendo sólo para ver si me encontraba bien, pero esto era Indiana. Mamá había dicho que la gente sería más amable aquí.

La mujer ya estaba de rodillas en el cemento, a mi lado, y me veía con ojos grandes y nerviosos. Mi codo sangraba un poco donde se había roto la manga. Había un zumbido en mis oídos.

Se acercó a mí, con apariencia preocupada.

—Oh, tu brazo, eso debe doler —luego levantó la mirada y me vio a la cara—. ¿Te asustas fácilmente?

Sólo miré hacia atrás. *No*, quería decir, y eso era cierto de todas las maneras posibles. No me asustaban las arañas ni los perros. Podría caminar sola por el malecón en la oscuridad o pasear en patineta por la orilla durante la temporada de inundaciones sin preocuparme siquiera de que algún asesino pudiera saltar encima de mí o de que algún repentino torrente de agua bajara precipitadamente y me ahogara. Y cuando mamá y mi padrastro dijeron que nos mudaríamos a Indiana, empaqué algunos calcetines, ropa interior y dos pares de jeans en mi mochila y me dirigí a la estación de autobuses. Era una absoluta locura preguntarle a los extraños si se asustaban. ¿Asustarse de *qué*?

Por un segundo simplemente me senté en medio de la acera, con el codo punzando y las palmas de las manos en carne viva y llenas de tierra, y la miré con los ojos entrecerrados.

—¿Qué?

Ella sacudió la suciedad de mis manos. Las suyas eran más delgadas y más bronceadas que las mías, con los nudillos secos y agrietados, y las uñas mordidas. Junto a ellas, las mías se veían pálidas, cubiertas de pecas.

Me dirigió una mirada rápida y nerviosa, como si yo fuera la que estuviera actuando de manera extraña.

—Sólo preguntaba si sanas fácilmente. A veces la piel clara es así. De cualquier manera tendrías que ponerte Bactine para evitar que la herida se infecte.

—Oh —sacudí la cabeza. Las palmas de mis manos todavía se sentían como si estuvieran llenas de pequeñas chispas—. No. Quiero decir, no lo creo.

Se inclinó más cerca y estaba a punto de añadir algo cuando, de pronto, sus ojos se agrandaron todavía más y quedó inmóvil. Las dos levantamos la mirada cuando el aire fue cortado en dos por el rugido de un motor.

Un Camaro azul pasó rugiendo ignorando el semáforo en Oak Street y se detuvo junto a la acera. La mujer se giró para ver cuál era el problema, pero yo ya lo sabía.

Mi hermanastro, Billy, estaba recostado en el asiento del conductor con una mano posada perezosamente en el volante. Alcanzaba a escuchar el sonido de su música a través de las ventanillas cerradas.

Incluso desde la acera podía ver la luz brillando en el pendiente de Billy. Me estaba observando de esa manera plana y vacía en que lo hacía siempre, con los párpados pesados, como si yo lo aburriera tanto que apenas pudiera soportarlo, pero debajo de eso había un filo brillante de algo peligroso. Cuando me miraba así, mi rostro quería contraerse. Estaba acostumbrada a la forma en que me miraba, como si yo fuera algo que él quisiera arrancarse, pero siempre parecía peor cuando lo hacía frente a alguien más, como esta agradable y nerviosa mujer, que parecía la madre de alguien.

Me froté las manos punzantes en los muslos de mis jeans antes de agacharme para tomar mi patineta.

Él dejó caer la cabeza hacia atrás, con la boca abierta. Después de un segundo, se inclinó sobre el asiento y bajó la ventanilla.

La radio sonó más fuerte y la música de Quiet Riot golpeó el gélido aire.

—Entra.

Alguna vez, y durante dos semanas en abril pasado, pensé que el Camaro era la cosa más genial que jamás hubiera visto. Tenía un cuerpo largo y hambriento como un tiburón, con paneles aerodinámicos pintados y terminados angulosos. El tipo de auto en el que podrías robar un banco.

Billy Hargrove era tan rápido y fuerte como el auto. Tenía una chamarra de mezclilla descolorida y un rostro de estrella de cine.

En ese entonces, él todavía no era Billy, sólo esa vaga idea que yo tenía sobre cómo iba a ser mi nueva vida. Su padre, Neil, iba a casarse con mi madre, y cuando nos mudáramos todos juntos, Billy sería mi hermano. Estaba emocionada de tener una familia otra vez.

Después del divorcio, papá se había largado a Los Ángeles, así que lo veía prácticamente sólo en los días festivos poco importantes, o cuando él estaba en San Diego por trabajo y mamá no podía encontrar una razón para no permitirme verlo.

Mamá todavía estaba cerca, por supuesto, pero de una manera débil y flotante, difícil de aferrar. Ella siempre había estado un poco borrosa alrededor de los bordes de mi vida, pero una vez que papá estuvo fuera de escena, la situación se volvió aun peor. Era un poco trágica la facilidad con la que se desvanecía en la personalidad de todos los hombres con los que salía.

Recuerdo primero a Donnie, quien tenía un problema en la espalda y era incapaz de agacharse para sacar la basura. Nos preparaba panqueques Bisquick los fines de semana y era muy malo para contar chistes. Un día se escapó con una camarera de IHOP.

Después de Donnie, fue Vic, de San Luis; y luego Gus, con un ojo verde y otro azul; e Ivan, que se limpiaba los dientes con una navaja plegable.

Neil era diferente. Conducía una camioneta Ford marrón, vestía camisetas planchadas y su bigote lo hacía parecer una especie de sargento del ejército o guardabosques. Y quería casarse con mamá.

Los otros tipos habían sido unos perdedores, pero eran unos perdedores temporales, así que nunca me importaron en realidad. Algunos de ellos eran bobos o amistosos o divertidos, pero después de un tiempo, las cosas malas siempre se acumulaban. Se atrasaban en el pago del alquiler, o destrozaban sus autos, o se emborrachaban y terminaban en la cárcel.

Siempre se iban, y si no lo hacían, mamá los echaba. Eso no me rompía el corazón. Incluso los mejores eran de alguna manera bochornosos. Ninguno de ellos era genial como papá, pero en general no estaban tan mal. Algunos eran incluso agradables.

Como dije, Neil era diferente.

Mamá lo conoció en el banco. Trabajaba allí como cajera, sentada todo el día detrás de una ventanilla manchada, entregando fichas de depósito y regalando paletas a los niños pequeños. Neil era el guardia que vigilaba la entrada, junto a las puertas dobles. Lo había escuchado decir que mamá se veía como la bella durmiente sentada detrás del cristal, o como una antigua pintura enmarcada. Por la forma en que lo decía, se suponía que debía sonar romántico, pero yo no conseguía entender cómo podría serlo. La bella durmiente estaba en coma. Las pinturas enmarcadas no eran particularmente interesantes o excitantes, sólo estaban allí, atrapadas.

La primera vez que lo invitó a cenar, él trajo flores. Ninguno de los otros había llevado flores. Él le dijo que su pastel de carne era el mejor que hubiera probado nunca, y ella sonrió, se sonrojó y lo miró de reojo. Me alegré de que hubiera dejado de llorar por su último novio, un vendedor de alfombras que se peinaba de lado para disimular la calvicie y que tenía una esposa a quien muy convenientemente había evitado mencionar.

Unas pocas semanas antes de salir de la escuela para las vacaciones de verano, Neil le pidió a mamá matrimonio. Él le compró un anillo de compromiso y ella le entregó un juego de llaves de la casa. Aparecía entonces cada vez que se le antojaba, traía flores o se deshacía de almohadones y fotos que no le gustaban, pero no aparecía después de las diez y nunca pasó ahí toda la noche. Era demasiado caballeroso para algo así; *anticuado*, decía él. Le gustaban las cocinas limpias y las cenas familiares. El pequeño anillo de compromiso de oro hizo sentir a mamá más feliz de lo que la había visto en mucho tiempo, y traté de estar feliz por ella.

Neil nos había dicho que tenía un hijo que estudiaba el bachillerato, pero no ahondó en el asunto. Pensé que se trataría de algún chico deportista, o tal vez una copia al carbón de Neil, pero más joven. Jamás hubiera imaginado a Billy.

La noche que finalmente lo conocimos, Neil nos llevó a Fort Fun, una pista de go-karts que estaba cerca de casa, donde los surfistas iban con sus novias a comer buñuelos y a jugar en las mesas de *hockey* de aire o en la máquina de Skee-Ball. Era el tipo de lugar al que sujetos como Neil no irían ni estando muertos. Más tarde, me di cuenta de que él todavía estaba intentando hacernos creer que era alguien divertido.

Billy llegó tarde. Neil nada dijo pero me di cuenta de que estaba furioso. Intentaba actuar como si todo estuviera bien, pero sus dedos dejaron abolladuras en su vaso de Coca-Cola. Mamá no paraba de remover su servilleta de papel mientras esperábamos; la enrolló y luego la rompió en pequeños cuadritos.

Pensé que tal vez todo era una gran estafa y que Neil ni siquiera tenía un hijo. Era el tipo de cosas que siempre ocurrían en las películas de terror: el tipo se inventaba una vida falsa y les contaba a todos sobre su casa perfecta y su familia perfecta, cuando en realidad vivía en un sótano y comía gatos, o algo por el estilo.

No pensé realmente que ésa fuera la verdad, pero la imaginé de cualquier manera, porque eso era mejor que ver cómo lanzaba un vistazo al estacionamiento cada dos minutos para enseguida dedicar una sonrisa tensa a mamá.

Los tres estábamos avanzando con dificultades en el juego de minigolf cuando finalmente apareció Billy. Ya habíamos llegado al décimo hoyo y nos encontrábamos parados frente a un molino de viento pintado, del tamaño de un cobertizo, intentando colar la bola más allá de las aspas giratorias.

Cuando el Camaro irrumpió en el estacionamiento, el motor hizo tanto ruido que todos se volvieron para mirar. Billy salió y dejó que la puerta se cerrara detrás de él. Llevaba puesta su chamarra de mezclilla, sus botas de piel y, lo más impactante de todo, tenía una perforación. Algunos de los chicos mayores de la escuela usaban botas y chamarras de mezclilla, pero ninguno llevaba un pendiente en la oreja. Con su gran cabellera alborotada y la camisa abierta, se parecía a los metaleros del centro comercial, a David Lee Roth o a algún otro personaje famoso.

Se acercó a nosotros, tras atravesar el campo de minigolf. Pasó por encima de una gran tortuga de plástico y sobre el falso césped verde.

Neil observaba con la mirada tensa y amarga que siempre ponía cuando algo no se ajustaba a la altura de sus estándares.

—Llegas tarde.

Billy se encogió de hombros. No miró a su papá.

—Saluda a Maxine.

Quería decirle a Billy que ése no era mi nombre, odiaba que la gente me dijera Maxine, pero guardé silencio. No habría importado. Neil siempre me llamaba así, y no importaba cuántas veces le había dicho que no lo hiciera.

Billy me dedicó esa lenta y fría inclinación de cabeza, como si ya nos conociéramos, y sonreí, sosteniendo mi palo de golf por el sudado recubrimiento de goma. Ya estaba pensando en lo genial que eso iba a ser para mí. En lo celosos que se pondrían Nate y Silas. Ahora yo tendría un hermano, y eso cambiaría mi vida.

Más tarde ambos jugamos Skee-Ball mientras Neil y mamá caminaban juntos por el malecón. Se estaba volviendo un poco molesta la manera en que siempre se ponían tan melosos cuando estaban juntos, pero introduje mis monedas en la ranura e intenté ignorarlos. Ella parecía realmente feliz. La máquina de Skee-Ball estaba en una plataforma de concreto elevada, sobre la pista de los go-karts. Desde la barandilla podías asomarte y observar cómo los autos pasaban zumbando alrededor de la pista con figura de ocho.

Billy apoyó los codos en la barandilla con las manos sueltas y desenfadadas delante de él y un cigarrillo equilibrado entre los dedos.

—Susan parece una verdadera aguafiestas.

Me encogí de hombros. Ella era quisquillosa y nerviosa y, a veces, podía no ser divertida, pero era mi madre.

Billy observó la pista. Sus pestañas eran largas, como de chica, y vi por primera vez lo pesados que eran sus párpados. Sin embargo, habría algo que llegaría a aprender de Billy: nunca se veía realmente despierto, excepto… algunas veces. Esas veces su rostro se ponía repentinamente en alerta, y entonces no tenías idea de lo que iba a hacer o de lo que iba a pasar a continuación.

—Así que, Maxine —dijo mi nombre como una especie de broma. Como si no fuera realmente mi nombre.

Pasé mi cabello detrás de las orejas y lancé una pelota a la taza de la esquina por cien puntos. La máquina debajo de la ranura de las monedas zumbó y escupió una cadena de boletos de papel.

—No me digas así. Sólo Max.

Billy se giró para verme. Su rostro estaba relajado. Luego sonrió con una sonrisa somnolienta.

—Bien. Tienes una gran boca.

Me encogí de hombros. No era la primera vez que lo escuchaba.

—Sólo cuando la gente me hace enojar.

Rio, y su risa sonó grave y áspera.

—Bien. Mad Max, entonces.

En el estacionamiento, el Camaro estaba estacionado bajo una farola; era tan azul que parecía una criatura de otro mundo. Algún tipo de monstruo. Quería tocarlo.

Billy se había volteado otra vez. Estaba apoyado en la barandilla con el cigarrillo en la mano, mirando el avance de los go-karts a lo largo de la pista cercada por neumáticos.

Envié la última pelota a la taza de cien y tomé mis boletos:

—¿Quieres correr?

Billy resopló y le dio una calada al cigarrillo.

—¿Por qué querría perder el tiempo dando vueltas con un go-kart cuando sé cómo conducir?

—Yo también sé conducir —dije, aunque no era exactamente cierto. Papá me había enseñado a usar el embrague una vez en el estacionamiento de un restaurante Jack in the Box.

Billy ni siquiera parpadeó. Echó la cabeza hacia atrás y soltó una nube de humo.

—Seguro que sí —dijo. Parecía aburrido, un espacio en blanco bajo las luces de neón, pero sonaba casi amistoso.

—*Sí* sé. En cuanto tenga dieciséis años, voy a conseguir un Barracuda y me iré conduciendo hasta la costa.

—Un 'Cuda, ¿eh? Eso es un montón de caballos de fuerza para una niña pequeña.

—¿Y? Puedo manejarlo. Apuesto a que también podría conducir el tuyo.

Billy se acercó y se agachó para mirarme directamente a la cara. Tenía un olor marcado y peligroso, como a productos para el cabello y cigarrillos. Todavía estaba sonriendo.

—Max —dijo con voz maliciosa y canturreada—. Si crees que podrás acercarte a mi auto, estás absolutamente equivocada —pero estaba sonriendo cuando lo dijo. Rio de nuevo, pellizcó la colilla y la arrojó. Sus ojos brillaban.

Y pensé que todo era una gran broma, porque de esa manera era como hablaban los tipos de esa clase. Los vagos y los maleantes que papá conocía, todos los que se reunían en el Black Door Lounge al final de la calle de su departamento en East Hollywood. Cuando hacían bromas sobre la temeraria hija de Sam Mayfield o me molestaban con pláticas sobre chicos, sabía que sólo bromeaban.

Billy se cernió sobre mí, estudiando mi rostro.

—Sólo eres una niña —dijo de nuevo—. Pero supongo que incluso las niñas pueden distinguir una buena carroza cuando la ven, ¿cierto?

—Claro —dije.

Pero, de hecho, yo había sido lo suficientemente tonta para creer que éste era el comienzo de algo bueno. Que los Hargrove estaban aquí para que todo fuera mejor, o estuviera bien, por lo menos. Que esto era una verdadera familia.

Esta obra se imprimió y encuadernó
en el mes de marzo de 2023, en los talleres
de Impresora Tauro, S.A. de C.V.,
Av. Año de Juárez 343, Col. Granjas San Antonio,
C.P. 09070, Iztapalapa, Ciudad de México.